Alexander Hartung
Die unversöhnliche Vergangenheit

Das Buch

München hält den Atem an: Eine bewaffnete Frau dringt in die Staatsanwaltschaft ein und droht, sich in die Luft zu sprengen, sollte ein längst ad acta gelegter Fall nicht wieder aufgerollt werden. Während die Polizei fieberhaft versucht, die Situation zu entschärfen, beginnt Nik Pohl im Hintergrund zu ermitteln.

Doch bevor die Behörden auf die Forderung eingehen können, erschüttert eine gewaltige Explosion das Gebäude. Die Attentäterin wird als ehemalige Mitarbeiterin der Staatsanwaltschaft identifiziert – ohne erkennbare Verbindung zu dem Fall, der wieder aufgerollt werden sollte. Als eine weitere Unbeteiligte stirbt, ist Nik sicher: Er ist einem Verbrechen auf der Spur, das weit über die Ereignisse in der Staatsanwaltschaft hinausgeht …

Der Autor

Alexander Hartung wurde 1970 in Mannheim geboren. Schon während seines Volkswirtschaftsstudiums begann er mit dem Schreiben und entdeckte seine Liebe zu Krimis. Mit seinen Kriminalromanen erobert er regelmäßig die Kindle-Bestsellerliste. Aktuell lebt Alexander Hartung mit Frau und Kindern in seiner Geburtsstadt Mannheim.

ALEXANDER HARTUNG

DIE UNVERSÖHNLICHE VERGANGENHEIT

Ein Nik-Pohl-Thriller

Deutsche Erstveröffentlichung bei
Edition M, Amazon Media EU S.à r.l.
38, avenue John F. Kennedy, L-1855 Luxembourg
April 2025
Copyright © der deutschsprachigen Ausgabe 2025
By Alexander Hartung

Umschlaggestaltung: bürosüd⁰ München, www.buerosued.de
Umschlagmotiv: © nattapon sukjit98 / Shutterstock;
© sebra / Shutterstock; © bernardo bedin schaffrath / Shutterstock;
© hideto999 / Shutterstock; © Kara Gebhardt / Shutterstock;
© Anan Kaewkhammul / Shutterstock; © Take Photo/ Shutterstock;
1. Lektorat: Kanut Kirches
2. Lektorat und Korrektorat: VLG Verlag & Agentur, Haar bei München,
www.vlg.de
Gedruckt durch:
Amazon Distribution GmbH, Amazonstraße 1, 04347 Leipzig /
CPI Druckdienstleistungen GmbH, Ferdinand-Jühlke-Straße 7, 99095
Erfurt /
CPI books GmbH, Birkstraße 10, 25917 Leck /
Libri Plureos GmbH, Friedensallee 273, 22763 Hamburg

Verantwortliche Person für Produktsicherheit in der EU:
Amazon Publishing, Amazon Media EU S.à r.l.
38, avenue John F. Kennedy, L-1855 Luxembourg
amazonpublishing-gpsr@amazon.com

ISBN 978-2-49671-587-3
e-ISBN 978-2-49671-588-0

www.edition-m-verlag.de

*Gewidmet meinem alten
Freund Steffen Meffert, den
ich viel zu wenig sehe und
sehr vermisse.*

PROLOG

Bis zu diesem verhängnisvollen Tag hatte Valerio die Wochenendschichten bevorzugt. Gerade samstags genoss er die Ruhe, denn es waren nur wenige Angestellte im Gebäude, was seine Arbeit leichter machte, weil er kaum Besucherausweise ausstellen und fast keine Telefonate führen musste. Anstatt ständig vorne am Empfang zu sitzen, konnte er eine Runde durch das Gebäude machen, die seinem Rücken zugutekam und die Langeweile vertrieb.

Valerio kontrollierte gerade ein Fenster neben dem Hintereingang, als sich die Vereinzelungsanlage drehte und eine Frau um die vierzig eintrat. Sie trug eine eng geschnittene Jeans und einen blauen Pullover über einer weißen Bluse. Eine dicke rote Winterjacke lag über ihrem Arm und an ihrer Schulter hing eine schwarze Ledertasche, deren Boden sich tief ausbeulte, als läge etwas Schweres darin. Die schwarzen Haare waren fast vollständig von einer Mütze verdeckt. Von ihrem Äußeren her passte die Frau in den Kreis der Staatsanwälte und Rechtsangestellten, aber da war etwas in ihrem Blick, das Valerio misstrauisch werden ließ. Die Augen waren weit offen und huschten unruhig umher. Schweiß stand auf der Stirn und die rechte Hand war fest um den Gurt der Tasche gekrallt. Als sie Valerio sah, schob sie hastig die Schlüsselkarte in ihre Jeans und ging mit gesenktem Blick zu den Fahrstühlen.

Eigentlich waren die Sicherheitsvorkehrungen im Gebäude sehr gut und die Anzahl der Schlüsselkarten überschaubar, aber in seinen Jahrzehnten als Sicherheitsmann hatte er gelernt, dass kein System perfekt war, selbst wenn es regelmäßig von der IT des LKA überprüft wurde.

»Guten Morgen«, sprach Valerio die Frau an. »Kann ich Ihnen helfen?«

Sie schüttelte den Kopf und murmelte ein »Nein«.

Auch ein weniger erfahrener Sicherheitsmann hätte erkannt, dass mit der Frau etwas nicht in Ordnung war, aber er befand sich hier nicht in einer illegalen Spielhalle in Neuperlach, sondern in der Staatsanwaltschaft München, daher behielt er seine höfliche Art bei.

»Verzeihen Sie mir die Bemerkung, aber Sie wirken sehr gestresst auf mich, daher wäre es eine Freude, Ihnen helfen zu können.« Er setzte ein höfliches Lächeln auf.

»Ich muss nur Akten holen«, versuchte sie, ihn abzuwimmeln.

»Darf ich fragen, für welche Abteilung?«

»Neun«, antwortete sie und stellte sich vor den Fahrstuhl. Sie hieb ungeduldig mit der Faust auf den Knopf nach oben.

»Ach, Wirtschaftsstrafsachen«, bemerkte Valerio und stellte sich neben sie. »Da können Sie auch die Treppe nehmen.« Er deutete hinter sich. »Der Fahrstuhl ist langsam heute.«

Die Frau ging einen Schritt zurück, ließ die Winterjacke fallen und richtete ihren Arm auf ihn. In ihren Fingern erkannte er eine Glock G43, eine Pistole kaum größer als seine Hand, aber wegen des Kalibers 9 mm eine auf diese Entfernung tödliche Waffe. »Lass mich in Ruhe«, schrie sie. Ihre Stimme überschlug sich in Panik und Tränen liefen ihr die Wangen hinunter.

Valerio wich zurück und hob die Hände. »In Ordnung«, sagte er und versuchte, seine Stimme ruhig klingen zu lassen. »Ich bleibe einfach hier stehen.«

Die Hand der Frau zitterte und die Art, wie sie die Pistole hielt, zeigte Valerio, dass sie keine erfahrene Schützin war. Genau deshalb war sie gefährlicher als ein Schwerverbrecher, schließlich konnte die Waffe jederzeit losgehen, selbst wenn sie es nicht wollte.

Mit einem »Ping« ging die Fahrstuhltür auf. Die Frau schien zu überlegen, was sie tun sollte. »Rein«, sagte sie. Dabei richtete sie die Waffe auf Valerios Kopf.

»Ich mache alles, was Sie sagen, nur halten Sie Ihren Finger ruhig«, bemerkte er, als er an ihr vorbei in den Fahrstuhl trat. Ihr Gesicht verzog sich einen Moment in Bedauern, dann folgte sie ihm hinein.

»Wo wollen Sie hin?«, fragte er, als die Tür wieder zugeglitten war.

»Zur Abteilung für organisiertes Verbrechen«, antwortete sie.

»Da ist niemand.« Valerio wusste, dass der Staatsanwalt für diesen Bereich dieses Wochenende mit Kollegen in Skiurlaub gefahren war. Einen Rechtspfleger aus Fünfzehn hatte er auch noch nicht gesehen, daher hoffte er, dass ihnen niemand über den Weg laufen würde.

»Ich muss nur in das Aktenzimmer.« Das Zittern wurde stärker.

»Wenn das alles ist.« Valerio sah kurz zu der Schlüsselkarte an seiner Hose. »Damit kann ich die Tür öffnen.« Er würde sein Leben nicht für ein paar Akten riskieren. Außerdem waren die Eingänge und Flure kameraüberwacht. Da die Frau nicht vermummt war, würde die Kripo keine zehn Minuten benötigen, um eine Fahndung zu beginnen, sobald er Alarm geschlagen hatte.

Sie drückte einen Knopf, der in das Stockwerk der Abteilung fünfzehn führte. Sie fuhren los und kurz darauf ging die Fahrstuhltür wieder auf.

Ohne auf ein Zeichen von ihr zu warten, trat Valerio in den Gang, lief bis zum Aktenzimmer und hielt seine Karte an den Leser. Mit einem Klick öffnete sich die Tür. Er tat einen Schritt zurück. »Das ist das Aktenzimmer, das Sie suchen.«

Die Frau wandte sich ihm zu, die Pistole unvermindert auf seinen Kopf gerichtet. Ein weiteres Mal schien sie zu überlegen, was sie tun sollte.

Valerio hob wieder die Hände. »Bitte«, sagte er leise.

Erneut liefen ihr Tränen über die Wangen. Dann nahm die Frau die Pistole herunter und zeigte ihm den Inhalt ihrer Tasche. Es war ein Schuhkarton, aus dem mehrere Kabel herausragten. »Das ist eine Bombe«, sagte sie mit bebender Stimme. »Wenn irgendjemand diesen Raum betritt, sprenge ich das ganze Gebäude in die Luft.«

Sie ging in das Aktenzimmer und schloss die Tür hinter sich.

Kapitel 1

Als Nik spätabends ins Bett gegangen war, hatte er sich darauf gefreut, lange schlafen zu können, nach dem Aufstehen ausgeruht einen Spaziergang zum Bäcker zu machen und eine Tüte Croissants zu kaufen. Doch mit der Ruhe war es vorbei, als sein Mitbewohner ins Zimmer gestürmt kam und das Licht anschaltete.

»Halb zehn. Du verpasst die ganze Geburtstagsparty«, sagte Balthasar vorwurfsvoll.

Nik öffnete blinzelnd die Augen. Sein Mitbewohner trug einen Anzug aus silbern glänzenden Pailletten. Dazu ein golden glitzerndes Hemd, das über seinem Bauch spannte. Eine rosafarbene Krone saß auf seiner Glatze und eine grellgelbe Brille mit Glitzersteinen auf seiner Nase. Die Linke in die Hüfte gestemmt, hob er mit der Rechten ein Glas Prosecco an seinen Mund.

Langsam erwachten Niks Sinne. Vom Wohnzimmer drang laute Musik zu ihnen herüber. Wie immer, wenn Balthasar feierte, war es ein Song von ABBA.

»Welche Geburtstagsparty?«, fragte er verwundert. »Weder du noch ich sind im Februar geboren.«

»Kara«, antwortete Balthasar. »Sie wird heute stolze Zwölf.«

»Ah«, bemerkte er verschlafen. Nik wunderte sich, woher sein Mitbewohner den genauen Geburtstag seines Graupapageis kannte, aber für diese Art Überlegungen war er viel zu müde. Sein Schädel brummte noch von dem vielen Bier, aber das 0:0 zwischen Heidenheim und Dortmund war so langweilig gewesen, dass Alkohol die einzige Freude an dem Freitag gewesen war.

»Halb zehn«, murmelte Balthasar kopfschüttelnd und ging wieder nach draußen.

Nik presste die Hände auf die Ohren, aber der Bass des Lieds machte ihm schmerzlich klar, dass er keinen Schlaf mehr finden würde.

Einen Fluch auf alle schwedischen Popbands murmelnd erhob er sich aus dem Bett und schlurfte ins Wohnzimmer. Offensichtlich wollte Balthasar Karas Geburtstag nicht alleine feiern und hatte einige Freunde eingeladen. Der Raum war voller bunt gekleideter Gestalten. Alle hatten ein Glas Prosecco in der Hand, Girlanden hingen an den Wänden und der Boden war übersät mit Konfetti. Kara saß wie eine Königin auf der Couchlehne, eine Schüssel mit Nüssen vor sich.

Nik wollte gerade wieder zurück in sein Schlafzimmer, als ein großer Mann mit blonder Perücke und rosafarbenem Anzug zu ihm kam. »Bist du der Stripper?« Er zwinkerte ihm anzüglich zu.

Erst jetzt wurde Nik bewusst, dass er nur Boxershorts anhatte. Reflexartig schlug er die Hände vor den Bauch.

»Ein wenig durchtrainierter hätte er schon sein können«, sagte ein anderer Mann und zwickte ihn in die Hüfte.

»Ich bin kein Stripper.« Nik schlug ihm auf die Finger.

»Das sagen sie alle«, konterte der mit der blonden Perücke abwinkend und drückte ihm ein Glas Prosecco in die Hand. »Nach der ersten Flasche ändert sich das.« Die beiden kicherten.

»In der Plörre würde ich nicht einmal meine Füße baden«, sagte Nik ungehalten und stellte das Glas auf den Couchtisch.

»Die schlechte Pediküre kann auch Prosecco nicht mehr retten«, sagte der andere mit vorwurfsvollem Blick auf Niks Zehen.

Nik schob sich zwischen den Männern hindurch zum Badezimmer, knallte die Tür zu und schloss ab. Müde lehnte er sich an die Wand. Hier drinnen war die Musik etwas leiser und seine Kleidung vom Vortag lag noch auf dem Wäschekorb.

»Fünf Minuten«, murmelte er zu sich. »Fünf Minuten Ruhe.«

Doch mehr als drei würden ihm nicht vergönnt sein.

* * *

»Besetzt«, rief Nik, als es an der Tür klopfte. Er schlüpfte gerade in sein T-Shirt.

»Kannst du bitte herauskommen?«, hörte er die Stimme seines Mitbewohners.

»Mir ist nicht nach Prosecco und Party«, erklärte Nik. »Ich bleibe hier, bis alles vorbei ist.«

»Die Party ist vorbei.« Balthasar Stimme klang ungewöhnlich ernst. Erst jetzt bemerkte Nik, dass keine Musik mehr spielte. Er vernahm Stimmengemurmel, aber niemand lachte. »Jon hat sich gemeldet. Irgendetwas ist in der Staatsanwaltschaft.«

»Eine Minute«, sagte Nik. Er wusch sich schnell das Gesicht, glättete seine Haare und spülte den Mund aus. Dann öffnete er die Tür und ging zurück ins Wohnzimmer. Die letzten Besucher verabschiedeten sich gerade von Balthasar, der bereits angefangen hatte, die leeren Gläser einzusammeln.

»Was ist irgendetwas?«, fragte Nik müde die Augen reibend. »Und in welcher Staatsanwaltschaft?«

»In der Staatsanwaltschaft München«, antwortete sein Mitbewohner. »Die von Castrop-Rauxel würde uns nicht interessieren.«

»Die in der Linprunstraße, der Infanteriestraße oder der Arnulfstraße?«

»Ich wusste gar nicht, dass München drei Staatsanwaltschaften benötigt«, bemerkte Balthasar. Kara hatte sich derweil krächzend auf seiner linken Schulter niedergelassen.

»Genau genommen sind es zwei«, klang eine Stimme aus einer Freisprechanlage auf dem Couchtisch. »Die in der Linprunstraße und die in der Infanteriestraße gehören zusammen.«

»Guten Morgen, Jon«, sagte Nik und nahm auf der Couch Platz. Wie immer saß der Computerexperte zu Hause in seinem Loft, umgeben von einem Supercomputer, mit dem er sich Zugang zu gefühlt allen Servern dieser Welt verschaffen konnte, unter anderem auch dem der Kripo. »Wenn du so früh schon bei uns eingewählt bist, muss es etwas Wichtiges sein.«

Balthasar hatte im Fernseher einen Nachrichtensender eingestellt. Auf dem Bildschirm konnte man das siebenstöckige, schräg von oben aufgenommene Gebäude der Staatsanwaltschaft sehen. Die Straße davor war von Polizeifahrzeugen abgesperrt. Hinter einem schwarzen Transporter sah Nik mehrere Beamte des SEK, daher musste die Lage ernst sein.

»Ist das eine Geiselnahme?«

Statt zu antworten, schaltete Balthasar den Fernseher lauter. Die Liveaufnahme des Gebäudes wurde kleiner, als der Nachrichtensprecher eingeblendet wurde.

»Guten Morgen, meine Damen und Herren«, begrüßte er die Zuschauer. »Seit 8.47 Uhr herrscht in der Münchner Linprunstraße der Ausnahmezustand. Die Straße wurde gesperrt und einige Anwohner wurden in Sicherheit gebracht. Die Polizei ist vor Ort und ein Hubschrauber kreist über dem

Gebäude der Staatsanwaltschaft. Aktuell kennen wir den Grund für diesen Einsatz nicht, aber wegen der Anwesenheit des SEKs gehen wir von einer Geiselnahme aus. Der Polizeipräsident hat für 10 Uhr eine Pressekonferenz anberaumt, in der er weitere Details bekannt geben will.«

Nik nahm die Fernbedienung und schaltete den Ton aus. »Glücklicherweise müssen wir nicht bis 10 Uhr warten, denn wir kennen einen Hacker, der über eine Backdoor zum Kriposerver verfügt.«

»Viel mehr Details kann ich dir nicht geben, nur dass um 8.34 Uhr ein Notruf bei der Polizei eingegangen ist, eine bewaffnete Person habe sich Zugang zur Staatsanwaltschaft verschafft. Außer einer Glock G43 trägt sie auch eine Bombe bei sich.«

»Eine Bombe?«, wunderte sich Nik. »Das kennt man eigentlich nur von islamistischem Terror.«

»Laut Aussage des Sicherheitsmanns ist die Frau weder eine Terroristin noch eine Geiselnehmerin, denn sie wollte nur in einen Aktenraum gebracht werden und hat den Sicherheitsmann wieder gehen lassen. Es gibt keine Verletzten oder Toten.«

»Und wozu die Bombe?«

»Kann ich dir nicht sagen«, antwortete Jon.

»Vielleicht will sie Akten und somit Beweise vernichten, damit sie nicht ins Gefängnis muss«, spekulierte Balthasar.

»In den Aktenräumen befinden sich nur abgeschlossene Fälle«, widersprach Nik. »Die Unterlagen zu aktuellen Ermittlungen und Verfahren der Staatsanwälte sind in deren Büros. Wenn es um einen laufenden Fall ginge, müsste sie dort hinein.«

»Vielleicht ist es ein genereller Angriff auf die Staatsanwaltschaft oder das deutsche Rechtssystem«, bemerkte Balthasar. »In einer Zeit, in der Kunstwerke mit Tomatensuppe bespritzt werden, ist alles vorstellbar.«

»Was weiß man über die Frau?«, wollte Nik wissen.

»Aktuell sehr wenig, aber die Bilder der Überwachungskamera werden ausgewertet«, antwortete Jon. »Der Sicherheitsmann ist auf der Dienststelle der Kripo, doch zu seiner Befragung gibt es noch kein Protokoll. Aber er beschrieb sie als sehr angespannt und ängstlich.«

»Das wäre ich auch, wenn ich eine Bombe dabeihätte«, sagte Balthasar.

»Du wärst überrascht, wie abgeklärt und ruhig Selbstmordattentäter kurz vor dem Zünden sind«, erklärte Nik. »Angst und Nervosität passen eher zu jemandem, der dazu gezwungen wird oder sehr verzweifelt ist.« Er sah wieder zum Fernseher. »Da stimmt etwas ganz und gar nicht.«

»Was lässt dich grübeln?«, fragte Jon.

»Nehmen wir an, die Frau will Akten vernichten«, begann Nik. »Dann gehe ich in den Raum, platziere meine Bombe und jage alles hoch. Dauert keine fünf Minuten.« Er deutete auf die Wanduhr neben dem Fernseher. »Aber der Notruf ist vor einer Stunde bei der Polizei eingegangen. Auf was wartet sie?«

»Vielleicht hat sie es sich anders überlegt«, warf Balthasar ein.

Nik verzog das Gesicht und schüttelte den Kopf.

»Oder sie hat nicht gefunden, was sie haben wollte«, fügte Niks Mitbewohner noch hinzu.

»Was meinst du?«

»Ich kenne mich mit dem Gebäude der Staatsanwaltschaft nicht aus, weiß aber, dass es unterschiedliche Bereiche gibt«, fuhr Balthasar fort.

»Alleine vier Hauptabteilungen mit weiteren Abteilungen darunter«, stimmte Nik zu.

»Wenn wir Terrorismus und Kampf gegen den Staat ausschließen, will sie vielleicht Unterlagen zu einem Fall verschwinden lassen. Und den sucht sie gerade.«

»Eine Möglichkeit«, gab Nik zu.

»Terrorismus oder Kampf gegen den Staat ergibt schon deshalb keinen Sinn, weil die Frau an einem Samstagmorgen in das Gebäude eingedrungen ist, an dem nur sehr wenige Leute dort arbeiten«, erläuterte Balthasar. »Mit Geiseln hätte diese Aktion eine andere Wirkung.«

»Der Wachmann hat angegeben, dass die Frau zielstrebig zur Abteilung für organisiertes Verbrechen gegangen ist, was die These der Suche untermauert«, sagte Jon.

»Selbst wenn dies ihre Motivation ist, wird die Zerstörung von Akten kein Urteil verhindern oder rückgängig machen«, erläuterte Nik. »Und wenn es ein laufender Fall ist, sind die Unterlagen erstens beim bearbeitenden Staatsanwalt im Büro und außerdem im Computersystem. Da würde selbst die Zerstörung des Gebäudes keinen Unterschied machen.«

»Beschreie es nicht.« Balthasar nippte an seinem Tee und schaltete den Ton wieder an.

»Gerade habe ich einen Hinweis aus der Regie bekommen, dass wir mit der Person in der Staatsanwaltschaft in Kontakt stehen«, sagte der Moderator und fasste sich mit der Hand an den Ohrhörer.

»Die haben Kontakt?«, erklang Jons Stimme aus der Freisprechanlage. Die Verwunderung war ihm deutlich anzuhören. Balthasar stellte die Tasse auf den Couchtisch, während Nik sich aufrecht hinsetzte. Selbst Kara wandte den Kopf zum Fernseher.

»Hallo?«, hörte man eine Frau fragen. »Verstehen Sie mich?« Sie klang unsicher, fast schüchtern.

»Guten Morgen«, begann der Moderator professionell und stellte sich ihr vor, als handelte es sich um ein Interview mit einem Wirtschaftsexperten. »Darf ich nach Ihrem Namen fragen?«

»Alisa«, sagte sie nach kurzem Zögern.

»Wir verfügen nur über wenig Informationen, aber die Straße vor der Staatsanwaltschaft ist abgesperrt und sogar das SEK ist vor Ort«, erklärte der Moderator. »Was machen Sie in dem Gebäude?«

»Ich muss es tun.«

»Worüber sprechen Sie? Was ist *es*? Und warum sind Sie dafür mit Gewalt in die Staatsanwaltschaft eingedrungen?«, ließ der Moderator nicht locker. »Ich nehme an, dass Sie mit Gewalt eingedrungen sind oder damit gedroht haben, denn sonst hätte die Polizei nicht das Gebäude umstellt.«

»Sie verstehen nicht …«, stammelte sie.

»Dann erklären Sie es mir«, drängte er.

»Das Vorgehen des Moderators gefällt mir nicht«, sagte Balthasar.

»Das ist eine verdammte Katastrophe«, murrte Nik. »In solchen extremen Situationen Druck auf einen Geiselnehmer oder Terroristen auszuüben ist Wahnsinn.«

»Aus Sicht eines Nachrichtensprechers nicht, denn je mehr Drama er erzeugen kann, umso höher ist die Einschaltquote«, bemerkte Jon.

»Alisa?«, fragte der Mann. Eine Zeit lang hörte man nur das Rauschen der Leitung. Nik befürchtete schon, dass die Verbindung abgebrochen war, als die Frau schließlich doch noch antwortete.

»Ich will, dass der Fall von Berthold Ermisch wieder aufgenommen wird.« Ihre Stimme war fester geworden.

An dem überraschten Gesicht des Moderators konnte man erkennen, dass er nicht mit einer solchen Antwort gerechnet hatte. »Berthold Ermisch?«

»Wer ist Berthold Ermisch?«, wunderte sich Nik.

»Einen Moment«, sagte Jon. Dann hörte man ihn auf seiner Tastatur tippen.

»Sind Sie mit ihm verwandt oder befreundet?«, hakte der Moderator nach.

»Die Verurteilung war ungerechtfertigt und Berthold ist nicht ausreichend entschädigt worden«, fuhr die Frau fort.

Der Moderator fasste sich ans Ohr. »Wollen Sie uns mehr darüber sagen?«, bat er.

»Ich werde das Gebäude nicht verlassen, bis ich mit dem Oberstaatsanwalt darüber geredet habe«, ignorierte die Frau auch diese Frage. »Und sollte die Polizei mich daran hindern wollen, werde ich eine Bombe zünden.« Dann brach die Verbindung ab.

»Alisa?«, sagte der Moderator. »Hören Sie mich?«

Aber die Leitung war still.

»Wir wechseln für einen Moment in die Werbung«, fuhr der Mann schließlich fort. »Dann werden wir Sie mit den neusten Informationen über Alisa und ihre Forderung versorgen.«

Balthasar schaltete den Ton aus.

»Berthold Ermisch«, begann Jon. »Das ist aus dem Jahr 2012.«

»Von vor zwölf Jahren?«, wunderte sich Balthasar.

»Der Fall ist als Treppenhausmord bekannt geworden«, fuhr Jon fort.

»Jetzt kann ich den Namen zuordnen«, bemerkte Nik. Sein Mitbewohner wandte sich ihm zu. Kara hatte das Interesse verloren und beschäftigte sich wieder mit einer Nuss.

»Im idyllischen Gauting lebte besagter Berthold Ermisch in einem Mehrfamilienhaus in Nachbarschaft mit einer älteren Frau, die nichts Besseres zu tun hatte, als ihre Mitbewohner zu schikanieren«, erklärte Nik.

»Elfriede Oberle«, fügte Jon hinzu.

»Die ständigen Beschwerden und Anzeigen Oberles wurden Ermisch zu viel, sodass er eines Tages die Frau in einem Streit mit dem Tod bedrohte.«

»Ich ahne, wie die Geschichte endet«, sagte Balthasar.

»Am nächsten Tag kam es zu einem Streit im Treppenhaus, bei dem Oberle die Stufen hinunterstürzte und sich tödlich verletzte«, schloss Nik seine Erzählung ab.

»Der Fall war insofern spektakulär, weil es keine Zeugen gab, die gesehen haben, wie Ermisch Oberle die Treppe hinuntergestoßen hat«, ergänzte Jon. »Trotzdem wurde er wegen Mordes verurteilt.«

»Wegen Mordes?«, wunderte sich Balthasar. »Nicht Totschlags?«

»Die Richterin ging von einer vorsätzlichen Tat aus, weil Oberle ihren Nachbarn am Abend zuvor wegen Lärmbelästigung angezeigt hatte«, sagte Jon. »Danach schien Ermisch seine Morddrohung wiederholt zu haben, indem er sie laut aus dem Fenster brüllte, sodass es sogar Nachbarn vom Haus gegenüber gehört haben.«

»Den Zeugen nach hat Ermisch im Treppenhaus herumgeschrien, nachdem Oberle die Treppe hinuntergefallen war«, sagte Nik. »Außerdem lagen dem Gericht zwei Anzeigen wegen Körperverletzung gegen Ermisch vor, daher hatte er wohl einen explosiven Charakter.«

»Wobei man hinzufügen muss, dass es sich in beiden Fällen um Ohrfeigen handelt, die sich Nachbarsjungen beim Bemalen der Hauswände eingehandelt haben«, ergänzte Jon. »Also keine Gewaltdelikte, mit denen wir sonst zu tun haben.«

»Also muss Alisa eine Freundin oder Verwandte von Ermisch sein, sonst würde sie nicht die Wiederaufnahme des Falls fordern«, schloss Balthasar.

»Möglich, aber Ermisch verstarb vor fünf Jahren im Gefängnis an einem Herzinfarkt, daher frage ich mich, warum sie erst jetzt aktiv wird.«

»Vielleicht jährt sich etwas?«, vermutete Balthasar.

»Den Gedanken hatte ich auch schon«, sagte Jon. »Aber Ermisch hatte im August Geburtstag. Sein Todestag jährt sich im Dezember und seine Verurteilung war im Januar.«

»Zugegebenermaßen seltsam.« Balthasar nahm seine Tasse in die Hand und trank wieder einen Schluck Tee.

Nik wollte gerade etwas ergänzen, als im Fernsehen eine Explosion zu sehen war. In einem Raum der Staatsanwaltschaft zerbarst die Scheibe in einem Feuerball. Trümmer flogen auf die Straße und die Polizisten brachten sich hinter Fahrzeugen in Sicherheit.

Balthasar hätte beinahe seine Tasse fallen lassen. Kara flog krächzend auf, als Nik von der Couch aufsprang.

»Verdammt!«, schrie er.

»Was ist da los?«, erklang Jons Stimme aus der Freisprechanlage.

Balthasar stellte hektisch seine Tasse auf den Tisch und schaltete mit der Fernbedienung den Ton des Fernsehers wieder an. Der Moderator starrte mit aufgerissenen Augen auf die Bilder. Das Entsetzen war ihm anzusehen. Seine steife Professionalität war verflogen.

»… auch nicht, was gerade passiert ist«, hörte man die Stimme eines Mannes im Hintergrund.

Die Explosion hatte nicht nur die Scheibe zerspringen lassen, sondern auch ein großes Loch in die Wand gerissen. Brennende Fetzen von Papier flogen durch die Luft. Die Polizisten vor der Staatsanwaltschaft sprangen in die Autos, um Platz für ein Fahrzeug der Feuerwehr zu machen.

»Wir versuchen, wieder in Kontakt mit Alisa zu kommen«, sagte der Moderator. »Aktuell bekommen wir keine Verbindung, aber wir geben nicht auf. Hoffen wir, dass sie nicht in dem Raum war, in dem die Bombe explodiert ist.«

Nik stand weiterhin regungslos vor der Couch und verfolgte die Liveübertragung. Die Feuerwehr richtete einen

Strahl Wasser auf das brennende Zimmer, während zur gleichen Zeit Männer des SEK das Gebäude stürmten.

»Hat sich die Frau in die Luft gesprengt?«, fragte Balthasar entsetzt. »Warum nur?«

»Ich weiß es nicht«, sagte Nik kopfschüttelnd. »Ich weiß es nicht.«

* * *

Das kleine Reihenhaus von Alisa Idinger war weiträumig abgeriegelt. Polizeifahrzeuge standen auf der Straße quer und der Gehweg war mit rot-weißem Plastikband abgesperrt. Man hörte das Knattern eines Hubschrauberrotors in der Luft, der die Beamten vor aufdringlichen Journalisten und abenteuerlustigen Influencern warnen sollte.

Hauptkommissar Naumann hatte in seinen über zwanzig Jahren bei der Kripo schon alles erlebt, von einem tödlich endenden Ehestreit über Serienmörder und Gangkämpfe bis hin zu dem Amokläufer im OEZ. Von allen Tätern ängstigte ihn eine Art unvermindert – die Unberechenbaren, die scheinbar ohne Grund zuschlugen. Deren Taten kein Sinn ergab, selbst wenn man Stunden darüber nachdachte.

Bei jedem Verrückten gab es irgendwelche Anzeichen, wenn auch nicht immer nach außen hin, immerhin wurden einige Amokläufer von ihren Nachbarn oft als zurückhaltend und unauffällig beschrieben. Doch spätestens, wenn man sich in ihrer Wohnung umsah, erkannte man das wahre Ausmaß ihres Charakters. Dann fanden sich Menschenknochen, tote Tiere auf selbst gebauten Altären, Bücher wie das »Anarchist Cookbook«, linke Gewaltfantasien, Naziliteratur oder satanische Werke. Dazu noch Ballerspiele, Gewaltpornos und Waffen. Vor allem Waffen, aber nichts dergleichen fand sich in Idingers Wohnung. Ihr Haus war das einer alleinstehenden Frau, die den Abend am liebsten mit ihrer Katze und einem guten Buch verbrachte. Eine Katze hatte er noch nicht gesehen, daher Bücher umso mehr.

Der kleine Flur hinter der Eingangstür war mit einem dicken Teppich ausgelegt. An einem Kleiderhaken hingen zwei Übergangsjacken, davor stand ein Paar wasserfeste Wanderschuhe. Auf der Ablage unter einem runden Spiegel mit Goldrand stapelten sich Bücher. Einige Kochbücher, ein Ratgeber für Frauen in den Wechseljahren und zwei Krimis. Daneben eine Papiertüte, die mehrere Packungen mit verschiedenen Teesorten enthielt. Um den Spiegel herum waren verschiedene Traumfänger angebracht, meist solche mit Federn, an manchen befand sich auch Fell oder Wolle.

Diesen Stil wies auch die Wohnküche auf. Der Boden war mit mehreren Teppichen unterschiedlicher Machart bedeckt. Ein paar schienen handgeknüpft zu sein, mit bunten Farben und Knoten. Andere waren offensichtlich billige Massenware aus dem Möbelgeschäft. Auf einer dunkelbeigen Stoffcouch lagen gestrickte Deckchen, außerdem Kissen, Nackenrollen und eine seltsam geformte Kopfstütze. Auf einem kleinen Beistelltisch stand eine Vase mit Duftstäbchen, die der Grund für den herben Geruch im Raum sein mochten. Die Wände waren voller Regale mit Tausenden Büchern. In den wenigen Lücken dazwischen hingen Naturbilder von exotischen Wäldern, Wasserfällen und Tieren, meist Elefanten in der Savanne. Zusammen mit den Vorhängen an den Fenstern wirkte alles wie ein idyllischer Rückzugsort, eine Insel des Friedens inmitten der hektischen Zeiten.

»Das ist eigenartig«, schien Naumanns Kollege seine Gedanken zu erraten. Wie immer war Danilo perfekt gebräunt und trug einen dunkelblauen Anzug mit weißem Hemd. Auf eine Krawatte hatte er heute verzichtet, wahrscheinlich, weil er an diesem Samstag eigentlich frei hatte. Aber nach den Vorfällen in der Staatsanwaltschaft hatte Naumann alle verfügbaren Leute auf die Dienststelle gerufen, Urlaub oder nicht. »Das passt nicht zu einer verwirrten Irren, die sich in die Luft sprengt«, sprach er aus, was alle dachten.

Die Eingangstür ging auf und die Männer von der Kriminaltechnik kamen herein. Wie Naumann trugen sie weiße Überzieher an ihren Schuhen, nur waren sie noch in einen weißen Schutzanzug geschlüpft und hatten Handschuhe an. Sie nickten Naumann zu und begannen ihre Ausrüstung auszupacken.

Naumann trat in die Mitte des Wohnzimmers und hob die Hand.

»Wir suchen nach drei Dingen«, begann der Hauptkommissar. Die Köpfe der KTI-ler wandten sich ihm zu.

»Erstens benötigen wir eine DNS-Probe von Alisa Idinger, damit wir diese mit der verkohlten Leiche in der Staatsanwaltschaft vergleichen können.«

Die Männer und Frauen nickten ihm zu.

»Fast noch wichtiger ist das Motiv«, fuhr Naumann fort. »Was hat Idinger bewegt, in ein Aktenzimmer der Staatsanwaltschaft zu gehen und sich in die Luft zu sprengen? Und was hat das mit dem Fall von Berthold Ermisch zu tun?« Bevor er den Raum verließ, um ins Freie zu gehen, blickte er noch einmal ernst in die Runde. »Viel Erfolg.«

Draußen stellte er sich zu Danilo, der sich gerade eine Zigarette angesteckt hatte. Das Handy in Naumanns Tasche vibrierte.

»Willst du nicht rangehen?«, fragte Danilo.

»Das ist der Polizeipräsident, der alle fünf Minuten bei mir anruft und fragt, ob es etwas Neues gibt, das er der Öffentlichkeit erzählen kann«, antwortete Naumann. »Ich habe ihm gesagt, dass ich mich augenblicklich melde, sobald wir entsprechende Informationen haben, aber das scheint ihn nicht zu interessieren.«

Danilo zog die Augenbrauen hoch. »In drei Stunden soll eine Pressekonferenz stattfinden. Ich verstehe seine Ungeduld.«

»Was soll ich ihm berichten?« Naumann deutete in das Haus hinein. »Dass Idinger ein scheinbar harmloser Bücherwurm war, der gerne grünen Tee getrunken hat und ein Faible für Elefanten hatte?« Er seufzte hörbar, als sein Handy pingte, weil eine SMS eingegangen war. »Ich lasse die Kriminaltechniker in Ruhe arbeiten und vielleicht finden sie etwas, das diesen ganzen Wahnsinn erklärt. Ansonsten wird unser gemeinsamer Chef die Presse mit Plattitüden abspeisen müssen. Wäre nicht das erste Mal«, fügte er noch murmelnd hinzu.

Danilo wollte gerade etwas erwidern, als ein Mann vom KTI nach außen kam. »Hauptkommissar Naumann, Kommissar Serra. Das sollten Sie sehen.« Er winkte sie hinein.

Sie folgten ihm zu einer Treppe, die einen Meter hinter der Eingangstür links in den Keller hinabführte. Die Stufen waren eng und es gab keinen Handlauf, daher stützte sich Naumann an der Wand ab, bis er unten angekommen war. Der Techniker ging am Heizungskeller vorbei zu einem kleinen Zimmer, das offenbar Idingers Hobbyraum gewesen war. An der hinteren Wand stand ein Tisch mit einer Nähmaschine, daneben offene Kisten mit Garnrollen, Wolle und Stoffen in unterschiedlichen Farben. Auf einem Stuhl war eine hellgrüne Hose abgelegt, deren Reißverschluss fehlte.

Links im Raum hingen an einer Pinnwand etwa zwanzig Fotos von einem Mann um die fünfzig, mit grauen Haaren, einem ungepflegten Vollbart und einer großen Brille. Manche wirkten wie Porträtaufnahmen für eine Bewerbung, andere waren eher Schnappschüsse. Dazwischen hafteten ausgeschnittene Zeitungsberichte über einen Prozess.

»Das ist Berthold Ermisch.« Naumann deutete auf ein Bild, in dem Ermisch in Handschellen vor einem Tisch stand. »Die Aufnahme stammt von dem Mordprozess gegen ihn.«

»Also hat sie es für ihn getan«, schloss Danilo.

»Offensichtlich«, bemerkte Naumann. »Aber aktuell kennen wir keinen Bezug zwischen Idinger und Ermisch, weder auf verwandtschaftlicher Ebene noch sonst wo.«

»Das ist noch nicht alles«, sagte der Kriminaltechniker. Er ging ein paar Schritte und hob eine Decke von einem Beistelltisch. Darunter lagen dünne Kabel, Widerstände, Mikrochips, Messgeräte und ein Lötkolben, daneben eine Rolle graues Industrieband, zwei ausgeschlachtete Handys und ein handtellergroßer Funkwecker. In einer leeren Tupperdose waren krümelige Reste einer grauen Substanz zu sehen.

»Könnte C4-Sprengstoff sein«, murmelte Danilo.

»Das wird die chemische Analyse zeigen.« Der Kriminaltechniker nahm ein Körnchen mit einer Pipette, packte es in ein durchsichtiges Reagenzglas und verschloss es mit einem Plastikkorken. »Laut den Kollegen in der Staatsanwaltschaft war die Bombe wahrscheinlich mit C4 bestückt, aber auch da müssen wir das Laborergebnis abwarten.« Er hob das Glas in die Höhe und betrachtete es interessiert.

»Obwohl mir die Motivation der Frau noch unklar ist, bringt dieser Fund etwas Licht in den Fall«, sagte Naumann. »Unser Chef wird froh sein, etwas Konkretes zu haben.«

»Ich mache Fotos und übertrage sie gleich auf den Server«, sagte der KTI-ler.

Naumann nickte ihm zu und verließ mit Danilo den Kellerraum. Draußen nahm er sein Handy und wählte die Nummer des Polizeipräsidenten.

* * *

Gefühlt hatte Nik heute den ganzen Tag das Licht angehabt. Der Februar war noch immer trüb und es war längst wieder dunkel geworden. Er hatte geduscht, sich rasiert und trug ein schwarzes T-Shirt über seiner Jeans, schließlich wusste er nicht, was der Abend bringen würde, und wollte auf alles vorbereitet sein.

Er saß mit Balthasar auf der Couch und lauschte den Worten seines ehemaligen Chefs, doch zehn Minuten nachdem der Polizeipräsident und sein Sprecher die Pressekonferenz eröffnet hatten, schaltete Nik den Fernseher wieder aus.

»Willst du nicht hören, was er zu sagen hat?«, wunderte sich Balthasar. Seine Glatze glänzte von der Lotion, die er nach dem Rasieren immer auftrug, und sein langes T-Shirt roch nach viel zu viel Feinspüler mit Rosenduft. Er hatte die Beine auf den Couchtisch gelegt und feilte seine Fingernägel.

»Wenn der Sprecher auf die üblichen Floskeln umschwenkt, ist alles gesagt«, erklärte Nik. »Von denen erfahren wir nichts Neues.«

»Es gibt aktuell auch nichts Neues«, erklang Jons Stimme aus der Freisprechanlage. »Im Moment überprüfen die Feuerwehr und die Bombenspezialisten vom SEK, wie stabil das Gebäude noch ist, bevor sie den Tatort genauer untersuchen. Währenddessen arbeitet ein Teil der Kripo den Fall Berthold Ermisch wieder auf, während der Rest Idingers Leben auf den Kopf stellt.«

»Was wissen wir über sie?« Nik stand auf, startete den Laptop und schloss ihn an einen Beamer an. So konnte Jon Bilder und Videos mit ihnen teilen, die er bei sich zu Hause auf dem Server hatte.

Kurz darauf erschien das Foto einer Frau um die vierzig auf der Wand. Sie hatte ein rundes, pausbäckiges Gesicht mit dunkelgrünen Augen und schmalen Brauen. Ihre halblangen, lockigen Haare wirkten zu schwarz, als dass sie nicht gefärbt sein konnten. Um den Hals trug sie eine silberne Kette mit Strasssteinen. Ihr Lächeln wirkte künstlich, als hätte sie sich zu einem freundlichen Blick zwingen müssen.

»Dieses Bild ist aus den Archiven der Staatsanwaltschaft«, erklärte Jon. »Dort hat sie vierzehn Jahre als Rechtspflegerin gearbeitet, bevor sie 2022 nach einem Burn-out berufsunfähig wurde.«

»In der Abteilung 4?«, fragte Nik.

»Korrekt«, bestätigte Jon. »Kanntest du Idinger?«

»Das Gesicht kam mir bekannt vor«, erklärte er. »Ich habe mit ihrem Chef an einem Fall von schwerer Geldfälschung gearbeitet. Hatte sie damals nicht einen anderen Nachnamen?«

»Alisa war bis 2021 mit Pascal Ferringer verheiratet«, sagte Jon. »Danach hat sie wieder ihren Mädchennamen Idinger angenommen.«

»Ich hatte zu wenig mit ihr zu tun, als dass mir noch viel von ihr in Erinnerung geblieben wäre, aber wie eine Verrückte ist sie mir nicht vorgekommen.«

»Ich habe mich parallel zur Kripo auf die Suche nach Verbindungen zwischen ihr und Berthold Ermisch gemacht und genau null Treffer bekommen«, sagte Jon. »Die einzige Gemeinsamkeit war, dass der Fall von der Staatsanwaltschaft I bearbeitet worden ist.«

»Nach welchen Verbindungen hast du gesucht?«, wollte Balthasar wissen.

»Das Übliche. Angefangen von Schul- oder Universitätsbesuchen über Verwandtschaftsverhältnisse bis hin zu sozialen Medien, Hobbys und Fitnessstudios. Die räumliche Distanz zwischen beiden war zu groß, als dass sie sich zufällig gekannt oder sich beim Bäcker getroffen haben könnten. Und was ich in den momentanen Berichten der Kripo lese, fand die auch keine Gemeinsamkeiten.«

»Aber es muss doch einen Grund geben«, beharrte Nik.

»Vielleicht hat sie der Fall so empört, dass sie sich zu dieser Tat genötigt gefühlt hat, ohne Ermisch zu kennen«, warf

Balthasar ein. »Ich habe mich über den Fall informiert und was ich so lese, stand die Anklage auf wackeligen Beinen.«

»Es gab keine Zeugen für die Tat, trotzdem wurde er wegen Mordes verurteilt«, bestätigte Jon. »Während des Prozesses hat er mehrfach geschworen, dass er unschuldig war.«

»Die Täterschaft von Ermisch wurde von vielen Seiten angezweifelt und seine Anwälte sind auch in Revision gegangen«, erklärte Nik. »Natürlich war er unter Berücksichtigung der Streitereien und der Situation im Haus der perfekte Täter, aber das hätte man berücksichtigen müssen, denn ein potenzieller Mörder der alten Frau hätte sich genau das zunutze machen können.«

»Also ein Justizirrtum«, schloss Balthasar.

»Kommt darauf an, wen du fragst«, sagte Nik. »Einige Juristen würden dir zustimmen, andere vehement widersprechen.«

»Da Ermisch im Gefängnis gestorben ist, wird der Fall nie endgültig gelöst werden«, sagte Jon. »Zumindest wenn keine neuen Fakten oder Beweise gefunden werden.«

»Wenn Idinger Rechtspflegerin in der Staatsanwaltschaft war, kannte sie das Vorgehen in solchen Fällen«, erklärte Balthasar. »Warum hat sie nicht den formellen Weg gewählt, falls es etwas Neues zum Treppenhausmord gegeben hat?«

»Weil sie nichts Neues hatte«, vermutete Jon.

»Oder die neuen Beweise waren nicht stark genug, um das Verfahren wiederaufzunehmen«, ergänzte Nik.

»Das hat die Kripo mit als Erstes überprüft«, sagte Jon. »Weder im Landgericht noch in der Staatsanwaltschaft kamen in den letzten Jahren Anträge zur Wiederaufnahme des Verfahrens herein. Auch nicht von Idinger.«

»Hat sich dazu etwas in ihrer Wohnung gefunden?«

»Dazu sind vor einer halben Stunde die ersten Aufnahmen auf den Server hochgeladen worden«, antwortete Jon. Ein

Bild von Idingers Kellerraum erschien, auf dem ein Tisch mit Kabeln, Messgeräten und anderen Materialien zu sehen war.

»Das hätte ich nicht erwartet.« Nik stand auf und ging näher an die Wand. »Ist das C4?«, fragte er und deutete auf die kneteähnlichen Reste.

»Die Analyse war positiv auf Hexogen«, bestätigte Jon.

»Das bekommt man nicht im Versandhandel«, bemerkte Balthasar.

»Selbst ich müsste mich gewaltig strecken, um C4 zu besorgen, und ich kenne mich in der Münchner Unterwelt gut aus.« Nik setzte sich kopfschüttelnd zurück auf die Couch. »Das bekomme ich nicht zusammen.«

»Niemand kann sich das erklären«, sagte Jon. »Denn nichts in Idingers Leben zeigt Radikalität. Wenn man sich einige Posts ihres Instagram-Accounts ansieht, erkennt man Tendenzen zu Depression, aber das führt nicht zum Bombenbau.«

»Idinger hat einen Instagram-Account?«, wunderte sich Balthasar.

»Einen offenen und mit knapp 20 000 Followern gut besuchten Kanal«, stimmte Jon zu.

»20 000 sind eine Menge«, bemerkte Nik.

»Tatsächlich handelt es sich um kein privates Profil, sondern um eine Art Psychotherapie für sie und andere Betroffene«, erklärte Jon. »Eröffnet hat sie das Profil kurz nach ihrem Burn-out und ihrem Ausscheiden aus der Staatsanwaltschaft. Darin spricht sie offen über ihre Gefühlslage.«

»Ich werde den Drang der Menschen, sich der Öffentlichkeit zu offenbaren, nie verstehen«, sagte Nik.

»Generell sind wir einer Meinung, aber ihre Posts und Reels finden großen Zuspruch. Viele Follower fühlen sich von ihr angesprochen, daher war das keine schlechte Sache, sowohl als Therapie für sie wie auch für andere Menschen.«

»Soziale Medien«, murmelte Nik kopfschüttelnd.

»Hat sich in den letzten Posts oder Videos etwas verändert?«, wollte Balthasar wissen. »Gab es Hinweise auf die Tat?«

»Oder auf Berthold Ermisch?«, fügte Nik hinzu.

»Nicht in den Beiträgen, die ich gesehen habe«, antwortete Jon. »Aber wegen der Kürze der Zeit bin ich noch nicht annähernd durch, daher will ich mir noch kein endgültiges Urteil erlauben.«

»Das ergibt doch keinen Sinn.« Nik stand erneut auf und ging nachdenklich umher.

»Bomben bauen hat noch nie Sinn ergeben«, sagte Balthasar.

»Ich beziehe mich auf den ganzen Fall«, erklärte Nik. »Der ist von Anfang bis Ende nicht konsistent.«

»Die Ermittlungen haben gerade erst richtig angefangen, aber generell erkenne ich einige … Ungereimtheiten«, stimmte Jon zu.

»Es geht los mit Alisa Idinger, die so gar nichts mit der Person zu tun hat, die in die Staatsanwaltschaft eingedrungen ist.«

»Laut den Informationen der Pressekonferenz wurde als eine der ersten Maßnahmen die DNS in Idingers Haus mit den Überresten in der Staatsanwaltschaft abgeglichen«, sagte Balthasar. »Diese stimmen überein, es gibt also keine Zweifel bezüglich ihrer Identität.«

»Meine Begegnung mit ihr ist viele Jahre her, daher kann ich das nicht als Maßstab nehmen, aber was wir aktuell von Idinger wissen, passt nicht zu einer Gewalttäterin«, sagte Nik. »In keiner Weise.«

»Bis auf den Tisch mit den Bombenbau-Utensilien und dem C4«, warf Balthasar ein.

»Vordergründig ja, aber bei genauerer Betrachtung muss ich dir widersprechen.«

»Es gibt Menschen mit schrägen Hobbys, aber Sprengstoff auf dem Basteltisch ist nicht normal.«

»Schau dir die Aufnahme noch einmal genauer an«, wandte sich Nik an seinen Mitbewohner. Kurz darauf erschien das Bild wieder auf der Wand. »Bitte so groß wie möglich aufzoomen.« Das Foto zeigte den Keller in voller Breite. Links den Tisch mit den Kabeln, weiter rechts eine Nähmaschine und verschiedene Kisten.

»Und jetzt betrachtet die Kisten und ihren Inhalt«, sagte Nik.

»Eine Menge Faden, Wolle und Stoffe. Geordnet nach Farbe.«

»Und an der Wand noch mehrere Magazine für Kleinteile«, ergänzte Nik.

»Alles fein säuberlich sortiert«, bemerkte Jon.

Nik nickte. »Und wenn wir uns die anderen Räume der Wohnung ansehen, werden diese ebenso aufgeräumt sein.«

»Stimmt«, bestätigte Jon. »Etwas viel Rummel, würde meine Oma sagen, aber ansonsten sauber und gepflegt.«

»Und jetzt vergleicht das mit dem Beistelltisch, auf dem das C4 gefunden wurde.«

»Die Kabel liegen unordentlich herum, ebenso die anderen Materialien«, sagte Balthasar. »Ermischs Fotos an der Wand und die ausgedruckten Zeitungsberichte wirken hastig an die Pinnwand geklebt.«

»Irgendetwas stört mich daran«, murmelte Nik.

»Wir sind uns einig, dass in den letzten Tagen etwas passiert sein muss«, stellte Balthasar fest. »Wir haben aber keinen Hinweis darauf, wann es passiert ist und was der Auslöser war.«

»Zumindest nicht nach dem aktuellen Stand der Ermittlungen«, fügte Jon hinzu.

»Nehmen wir an, dass sie vor einigen Tagen etwas aus der Bahn geworfen hat, dann sind Unordnung und Verwirrtheit eine schlüssige Folge davon.« Balthasar deutete auf das Bild an der Wand.

»Der unordentliche Tisch mit dem Bombenbau-Material ist nicht der Auslöser meiner Skepsis«, erklärte Nik. »Mein Misstrauen wurde schon beim Gespräch mit dem Moderator geweckt.«

Balthasar zog die Augenbrauen hoch, als wüsste er nicht, worauf Nik hinauswollte.

»Kannst du die Aufzeichnung noch einmal abspielen?«, bat er Jon. »Aber bitte nur den Ton, damit wir nicht durch die Bilder abgelenkt werden.«

»Einen Augenblick«, sagte dieser. Dann rauschte es kurz in der Leitung und die Aufnahme begann.

»Hallo?«, hörte man Idingers Stimme. »Hören Sie mich?«

Der Moderator begrüßte sie und stellte sich vor. »Darf ich nach Ihrem Namen fragen?«

»Alisa.«

»Stop!«, rief Nik und Jon hielt die Aufnahme an. »Wie wirkt Idinger auf euch?«

»Nervös und aufgeregt«, antwortete Balthasar.

»Was keine Überraschung ist, wenn man bedenkt, dass sie mit einer Pistole in der Hand und einer Bombe in der Tasche in die Staatsanwaltschaft eingedrungen ist«, fügte Jon hinzu.

»So weit sind wir einer Meinung«, sagte Nik. »Die Unsicherheit ist noch zu hören, bis der Moderator nach einer Erklärung für ihr Handeln fragt und sie dann unter Druck setzt. Spule bis dahin vor und hört euch dann ihre Stimme an.«

Einen Augenblick später ging die Aufnahme weiter.

»Ich will, dass der Fall von Berthold Ermisch wieder aufgenommen wird«, ertönte Idingers Stimme aus dem Lautsprecher.

»Berthold Ermisch?«, fragte der Moderator. »Sind Sie mit ihm verwandt oder befreundet?«

»Die Verurteilung war ungerechtfertigt und Berthold ist nicht ausreichend entschädigt worden«, sagte sie.

»Wollen Sie uns mehr darüber sagen?«

»Ich werde das Gebäude nicht verlassen, bis ich mit dem Oberstaatsanwalt darüber geredet habe. Und sollte die Polizei mich daran hindern wollen, werde ich eine Bombe zünden.«

Jon hielt die Aufnahme an.

»Der Unterschied ist merklich«, gab Balthasar zu.

»Bei der Forderung nach der Wiederaufnahme spricht sie sachlich, fast gefühllos, ganz im Gegensatz zum Anfang«, ergänzte Jon.

Nik nickte zustimmend. »Als sie am Ende damit droht, eine Bombe zu zünden, ist ihre Stimme ruhig und unaufgeregt, als würde sie etwas vorlesen.« Er schnipste mit dem Finger. »Eine Wandlung von einer nervösen, angespannten Frau zu einer Nachrichtensprecherin in fünf Sekunden.«

»Was könnte der Grund für diesen Wandel sein?«, fragte Balthasar.

»Ich weiß es nicht. Noch nicht«, erwiderte Nik. »Aber mein Kopf wird mir keine Ruhe lassen, solange ich nicht die Antwort kenne.«

»Ich helfe dir gerne bei der Lösung, weiß aber momentan nicht, wo ich suchen soll«, sagte Jon.

»Mich interessieren ein paar Dinge zu dem Tisch mit dem Bombenmaterial, vor allem, wie eine Rechtspflegerin mit Burnout so etwas basteln kann«, erklärte Nik. »Und ich weiß genau, wen ich dazu frage. – Wobei er sich nicht freuen wird, mich zu sehen«, fügte er hinzu.

Nik stand auf, nahm seine Jacke vom Kleiderständer im Flur und verließ die Wohnung.

Kapitel 2

Naumann hatte sich auf dem Bürostuhl zurückgelehnt und betrachtete das Video von Alisa Idinger. Sie saß auf einer Parkbank im Schatten einer großen Buche. Ihr Gesicht war von der Kälte des Tages gerötet und der Kragen ihrer dunkelblauen Winterjacke war hochgeschlagen. Ihre schwarzen Haare hatte sie hinten zu einem Zopf geflochten.

»An Tagen wie diesen ist es besonders schwer«, begann sie. »Der Winter scheint nicht mehr enden zu wollen, die Tage sind kurz und das Licht ist trüb, ohne Sonne.« Vor ihrem Mund bildete sich eine Atemwolke. »Eigentlich geht es mir gut, ich habe ein schönes Haus, muss morgens nicht mehr zur Arbeit, niemand setzt mich unter Druck – aber trotzdem ist es schwer.« Eine Träne lief ihr die Wange hinunter. »Wirklich schwer.« Sie wischte die Träne weg. »Ich wollte nicht aus dem Bett aufstehen, aber ich habe mich schließlich gezwungen, mich anzuziehen und einen meiner bevorzugten Plätze aufzusuchen.« Sie schloss die Augen und atmete drei Mal tief durch. »Selbst jetzt bekomme ich die trüben Gedanken nicht aus dem Kopf.« Sie zwang sich zu einem Lächeln. »Doch ich werde mich nicht unterkriegen lassen.« Sie wischte sich über die Augen. »Ich beende meinen Spaziergang und mache einen Abstecher in das nahe Einkaufszentrum. Vielleicht muntert mich die Nähe anderer Menschen wieder auf.« Sie hob den Daumen. »Bleibt tapfer und widersteht der Traurigkeit.«

Dann endete das Video.

»Das war die letzte Aufnahme von ihr«, bemerkte Danilo, der die ganze Zeit hinter Naumann gestanden hatte. »Vor drei Tagen.«

Der Kripochef schüttelte nachdenklich den Kopf. »Ihre psychische Labilität ist offensichtlich, aber nichts deutet auf die bevorstehende Tat hin.«

»Auch in den Videos und Beiträgen zuvor spricht sie nur von ihrem Burn-out und ihrer Depression, nicht vom Waffenkauf oder Bombenbau.«

»Was ist mit Berthold Ermisch?«

Danilo schüttelte nur den Kopf.

Naumann stand auf und sah aus dem Fenster. Die Gegend um die Dienststelle kam zur Ruhe. Die Presseabteilung hatte die Reporter mit genug Material gefüttert und der Berufsverkehr nahm ab. »Ich verstehe es nicht«, murmelte er.

»Das C4 in Idingers Besitz stammt aus einer Produktion in Tschechien, aber mehr konnten wir noch nicht herausfinden«, fuhr Danilo fort. »Wir scheuchen gerade unsere Informanten auf die Straße und arbeiten mit dem BKA zusammen, aber wir haben keine Ahnung, woher sie den Sprengstoff herbekommen hat.«

»Wie gelangt eine solche Frau an C4?«, wunderte sich Naumann. »Und was hat sie zu einer solchen Tat getrieben?«

»Wir haben in ihrem Badezimmer Antidepressiva gefunden.«

»Was wegen ihres Burn-outs kein Wunder ist«, bemerkte der Kripochef genervt.

Danilo zuckte hilflos die Achseln. »Ich kann dir nicht mehr bieten.«

»Entschuldigung.« Naumann seufzte. »Es war ein verrückter Tag«, sagte er ruhiger. »Vielleicht sollten wir uns ein paar Stunden schlafen legen und auf die Ergebnisse des KTI warten.«

»Die Kollegen in dem verwüsteten Aktenzimmer der Staatsanwaltschaft haben versprochen, dass sie morgen die ersten Ergebnisse haben.«

»Was Neues zur Bombe?«

Danilo schüttelte den Kopf. »Die Bergung ist schwierig, weil die Kollegen von der Feuerwehr der Integrität des Gebäudes nicht trauen und deshalb viele Stützen einbauen mussten.«

»Also lässt sich nicht sagen, ob Idinger sich bewusst selbst in die Luft gesprengt hat oder ob es ein Unfall war.«

»Es gibt Indizien für beides«, antwortete Danilo. »Noch haben wir nicht genug, um uns auf eines festzulegen.«

Naumann wandte sich seinem Kollegen zu und legte ihm kurz eine Hand auf die Schulter. »Lass uns morgen früh weiterreden.« Er nahm seinen Mantel und verließ das Büro.

Auf dem Weg nach Hause ging ihm das explodierende Aktenzimmer in der Staatsanwaltschaft nicht mehr aus dem Kopf. »Was hat dich nur dazu getrieben?«, sagte er vor sich hin. »Was nur?«

* * *

Wie die meisten von Niks Kontakten war auch dieser nachtaktiv. Vor allem war er sehr berechenbar als Stammgast einer heruntergekommenen Kneipe in Milbertshofen, die Nik sonst nicht einmal betreten hätte, wenn er am Verdursten gewesen wäre. Vordergründig wirkte sie wie hundert andere in München, mit rustikaler Einrichtung, trübem Licht und schlechter Musik, aber der Gestank nach altem Fett war so erdrückend, dass Nik sich die Nase zuhalten musste, bis er sich daran gewöhnt hatte und nicht mehr würgen musste.

Dementsprechend las sich auch die Speisekarte, denn es gab nur verschiedene Arten von Schweineschnitzel, wahlweise mit Pommes frites oder Kroketten. Für die besonders Abenteuerlustigen standen noch frittierte Calamares auf der Karte.

Er fand Frederik Wiebus an einem schmalen Tisch in der Ecke, ein vor Fett triefendes Schnitzel in der rechten Hand, das er ab und zu in eine Schüssel mit Jägersoße tunkte. Seine linke Hand lag auf dem Tisch und zitterte unkontrolliert, was einer der Gründe war, warum er überhaupt in Freiheit war. Ohne Leberzirrhose, Diabetes Typ 2 und Parkinson hätte er noch im Gefängnis gesessen.

Seine grauen Haare waren ungekämmt und in seinem Gesicht sprießte ein Bart, der ihm eine gewisse Ähnlichkeit mit dem Coca-Cola-Weihnachtsmann gab. Außerdem hätte seiner Jeansjacke ein Waschgang gutgetan.

»Guten Abend, Frederik«, sagte Nik und setzte sich zu ihm an den Tisch.

Wiebus hob kurz den Blick, ohne mit dem Kauen aufzuhören. Dann ließ er das Schnitzel auf den Teller fallen und wischte sich die Hand an der Jacke ab. »Wenn das nicht das Arschloch Pohl ist«, sagte er und griff nach dem Bier, ohne Nik aus den Augen zu lassen.

»Wie war's im Knast?« Nik nahm sich eine der Pommes vom Teller, was er sofort bereute, als er darauf biss. Das Kartoffelstäbchen war regelrecht in Fett ertränkt geworden. Angewidert spuckte er es neben sich auf den Boden.

»Besser als der Knastfraß«, sagte Wiebus grinsend und stellte das Bier ab. Dann rülpste er laut. »Ich war's nicht.«

»Weiß nicht, wovon du redest.«

»Die Bombe in der Staatsanwaltschaft«, erwiderte er und nahm das Schnitzel wieder in die Hand.

»Wollte ich nicht unterstellen«, gab sich Nik unschuldig.

»Wenn ich das gewesen wäre, hätte es den ganzen Scheißladen weggehauen.« Er tunkte das Schnitzel tief in die Soße. »Nicht nur ein Zimmer.«

»Ich bin tatsächlich wegen deines Fachwissens hier.«

Wiebus hörte kurz mit dem Kauen auf. »Willst du mich verarschen, Pohl, oder was soll die Scheiße?«

Nik hob besänftigend die Hände. »Bei der Frau in der Staatsanwaltschaft wurde Material zum Bombenbau gefunden, aber irgendwas daran fühlt sich falsch an«, versuchte er zu erklären. »Ich würde dir ein paar Fotos zeigen und du sagst mir, was du davon hältst.« Nik griff in die Tasche, holte einen Hunderteuroschein heraus und schob ihn über den Tisch. »Ist nicht zu deinem Schaden.«

Wiebus betrachtete den Geldschein einen Moment lang. Dabei kaute er mit offenem Mund, was bei seinen gelblichen Zahnstummeln kein schöner Anblick war. »Leg noch mal hundert drauf und wir sind im Geschäft.« Er steckte den Schein ein.

»Sobald ich die Informationen habe«, stimmte Nik zu.

Wiebus ließ das Schnitzel zurück auf den Teller fallen und trank einen Schluck Bier. »Leg los!«

Nik nahm die ausgedruckten Bilder aus Idingers Wohnung aus der Innentasche seiner Jacke und verteilte sie auf dem Tisch. Wiebus kniff die Augen zusammen und betrachtete sie genau. Dabei hielt er jedes nahe an sein Gesicht, als könnte er sonst zu wenig erkennen. Er ging sehr gründlich vor, als wollte er sich jedes Detail einprägen. Schließlich lehnte er sich auf dem Stuhl zurück und schüttelte den Kopf. »Du hast recht. Das passt nicht zusammen.« Er griff zu seinem Bier und leerte den Krug in einem Zug.

»Geht es vielleicht etwas detaillierter?«, bat Nik.

»Ich erkenne keinen Plan bei diesen Materialien«, begann Wiebus. »Hier liegen Widerstände herum, aber wieso Platinen, Säurebäder oder Stifte für die Bahnen? Das benötigt keiner.«

»Man braucht keine Platinen für den Bombenbau?«

»Wozu?«, fragte er achselzuckend. »Der Sprengstoff braucht einen Zündfunken und Schluss. Platinen benötigt man für komplexe Mechanismen, nicht, um etwas hochzujagen. Und dann der Wecker.« Er deutete auf das Bild, auf dem eine kleine Digitaluhr zu sehen war. »Keiner macht so etwas.«

»Einen Timer?«, vermutete Nik.

»Scheißdreck«, winkte Wiebus ab. »Man schließt ein Handy an den Zünder an. Dann kann man die Explosion genau in dem Moment auslösen, wenn man sie benötigt. Ein Timer setzt dich nur unter Druck und wenn du dich vertust, ist Schluss.«

»Was ist mit dem C4?«

»Geiler Stoff«, gab Wiebus zu. »Besser als selbst gemachter Kram.«

»Kommst du an so etwas ran?«

Er schüttelte den Kopf. »War selbst zu meinen aktiven Zeiten schwer. Musste mich mit Schwarzpulver abfinden.«

»Und was ist so geil an C4?«, passte sich Nik der Sprache an.

»Es ist völlig ungefährlich, bis es gezündet wird. Du kannst Legomännchen draus bauen und nebenher rauchen, ohne dass was passiert. Bei Schwarzpulver, ANC oder Chloratsprengstoff würde ich das nicht machen.«

»Also hat sich die Frau nicht zufällig in die Luft gesprengt?«

»Wegen dem C4 nicht, aber vielleicht war der Zünder scheiße.« Er deutete auf die Bilder. »Das sieht sehr nach Anfänger aus. Wenn überhaupt.«

»Was meinst du?«

»Mit dem Kram auf dem Tisch und dem nicht vorhandenen Werkzeug könnte selbst ich keine Bombe mit funktionierendem Zünder bauen«, erklärte er. »Entweder war die Alte ein verdammtes Genie ...«

»... oder sie hat die Bombe nicht gebaut.«

Wiebus nickte. »Wie gesagt, Pohl.« Er zeigte seine Zahnstummel, als er lächelte. »Ich war es nicht.«

* * *

An diesem Morgen weckte Nik kein hungriger Graupapagei, sondern das Geräusch eines Staubsaugers, zusammen mit einem fluchenden Mann.

»Wie sieht es denn hier aus?«, hörte er Balthasars Stimme das Sauggeräusch übertönen. »Isst du deine Brezeln auf dem Küchenboden oder wo kommt das ganze Salz her?«

Nik sah auf den Wecker am Nachttisch und stöhnte. »7.36 Uhr. Hast du nicht eine Leiche aufzuschneiden oder warum bist du schon so früh auf den Beinen?«, rief er laut nach draußen.

Der Sauger verstummte und die Schlafzimmertür ging auf. »Ich habe heute die Spätschicht in der Pathologie, Mister Selbstständig, ich bleib bis zehn Uhr im Bett«, sagte sein Mitbewohner sichtlich erbost. Er trug einen weißen Seidenbademantel, der sich um seinen Bauch spannte. Auf sein Gesicht hatte er eine klebrige Masse aufgetragen, die Nik an getrockneten Tapetenkleister erinnerte. »Ich hätte auch gerne länger geruht, aber bei dem ganzen Essen auf dem Boden ist zu befürchten, dass wir bald weitere Mitbewohner bekommen, die nicht so pfleglich wie Kara sind.«

Als der Papagei seinen Namen hörte, krächzte er laut.

Nik zog sich die Decke über den Kopf.

»Alexa«, hörte er Balthasar rufen. »Spiel ›I Want to Break Free‹ von Queen.« Dann ging der Sauger wieder an.

Eigentlich hatte Nik kein Problem mit Queen, doch mit zu wenig Schlaf hasste er jede Form von Lärm, selbst wenn er von Freddie Mercury kam.

Er presste sich noch eine Zeit lang die Hände auf die Ohren, aber er wusste, er würde nicht mehr zur Ruhe kommen, daher erhob er sich fluchend aus dem Bett und setzte sich auf die Kante. »Man sollte den Mord an Mitbewohnern straffrei machen«, bemerkte er, als Balthasar den Refrain des Lieds voller Inbrunst mitsang. Bedauerlicherweise mindestens einen Halbton zu hoch.

Als das Lied zu Ende und der Sauger aus war, verließ Nik das Schlafzimmer und schaltete die Kaffeemaschine an. Nach der zweiten Tasse und einer Brezel mit den Resten des Obatzten vom Vortag war die letzte Müdigkeit vertrieben, sodass er den Beamer samt Laptop anschaltete und Jons Nummer über das an die Freisprechanlage gekoppelte Telefon wählte.

Zufrieden setzte er sich auf die Couch. Zu seiner Kripozeit hatte er sich erst durch Mails und Berichte lesen müssen, bis er auf dem neusten Stand war, aber seit er mit Jon zusammenarbeitete, war dies viel leichter geworden, war der Computerexperte doch ständig auf dem neusten Stand und konnte Nik mit wenigen Worten die aktuellen Entwicklungen erklären.

»Guten Morgen«, meldete sich Jon gähnend.

»Noch jemand, der eine kurze Nacht hatte.« Balthasar war wieder aus seinem Schlafzimmer gekommen und setzte sich neben Nik auf die Couch.

»Ich habe Social-Media-Recherche betrieben und die Zeit aus dem Blick verloren.« Er gähnte wieder. »Aber dazu mehr, wenn der Energydrink wirkt.«

»Lass mich anfangen«, schlug Balthasar vor. »Denn der Obduktionsbericht war der kürzeste, den ich je gelesen habe.«

»Wahrscheinlich sind nicht genug Teile für eine Leichenschau übrig geblieben«, bemerkte Nik.

»Eine Obduktion konnte man das nicht nennen«, stimmte der Pathologe zu. »Von den Verletzungen zu schließen, hat Idinger die Bombe am Körper getragen, als sie hochgegangen ist. Es waren noch genug Gewebe und Blut vorhanden, damit einige Tests gemacht werden konnten, aber bis auf Antidepressiva in einer überschaubaren Menge, hatte sie nichts eingenommen. Keine Drogen, Alkohol oder sonstige ungewöhnliche Substanzen.« Er zuckte die Achseln. »Von der Bestätigung ausgenommen, dass die Tote Idinger war, hätte man sich die Mühe sparen können.«

»Da war mein Abend gestern interessanter«, sagte Nik. »Ich habe mich mit Frederik Wiebus getroffen.«

»Dem verurteilten Bombenbauer?«, fragte Jon. »Warst du nicht an seiner Verhaftung beteiligt?«

»War ich, aber zwei Hunderter haben ihn zu meinem Freund gemacht, also habe ich ihm die Aufnahme von Idingers Basteltisch gezeigt und er hat mir versichert, dass sich aus dem Zeug darauf kaum eine nutzbare Bombe bauen lässt.«

»Wir haben alle gesehen, dass diese sehr wohl funktioniert hat«, sagte Balthasar.

»Aber nicht mit den Materialien, die Idinger zu Hause hatte«, widersprach Nik.

»Vielleicht hat sie vorher noch aufgeräumt«, vermutete Jon.

»Wohin aufgeräumt?«, wollte Nik wissen. »Neben ihrem Haus hat man auch die Mülltonnen und einen nahen Altkleidercontainer durchsucht. Ohne Erfolg.«

»Dazu hätte sie nur früher aufräumen müssen«, erklärte Balthasar. »Wir wissen nicht, wann sie mit dem Bau angefangen hat, und wenn sie kurz vor der Leerung alles in den Mülleimer geworfen hat, war es bei der Durchsuchung weg und hat sich ihr nicht mehr zuordnen lassen.«

»Möglich wäre es, aber Bombenbau ist kein Lego«, sagte Nik. »Woher hatte sie die Fertigkeiten? In ihrer Wohnung finden sich keine Bücher dazu, ebenso wenig in ihrem Browserverlauf.«

»Zugegeben passt nichts von Idinger zu dem, was sie getan hat, aber mit den Aufnahmen der Kameras in der Staatsanwaltschaft lässt sie sich eindeutig identifizieren«, sagte Jon. »Außerdem war es ihr Handy, mit dem sie bei dem Fernsehsender angerufen hat, und auch die DNS-Analyse ihrer Überreste stimmt mit den Proben überein.«

»Ich sage nicht, dass sie es nicht war, sondern dass sie dazu gezwungen wurde«, bemerkte Nik.

Balthasar zog seine frisch gezupften Augenbrauen hoch, was mit dem Tapetenkleister im Gesicht eigenartig anmutete.

»Wenn Idinger es aus freien Stücken gemacht hat, hat sie ohne Hilfe eine Bombe gebaut, um in die Staatsanwaltschaft zu gelangen. Dort ist sie in einen Aktenraum gegangen, hat eine eigenartige Forderung zu einem längst abgeschlossenen Fall gestellt, mit dem sie nichts zu tun hatte, um sich schließlich in die Luft zu sprengen.«

»Zugegeben. So, wie du es sagst, klingt es eigenartig«, bemerkte Jon.

»Und da ist das Beschaffen des C4 und der Schusswaffe noch nicht berücksichtigt«, fügte Nik hinzu.

»Lassen wir uns doch auf das Gedankenspiel ein«, begann Balthasar. »Jemand Unbekanntes baut eine Bombe und zwingt Idinger, in die Staatsanwaltschaft einzudringen, in besagten Aktenraum zu gehen, die Forderung nach Wiederaufnahme des Ermisch-Falls zu stellen und sich dann in Luft zu sprengen.« Er sah kurz zu Nik. »Viel logischer klingt das nicht. Vor allem wenn es hundert bessere Wege gegeben hätte, diese Forderung zu untermauern.«

»Wenn man sich den Presserummel ansieht, dann ist Idingers Tat sehr präsent.«

»Kein Zweifel«, bestätigte der Pathologe. »Aber warum ein Aktenzimmer in der Staatsanwaltschaft an einem Samstagmorgen? Warum nicht ein voll besetztes Kino oder ein Einkaufszentrum?«

»Beschreie es nicht«, sagte Jon.

»Ich bin mehr als froh, dass die einzig geschädigte Person Idinger selbst war«, besänftigte Balthasar. »Aber die Forderung zu stellen und Selbstmord zu begehen ist nicht durchdacht. Jetzt wird man in der Staatsanwaltschaft aufräumen und die Journalisten werden nach zwei Tagen das Interesse verlieren.«

»Die Frage ist, ob es Selbstmord war oder ob die Bombe eine Fehlfunktion hatte«, sagte Jon. »Dies zu untersuchen wird laut KTI-Bericht noch Tage dauern, wenn man überhaupt zu einem Ergebnis kommt.«

»Wiebus hat mir erklärt, dass C4 ein sehr sicherer Sprengstoff ist«, erklärte Nik. »Wenn Idinger nicht den Zünder aktiviert hat, hätte nichts passieren dürfen.«

Balthasar stieß hörbar die Luft aus. »Wir stochern momentan sehr im Trüben.«

Nik nickte zustimmend. »Bei Idinger selbst ist momentan nichts zu ermitteln, daher würde ich auf die Möglichkeiten einer externen Einflussnahme wechseln.«

»Wenn ich Cicero zitieren darf«, sagte Balthasar. »Cui bono?«

»Ich gebe zu, dass alle Antworten darauf unbefriedigend sind«. Nik kratzte sich am Kopf. »Zuerst einmal haben wir den Tod von Idinger selbst, aber da sehe ich keinen Nutznießer, vor allem wenn man den Aufwand betrachtet, der zu ihrem Tod geführt hat.«

»Dann kommt die Aufmerksamkeit auf den Fall von Berthold Ermisch«, ergänzte Jon. »Aber auch da sehe ich niemanden mit Vorteilen. Ermisch ist schon verstorben und es gibt auch keine offenen Forderungen von Verwandten.«

»Da könnte höchstens der Wunsch nach Gerechtigkeit eine Rolle spielen, aber auch hierbei ist die Art der Inszenierung samt Selbstmord unverhältnismäßig«, sagte Balthasar.

»Dann bleibt noch das Aktenzimmer der Staatsanwaltschaft«, sagte Jon. »Dabei hätte Idinger den Fall als Vorwand verwendet, um dort Schaden anzurichten.«

»Die Folgen der Aktenzerstörung sind unbedeutend«, warf Nik ein. »Die Fälle sind abgeschlossen und kein Urteil wird dadurch revidiert.«

»Also bleibt nur noch eine Art bizarrer Wunsch nach Aufmerksamkeit«, bemerkte Balthasar.

»Idinger war sicherlich depressiv, aber nichts deutete auf solch ein Verlangen hin«, erklärte Nik.

»Lösen wir uns weiter vom Motiv«, schlug Jon vor. »Welchen Vorteil hätte ein Externer davon gehabt, Idinger so etwas anzutun?«

»Sie hat lange für die Staatsanwaltschaft gearbeitet«, erklärte Nik. »Wenn ich etwas von dort haben will, wäre Idinger eine sinnvolle Wahl gewesen. Erstens kannte sie sich in den Räumlichkeiten gut aus, zweitens war sie als alleinstehende Frau nach ihrem Burn-out auch ein geeignetes Opfer.«

»Also hat es doch mit der Staatsanwaltschaft zu tun?«, fragte Balthasar.

»Laut Aussage des Sicherheitsmannes ist sie zielstrebig zur Abteilung für organisiertes Verbrechen gegangen, nicht in irgendeinen beliebigen Raum«, sagte Nik. »Und das organisierte Verbrechen hat genug Leute, die Waffen besorgen, Bomben bauen und Menschen erpressen können.«

»Damit stellt sich die Frage nach dem Wer und Wie«, sagte Balthasar. »Wer hat Idinger zu dieser Tat gezwungen und wie hat er Kontakt zu ihr aufgenommen?«

»Ihr Handy war eine Sackgasse«, bemerkte Jon. »Da sind nur die üblichen Bekannten und Verwandten drin, aber die

Kripo hat gerade einen Antrag gestellt, damit ihre Social-Media-Konten gehackt werden dürfen.«

»Viele Menschen kommunizieren fast ausschließlich über WhatsApp, Insta und Co.«, sagte Balthasar. »Das wäre eine Möglichkeit.«

»Wie schon erwähnt, habe ich gestern Nacht einiges an Recherche betrieben, die sehr zeitaufwendig war, weil Idinger sehr viel gepostet hat«, erläuterte Jon. »Unseren Fall betreffend war es nicht sonderlich ergiebig, aber das Hacken ihrer Konten wäre mein nächster Vorschlag gewesen, vor allem wegen ihrer privaten Korrespondenz.«

»Klingt gut für mich«, sagte Nik.

»Ich melde mich, wenn ich etwas habe.« Jon beendete das Gespräch.

Nik erhob sich und wollte zum Bad gehen, als sich ihm Balthasar in den Weg stellte. »Keine Chance. Ich muss erst meine Gesichtsmaske abwaschen, sonst rötet sich meine Haut und fängt zu jucken an.«

»Dann mach dir den Kleister nicht auf deinen Zinken«, bemerkte Nik. »Dann juckt es auch nicht.«

Anstatt Nik einer Antwort zu würdigten, drehte sich der Pathologe in einer dramatischen Geste um, schritt ins Bad und schloss es hörbar ab.

Nik zuckte die Achseln und ging zurück in die Küche. Schließlich war noch ein Rest Obatzter übrig. Und bis Jon das Konto gehackt hatte, würde es noch dauern.

* * *

Jon hatte gerade die Aufbackbrötchen aus dem Ofen geholt, als ein kurzes Ping durch das Loft klang. »Das ging aber schnell«, murmelte er und lief von der Küchenzeile in seinen Käfig. In der Mitte des durch einen Metalldrahtzaun abgegrenzten Bereichs stand ein gut gepolsterter Bürostuhl. An einem schweren Eichenschreibtisch davor waren vier Monitore angebracht, auf denen er unterschiedliche Dinge einsehen konnte. Ganz links waren die Bilder der Überwachungskameras rund um sein Loft. Dann folgten zwei Bildschirme für die laufenden Programme und der letzte zeigte schließlich den Kriposerver, zu dem er eine dauerhafte Verbindung etabliert hatte. Über den Monitoren hing noch ein Fernseher, der schräg nach unten gerichtet war, sodass Jon nur den Kopf anheben musste, um Nachrichten zu sehen.

Jon nippte an seinem kalt gewordenen Kaffee, während er die Ergebnisse des Hackingversuchs betrachtete. Er hatte schon schlimmere Passwörter als »Burnout+X« gesehen, aber wegen der Kürze war es mit der Rechenleistung seines Highspeedcomputers relativ schnell zu hacken gewesen. Für »Burnout« mit zehn Mal einem X hätte er unverhältnismäßig länger gebraucht, doch solange die Menschen faul waren, würde er sich nicht beschweren.

Er nahm auf dem Stuhl Platz und sah sich die privaten Instagram-Einstellungen von Idinger an. Wie schon von Balthasar vermutet, hatte sie viel über dieses Netzwerk kommuniziert. Es waren mehrere Hundert Nachrichten, aber Jon konzentrierte sich auf die der letzten zwei Wochen. In den meisten ging es um belanglose Dinge – bis drei Tage vor dem Bombenattentat.

Dann hatte Idinger eine Nachricht von einem gewissen Sandro Libert erhalten. Die Überschrift war mit »Unsere gemeinsame Reise« eher belanglos gehalten, doch als Jon die Nachricht las, wurden seine Augen groß. Er stellte die Tasse ab und begann hektisch zu tippen.

Vielleicht war das die Spur, die sie gesucht hatten.

* * *

Nik hatte den Drucker im Wohnzimmer wieder überstrapaziert und zahlreiche Aufnahmen zu dem Fall ausgedruckt, die er nach einem bestimmten Muster an die Wand klebte.

Ganz oben war ein Bild von Idinger, unter das er »Motiv ?« schrieb. In der ersten Spalte links handelte es sich um Aufnahmen von ihrem Haus, der Einrichtung, ihrer Auswahl an Büchern, aber vor allem dem Tisch mit den Bombenbau-Materialien und der Pinnwand. Die zweite Spalte widmete er der Staatsanwaltschaft, den Räumlichkeiten innen, eine Aufnahme von der Explosion und darunter ein Foto von dem zerstörten Aktenzimmer. Nik wollte gerade mit der dritten Spalte zu Berthold Ermisch beginnen, als das Telefon klingelte.

Die Nummer auf dem Display gehörte Jon. Er nahm das Gespräch an und stellte es auf Freisprechen.

»Das ging aber schnell«, bemerkte Nik mit Blick auf die Uhr. Seit ihrem letzten Telefonat waren drei Stunden vergangen. Normalerweise benötigte sein Freund mit dem Hacken länger.

»Idingers Passwortwahl hat es mir leicht gemacht«, erklang Jons Stimme durch das Wohnzimmer.

»Hat sich etwas ergeben?« Nik legte die restlichen Aufnahmen auf den Tisch und setzte sich auf die Couch.

»Nicht direkt«, antwortete Jon. »Die private Korrespondenz drehte sich ausschließlich um Idingers Posts auf Instagram und ihren Burn-out. Nichts davon handelte von Sprengstoff, Waffen, dem Wunsch, sich in die Luft zu sprengen, oder den längst abgeschlossenen Fall von Berthold Ermisch.«

»Also wieder eine Sackgasse«, bemerkte Balthasar, der aus seinem Schlafzimmer gekommen war.

»Könnte man meinen, aber mir ist eine Nachricht von einem gewissen Sandro Libert aufgefallen, in der er Idinger von seinem Burn-out erzählt und wie sehr er sich von ihren Videos verstanden fühlt.«

»Klingt ziemlich gefühlsduselig«, bemerkte Nik.

»Ist es auch, aber besagter Libert scheint bei Idinger den richtigen Ton getroffen zu haben, denn daraufhin haben sie sich hundertsiebenundzwanzigmal hin und her geschrieben.«

»Ich will ja nicht in die gleiche Kerbe wie mein unromantischer Banausen-Mitbewohner schlagen, aber inwiefern bringt uns das weiter?«, wollte Balthasar wissen.

»Weil Idinger und Libert am Abend vor dem Vorfall in der Staatsanwaltschaft zu einem romantischen Date verabredet waren.«

»Jetzt wird es interessant«, sagte der Pathologe und nahm Platz.

»Wer ist Sandro Libert?«, wollte Nik wissen.

»Es gibt ihn nicht.«

»Häh?«, entfuhr es Nik.

»Sandro Libert ist ein Fakeprofil«, erklärte Jon. »Starte den Beamer am Laptop, dann zeige ich es dir.«

Einen Moment später erschien das Bild eines Mannes um die vierzig auf der Leinwand. Er hatte kurze schwarze Haare, einen gepflegten Bart um den Mund und strahlend grüne Augen. Seine breiten Schultern zeichneten sich unter dem weißen Hemd ab. Er saß auf einer Parkbank vor einer prachtvollen Kastanie und lächelte verschmitzt in die Kamera.

»Ein attraktiver Mann«, bemerkte Balthasar.

»Und was ist daran Fake?«, wollte Nik wissen.

»Anhand der Metadaten habe ich eine Bildsuche gestartet und die identische Aufnahme in einer amerikanischen Fotodatenbank gefunden«, erklärte Jon. »Ebenso zwei weitere Bilder, die Libert an Idinger geschickt hat.«

»Das ist leider nicht ungewöhnlich, dass für Profile keine echten Aufnahmen genommen werden«, warf Balthasar ein.

»Auch der Rest von Libert ist eine Sackgasse«, fuhr Jon fort. »Außerdem ist das Profil stillgelegt, und zwar seit dem besagten Samstag.«

»War in der Korrespondenz die Rede von Idingers Plänen für die Staatsanwaltschaft?«, fragte Nik.

»Kein Wort«, antwortete Jon. »Nur sentimentales Gerede. Schlimmer als in einem Liebesroman. Aber es führte schließlich zu einem Date am Freitag. Und das war auch der Tag, an dem sich Idinger das letzte Mal bei Instagram eingeloggt hat.«

»Also könnte der falsche Libert der Mann hinter der Bombe sein, wie immer er auch aussieht«, schloss Nik.

»Wie kommen wir an ihn heran, wenn sein Profil stillgelegt und das Foto falsch ist?«, fragte Balthasar.

»Ich kenne den Ort der Verabredung zwischen ihm und Idinger«, antwortete Jon. »Möglicherweise gibt es in dem Restaurant Zeugen, die irgendetwas gesehen haben, und wenn es nur eine Beschreibung von Libert ist.«

»Schicke mir die Adresse auf mein Handy«, bat Nik und stand auf.

»Ist bereits erledigt.«

Nik ging in den Flur, griff nach seiner Jacke und steckte sein Handy in die Tasche.

»Viel Erfolg«, hörte er Jon noch sagen.

Dann verließ Nik die Wohnung.

* * *

Als Nik das thailändische Restaurant betrat, begann sein Magen zu knurren, obwohl der Obatzte eigentlich ein reichliches Frühstück gewesen war. Aber er liebte diese Art Küche, vor allem das rote Curry, dessen leicht scharfer Duft durch den Gastraum zog. Ein Mann mit einer weißen Haube stand mit dem Rücken zu ihm und kochte mit vier Pfannen auf einmal. Die wenigen Tische entlang der Theke waren belegt. Es gab nur noch Platz an der Bar, die sich am Fenster entlangzog. Eine junge dunkelhaarige Asiatin grüßte ihn freundlich, während sie mit zwei Tellern gebratenen Nudeln an ihm vorbeiging. »Nehmen Sie schon Platz.« Sie deutete mit einem Nicken auf einen Barhocker.

»Scheiß auf die Sommerfigur«, murmelte Nik. Er zog seine Jacke aus und setzte sich ans Fenster.

Einen Augenblick später stand die Frau neben ihm. »Herzlich willkommen. Mein Name ist Natcha«, begrüßte sie ihn mit einer Verbeugung. Sie hatte einen kaum merklichen asiatischen Akzent. »Sind Sie das erste Mal hier?« Ihr Lächeln war freundlich und ihre Stimme angenehm warm.

»Bedauerlicherweise ja, aber ich bin sicher, dass es nicht das letzte Mal sein wird.« Komplimente waren nicht Niks Stärke, aber es war schwer, dem Charme dieser Frau zu widerstehen.

»Was darf ich Ihnen bringen?« Ihr Lächeln war etwas breiter geworden.

Er drehte sich zur Seite, damit er mit dem Rücken zu den anderen Gästen saß. »Rotes Curry klingt gut, aber ich muss vorher noch mit Ihnen reden.« Er unterdrückte ein Seufzen, als er ihr seine Kripomarke zeigte. Lieber hätte er nur gegessen und nicht geredet.

Natchas Lächeln verschwand. »Ist etwas passiert?«, fragte sie ernst.

»Es geht um eine Frau, die am Freitag Ihr Gast gewesen sein könnte.«

Sie sagte etwas auf Thailändisch zu dem Koch. Dieser nickte nur.

»Lassen Sie uns vor die Tür gehen«, schlug sie mit Blick auf die anderen Gäste vor.

Nik stand auf und folgte ihr zum Eingang, an dem ein hüfthoher Mülleimer mit einer Schale für Zigaretten stand. Er zog sein Handy aus der Tasche und zeigte ihr ein Bild von Idinger. »Kennen Sie diese Frau?«

Natcha betrachtete das Bild genau. »Sie ist kein Gast von mir«, antwortete sie schließlich. »Aber ich habe sie in der Zeitung gesehen.«

»Das ist die Frau, die sich in der Staatsanwaltschaft München in die Luft gesprengt hat«, bestätigte Nik.

»Schlimm«, sagte sie bedauernd. »Aber wie kommen Sie auf unser Restaurant?«

»Angeblich war sie am Freitag hier mit einem Mann verabredet. Sie hatten für 20.30 Uhr einen Tisch reserviert.«

Natcha nahm das Handy aus der Tasche und browste kurz durch eine App. »Die einzige Reservierung für diese Zeit ist von einer Frauen-WG in der Nähe«, erklärte sie dann. »Sonst nichts.« Sie betrachtete die Aufnahme wieder. »Ich war den ganzen Abend hier und ich würde mich an sie erinnern, wenn sie unser Gast gewesen wäre.«

Nik steckte das Handy wieder weg. »War sonst etwas ungewöhnlich an diesem Tag?«

»Wegen dem Bayernspiel hatten wir viel Arbeit«, antwortete sie. »Ansonsten war es wie immer. Aber ich kann noch meinen Mann und meine Cousine fragen, die waren am Freitag auch hier.«

Nik zog eine Visitenkarte mit seiner Nummer aus der Tasche. »Rufen Sie mich bitte an, wenn ihnen etwas aufgefallen ist.«

Natcha nickte und zeigte wieder ihr freundliches Lächeln.

Mit einem letzten bedauernden Blick auf die Speisekarte verabschiedete sich Nik von ihr und ging weiter. Leider war keine Zeit für eine Pause. Dann wählte er Jons Nummer.

»Idinger ist nie hier angekommen«, begann er, nachdem sein Freund abgenommen hatte.

»Das verstehe ich nicht«, bemerkte dieser. »Idinger und Libert haben sich eine Stunde vor der Verabredung noch geschrieben. Er hat sich rückversichert, ob 20.30 Uhr und asiatisches Essen in Ordnung wäre, und sie hat bejaht.«

»Kannst du nachsehen, wer den Vorschlag mit dem Thailänder gemacht hat?«

»Einen Moment.« Er hörte Jon tippen. »Das war Liberts Idee.«

»Das ist verdächtig«, erklärte Nik. »Denn woher wusste er, wo Idinger wohnte?«

»Warte kurz.« Wieder erklang das Tippen. Dieses Mal länger. »Du hast recht«, bemerkte Jon. »Idinger hat zu keinem Zeitpunkt ihre Adresse preisgegeben und auch über das Impressum bei Instagram lässt sich diese nicht ermitteln.«

»Das erklärt, warum das Restaurant in der Nähe war. Es war kein Zufall.«

»Das verstehe ich nicht«, gab Jon zu.

»Idingers Haus steht in einer dicht besiedelten Gegend, auch mit Mehrfamilienhäusern«, begann Nik zu erklären.

»Also viele mögliche Zeugen.«

»Dort einzudringen wäre daher mit einem gewissen Entdeckungsrisiko verbunden gewesen, aber wenn Libert sie herauslockte, konnte er sie abpassen. Und wenn er außerdem noch einen Treffpunkt nannte, zu dem Idinger wahrscheinlich zu Fuß laufen würde, konnte er den möglichen Weg voraussehen.« Nik sah sich um. »Ist hier nicht der Pasinger Stadtpark in der Nähe?«

»Keine dreihundert Meter westlich von dir«, bestätigte Jon. Er tippte wieder etwas. »Wenn man den Weg von ihrem Haus zu dem Thailänder in Maps eingibt, dann führt der kürzeste Weg durch den Park.«

Nik ging nach Westen. »Leite mich.«

»Die Gräfstraße entlang und dann links in die Planegger Straße. Dann läufst du schon am Park vorbei.«

Kurz darauf erreichte Nik eine Reihe von Bäumen, die entlang der Straße wuchsen.

»Du kannst entweder den kurzen Weg über die Wiese nehmen oder etwas weiter südlich den Pfad zur Fitnessanlage, die am Campus der Hochschule vorbeiführt«, erläuterte Jon.

»Ende Februar um 20.30 Uhr ist hier niemand mehr unterwegs.« Er ging zwischen zwei Eichen hindurch. »Der Weg ist zwar geteert, aber inmitten der Bäume sieht man keine zehn Meter. Und letzten Freitag war es zwar sonnig, aber immer noch sehr kühl. Außerdem haben die Bayern zu dieser Zeit gespielt, daher war der Park wahrscheinlich wie ausgestorben.« Er blieb kurz stehen und sah sich um. »Hätte sie doch lieber das Taxi genommen«, murmelte er.

»Der Park war ihr sehr vertraut«, erklärte Jon. »Viele Videos wurden hier aufgenommen und sie hat mehrfach erwähnt, wie wohl sie sich an diesem Ort fühlt.«

Nik ging am Campus vorbei. »Sind in dieser Zeit irgendwelche Meldungen bei der Polizei eingegangen?«

»Nicht aus dieser Gegend. Das habe ich schon überprüft. Das räumlich am nächsten Liegende war ein Auffahrunfall in der Paosostraße. Nichts über einen Vorfall im Avenariuspark.«

»Wir sind keinen Schritt weiter.« Nik blieb an der Ecke zur Maria-Eich-Straße stehen, unweit von Idingers Reihenhaus. Er konnte ein Fahrzeug vom Kriminaltechnischen Institut erkennen.

»Bezüglich des Unbekannten nicht, aber deine ehemaligen Kollegen haben herausgefunden, wie sich Idinger Zugang zur Staatsanwaltschaft verschafft hat.«

»Ich hätte auf ihre Karte getippt.«

»So rückständig ist die Behörde nicht«, erwiderte Jon. »Tatsächlich stammte die Karte vom angestellten Reinigungsdienst. Und es dürfte interessant sein, wie diese in Idingers Besitz gekommen ist.«

* * *

Nachdem Nik wieder zu Hause angekommen war, schaltete er den Laptop samt Beamer an und wählte Jons Nummer. Sein Freund hatte gerade das Gespräch entgegengenommen, als Balthasar ins Wohnzimmer kam und sich auf die Couch setzte.

»Wir waren bei Idingers Zugangskarte stehen geblieben«, sagte Nik und machte eine Notiz unter einem Bild an der Wand.

»Die IT der Staatsanwaltschaft hat die Protokolle des Drehkreuzes ausgewertet«, begann Jon. »Dabei wurde festgestellt, dass die Nummer der von Idinger benutzten Karte zu einem Reinigungsunternehmen gehört, das die Räumlichkeiten säubert.«

»Und wie kommt Idinger an diese Karte?«, wollte Nik wissen. »War sie mit jemandem vom Reinigungsteam bekannt?«

»Unwahrscheinlich, aber der Abgleich läuft noch.«

»Dann muss sie die Karte gestohlen haben«, schloss Balthasar.

»Ja, aber …«, sagte Jon und betonte das letzte Wort. »Schaut selbst.« Die Aufnahme der Kamera in der Staatsanwaltschaft begann zu laufen. Man sah Idinger auf das Drehkreuz zukommen. Dann hielt sie etwas an den Leser davor und der Zugang öffnete sich. Jon hielt das Video an und vergrößerte den Bereich um ihre Hand. »Seht ihr das?«

Nik ging näher an die Wand. Wegen des starken Zooms war das Bild krisselig, aber man konnte ihre Hand und eine Karte erkennen. »Was ist daran ungewöhnlich?«

»Die Karte ist vollkommen weiß«, erklärte Jon. »Die von der Staatsanwaltschaft sind blau und mit einem Logo beschriftet. Auch jene, die dem Reinigungsteam zur Verfügung stehen. Außerdem ist auf der Rückseite eine ID.«

Nik sah zu Balthasar, der auch nur mit der Schulter zuckte.

»Wir verstehen nicht, was du uns damit sagen willst«, bemerkte der Pathologe.

»Das ist ein Rohling«, erklärte Jon. »Solche Rohlinge werden benutzt, wenn kopierte Daten auf eine Karte übertragen werden müssen.«

»Also ist die Karte nicht gestohlen, sondern kopiert«, schloss Nik.

»Genauso ist es.«

»Lässt sich feststellen, welche der Karten kopiert wurde?«

»Bedauerlicherweise nicht, denn dazu würde man die Karte benötigen, und die ist bei der Explosion zerstört worden.«

»Wie schwierig ist so etwas zu bewerkstelligen?«, fragte Balthasar. »Also eine Karte kopieren?«

»Das eigentliche Kopieren ist nicht so kompliziert, aber die Daten extrahieren und den Sicherheitsmechanismus darauf zu umgehen ist eine High-End-Nummer, an der selbst erfahrene Computerexperten scheitern können.«

»Also können wir Idinger auch dafür ausschließen«, sagte Nik.

»Da ist das Bauen einer Bombe leichter«, bestätigte Jon.

»Also hatte sie auch hier Hilfe«, schloss Balthasar.

»Womit wir wieder bei Libert wären«, sagte Nik. »Wobei wir nicht einen einzigen Hinweis haben, wer er ist und was er wollte.«

»Vieles deutet auf das organisierte Verbrechen hin«, bemerkte Balthasar. »Wir haben eine Waffe, eine aus C4 gebastelte Bombe, eine kopierte Zugangskarte für die Staatsanwaltschaft und dazu noch Alisa Idinger, die zu etwas gezwungen wurde, was sie sicherlich nicht wollte.«

»So etwas zu bewerkstelligen sind nur wenige in der Lage«, stimmte Jon zu.

»In Ordnung, fassen wir alles noch einmal zusammen.« Nik rieb sich mit den Händen über das Gesicht. »Wir sind uns einig, dass Idinger zu dieser Tat gezwungen wurde. Wahrscheinlich von dem Unbekannten, mit dem sie sich am Freitagabend getroffen hat. Wir haben aber keine Ahnung, was dieser Libert wollte und wer er überhaupt ist.« Er wandte sich kurz zu der Wand mit den Bildern. »Ich weiß, dass die Arbeit der Kripo noch nicht abgeschlossen ist, aber ich bin nicht optimistisch, dass sie uns zu dem Motiv oder dem Unbekannten führt.«

»Dein ehemaliger Chef kümmert sich persönlich um die Ermittlungen in der Reinigungsfirma, von der die Karte kopiert wurde«, sagte Jon.

»Ich weiß nicht, ob das die Chancen für eine Spur erhöht«, murmelte Nik.

»Während wir sprechen, sind er und einige Kollegen vor Ort«, sagte Jon. »Bis sich der erste Bericht auf dem Server befindet, werden wir uns noch gedulden müssen.«

»Geduld ist wahrlich nicht meine Stärke«, erklärte Nik.

»Etwas Besseres kann ich dir nicht bieten.«

»Dann mache ich mich wieder auf den Weg zurück zum Asiaten und gehe von dort Idingers möglichen Weg ab«, erklärte Nik. »Wenn ich mit der Kripomarke wedle und ihr Foto zeige, ist vielleicht jemandem etwas aufgefallen.« Außerdem ging Nik der Duft des roten Currys nicht mehr aus dem Kopf, aber das behielt er für sich.

»Dann viel Erfolg«, sagte Jon. »Sobald es etwas Neues zu der Reinigungsfirma gibt, melde ich mich.«

* * *

Naumann fiel es schwer, inmitten des Chaos Platz zu nehmen. Sein Gesprächspartner war ein offensichtlicher Messie. Der Schreibtisch war bis zur Höhe des darauf befestigten

Monitors mit Papieren vollgestopft. Dazwischen lagen Stifte, Scheren, Klebeband und zahllose Tassen mit unansehnlichen Kaffeeresten, von denen manche schon verschimmelt waren.

Ähnlich unordentlich war der Beistelltisch daneben, nur stand darauf noch ein Aschenbecher mit zahllosen ausgedrückten Kippen. Einzig der Bürostuhl und der Hocker vor dem Schreibtisch waren freigeräumt, trotzdem hatte Naumann ein ungutes Gefühl dabei, sich darauf niederzulassen, schließlich hatte er keine Ahnung, was zuvor dort gelegen hatte.

»Herr Felz, danke, dass Sie so schnell Zeit für mich haben, obwohl Sonntag ist«, begann der Kripochef. Es war offensichtlich, dass sein Gegenüber nicht oft mit der Polizei zu tun hatte, denn der Mann schwitzte stark und seine Finger bewegten sich unruhig, als hätte er Mühe, still zu sitzen. Das billige Polyesterhemd klebte an seiner Brust. Naumann schätzte ihn auf Ende vierzig. Nach seiner quaderförmigen Körperstatur und einem Bonbon, das an einem Ordner haftete, zu schließen, schien er eine Vorliebe für Süßigkeiten zu haben.

»Ich tue alles, damit wir nicht in die Sache hineingezogen werden.« Er wischte sich mit der Hand über die Glatze. »Wir haben nichts damit zu tun«, begab er sich schon in eine Abwehrhaltung, ohne dass Naumann einen Vorwurf geäußert hatte.

»Ich freue mich über Ihre Bereitschaft zur Zusammenarbeit, aber unsere Techniker haben festgestellt, dass die Karte der Täterin in der Staatsanwaltschaft eine Kopie einer der Schlüsselkarten war, welche die Angestellten Ihrer Firma nutzen.«

»Ich kann nicht für alle meine Hand ins Feuer legen«, verteidigte Felz sich wieder. »Bei dreihundert Angestellten gibt es immer wieder ein schwarzes Schaf.« Er versuchte sich an einem Lächeln und zeigte dabei seine gelb verfärbten Zähne.

»Gab es in der letzten Zeit schon einmal einen Verstoß solcher Art?«, fragte Naumann. »Also, wurde eine Karte weitergegeben oder für andere Zwecke missbraucht? Nicht unbedingt bei der Staatsanwaltschaft«, fügte er noch hinzu.

»Integrität und Vertrauen sind unsere wichtigsten Grundsätze. Unsere Reinigungskräfte gelangen an die sensibelsten Orte in Unternehmen, daher dulden wir keine Nachlässigkeiten.«

»Also nein?«, hakte Naumann nach.

Felz nickte so heftig, dass der Schweiß von seiner Stirn auf die Unterlagen vor ihm tropfte. Er wirkte zu energisch und überzeugt, als dass es glaubhaft sein konnte, aber aufseiten der Kripo lagen keine Einträge zu dieser Firma vor, daher konnte Naumann nichts machen, solange Felz keine Interna preisgab.

»Haben sich Angestellte in Ihrem Unternehmen negativ über die Staatsanwaltschaft geäußert?«

Er schüttelte wieder den Kopf. »Wir dulden so etwas nicht«, erwiderte er. »Und wenn, würden wir die entsprechende Person auch von dem Kunden abziehen.«

»Können Sie mir sagen, wie viele Personen Zugang zur Staatsanwaltschaft haben?«

»In den letzten drei Jahren waren es vierzig.« Felz wühlte in einem Stapel Papier, bis er eine Liste fand, die er Naumann überreichte. »Darin stehen alle Namen samt Privatadressen und Telefonnummer.«

Der Kripochef bezweifelte, dass Felz diese Daten einfach so an ihn weitergeben durfte, aber in Anbetracht der wenigen Hinweise würde er sich nicht beschweren. »Vierzig erscheint mir viel«, bemerkte er, als er die Liste überflog.

»In unserer Branche herrscht eine hohe Fluktuation.«

Es würde eine Weile dauern, jeden Namen auf der Liste zu überprüfen, doch vielleicht würde sich ein interessanter

Treffer ergeben. Felz' Hände zitterten, als Naumann das Papier entgegennahm.

»Ist alles in Ordnung?«, fragte der Kripochef.

»Alles bestens.« Er zwang sich zu einem Lächeln. »Ich hatte nur noch nie mit der Kripo zu tun.« Felz fuhr sich über die schweißige Glatze.

»Ich möchte Sie nur daran erinnern, dass Sie ein Zeuge und daher verpflichtet sind, die Wahrheit zu sagen und nichts auszulassen.«

»Das ist mir bewusst.« Felz' Lächeln wirkte noch gequälter.

Naumann überflog die Namen. Auf den ersten Blick erkannte er nichts Verdächtiges. »Ist die Liste vollständig?«

»Ist sie«, antwortete sein Gegenüber eine Spur zu schnell. »Außerdem habe ich direkt nach Ihrem Anruf meine Assistentin die Personen auf der Liste anschreiben lassen«, fuhr Felz fort. »Es haben noch nicht alle geantwortet, zumal manche noch am Arbeiten sind, aber zweiundzwanzig Angestellte haben uns keine ungewöhnlichen Vorkommnisse gemeldet. Manche sind auch nicht mehr bei der Staatsanwaltschaft, daher ist ihre Aussage wahrscheinlich nicht weiter wichtig.«

»Sind alle Karten für die Staatsanwaltschaft noch in Ihrem Besitz?«

»Der zuständige Schichtleiter überprüft dies gerade. Von den zwölf uns zur Verfügung stehenden Karten haben acht Mitarbeiter den Besitz bestätigt. Die anderen vier konnten noch nicht erreicht werden, aber da bitte ich Sie wegen der Kürze der Zeit noch um Geduld.« Er wischte sich wieder über den schweißigen Kopf. »Sobald sich etwas ergeben hat, melde ich mich umgehend. Vor allem, wenn eine der Karten vermisst wird.«

Naumann überflog die Liste ein weiteres Mal. Nicht, weil er seinem ersten Urteil nicht traute, sondern weil Menschen, die etwas zu verbergen hatten, mit Stille nicht umgehen konnten.

Wie erwartet verstärkte sich Felz' Nervosität weiter, während Naumann scheinbar las. Er fasste mit den Händen um die Tischkante und drückte mit den Fingern zu, als wäre er kurz davor, zu explodieren. Schweiß lief ihm die Wangen hinunter und er blinzelte heftig.

Gemächlich steckte Naumann die Liste ein. »Fällt Ihnen noch etwas ein, was uns bei den Ermittlungen helfen könnte?«

Felz schüttelte wieder den Kopf. »Sobald die Befragung der Mitarbeiter fertig ist, übersende ich Ihnen die Ergebnisse.«

Einen Augenblick überlegte Naumann, ob er Felz mit auf die Dienststelle nehmen sollte, denn er hatte unverändert das Gefühl, dass dieser etwas vor ihm verbarg, doch möglicherweise war es wirklich nur Nervosität. Er hatte sich mehr von diesem Treffen erhofft, aber auf diese Art würde er nicht weiterkommen. Also wollte er sich erst um die Namen kümmern und sich danach Gedanken um Felz machen.

»Vielen Dank.« Der Kripochef stand auf und schüttelte Felz die schweißige Hand. »Das war vorerst alles.«

Bevor er das Büro verließ, machte Naumann ein Foto von der Liste und übersandte diese per MMS an Danilo. »Bitte sofort überprüfen!« schrieb er dazu. Vielleicht würde er so noch erfahren, warum der Firmenleiter so nervös war.

* * *

»Kein Treffer?«, fragte Nik, als er mit einem Bier in der Hand ins Wohnzimmer kam. »Und das bei vierzig Namen?«

»Bombenbau gehört meines Wissens nicht zur Ausbildung eines Gebäudereinigers«, bemerkte Balthasar, der bereits auf der Couch Platz genommen hatte. »Was hast du erwartet?«

»Etwas mehr als nichts«, sagte Nik. »Es muss einen Zusammenhang zwischen Idinger und der Reinigungsfirma geben, sonst hätte sie nicht deren Sicherheitskarte genutzt, um hineinzukommen.«

»Der Zusammenhang besteht wahrscheinlich zwischen Libert und der Firma, was es ungleich schwerer macht, denn wir haben keine Ahnung, wer er überhaupt ist«, bemerkte Jon. »Aber laut Bericht konnten, Stand heute Abend, noch immer nicht alle vierzig Personen, die bei der Staatsanwaltschaft gearbeitet haben, erreicht werden.«

»Eine Mail zu schreiben ist der falsche Weg«, sagte Nik. »Wer gibt zu, dass er eine Karte verloren hat oder sie gestohlen wurde, wenn damit jemand in die Staatsanwaltschaft eingebrochen ist? Und für das Unternehmen wäre es der Super-GAU. Es würde wahrscheinlich alle Aufträge von anderen Firmen verlieren.«

»In dem Bericht sprach dein ehemaliger Chef explizit von der Nervosität des Firmenchefs bei der Befragung«, sagte Jon. »Vielleicht verbirgt der etwas.«

»Oder er ist von der ganzen Sache überfordert«, warf Balthasar ein. »Teil von Kripo-Ermittlungen zu sein, ist ein Grund, nervös zu werden.«

»Also was tun wir?«, fragte Jon.

»Wir müssen an die internen Unterlagen der Firma«, antwortete Nik. »Naumann ist ein opportunistischer Mistkerl und es gibt hundert bessere Ermittler beim LKA München, aber wenn selbst ihm die Nervosität seines Gesprächspartners auffällt, sollten wir dem nachgehen.«

»Willst du den Firmenchef befragen?«, wollte Balthasar wissen.

»Zuvor hätte ich gerne mehr Informationen zu der Firma als nur eine Liste des Reinigungspersonals.«

»Ich habe schon einen Hackingversuch gestartet und bin nicht weit gekommen«, erklärte Jon. »Keine Ahnung, ob das an dem chaotischen System in der Firma liegt, aber per Mail konnte ich keinen Trojaner einschmuggeln, daher benötige ich entweder viel mehr Zeit oder Zugang zu einem Computer vor Ort.«

»Reinzukommen dürfte mit meinem falschen Kripoausweis nicht allzu schwer werden«, bestätigte Nik.

»Wenn Naumann wachsam ist, wird er die Firma im Auge behalten und weiß eine Stunde später, dass du dort warst«, mahnte Balthasar.

»Nicht das erste Mal«, erwiderte Nik achselzuckend.

»Darf ich dich daran erinnern, dass du nach unserem letzten Fall eine Bewährungsstrafe erhalten hast, deren Frist noch nicht abgelaufen ist?«, fuhr der Pathologe fort. »Und dass ein weiteres Vergehen dich hinter Gitter bringt.«

Nik verdrehte die Augen.

»Balthasar hat recht«, warf Jon ein. »Auf diese Methode sollten wir vorerst verzichten.«

»Und wie wollen wir sonst in die Firma kommen?«, fragte Nik ungehalten.

»Ich habe ein nützliches Profil«, sagte Jon.

»Profil?«, fragte Balthasar nach.

»Ich verfüge über eine Vielzahl an falschen Accounts«, begann Jon zu erklären. »Einige nutze ich für Foren, andere wiederum für Geldgeschäfte oder Einkäufe. Dazu habe ich noch zwei Profile von erfolgreichen Geschäftsmännern, von denen einiges im Internet zu finden ist, sollte mich jemand überprüfen wollen. Und einer könnte eine Niederlassung in München aufmachen wollen und dafür eine Reinigungsfirma suchen.«

»Und dabei kannst du deine Software aufspielen?«, schloss Nik den Gedanken.

»Es genügt, wenn ich einen USB-Stick in irgendeinem Computer platziere«, erklärte Jon. »Der Rest geht dann von alleine.«

»Dazu musst du erst einmal an einen Computer kommen, denn bei vielen Firmen ist der Gästebereich strikt von den Mitarbeitern getrennt«, mahnte Nik. »Selbst der Trick mit der Toilette funktioniert dann nicht.«

»Räumlich gesehen scheint die Firma nicht groß zu sein. Mit etwas Glück gibt es diese Trennung dort nicht«, erklärte Jon.

»Außerdem ist Felz gerade sehr verzweifelt, daher könnte dein Alter Ego sicherlich eine Führung durch die Angestelltenräume verlangen«, bemerkte Balthasar.

»Mit einmal Computerstreicheln, oder wie kommt der Stick sonst in den PC?«, wandte sich Nik an seinen Mitbewohner.

»Für mich klingt das nach einem guten Plan«, ignorierte Balthasar den Einwand. »Und wenn unser Pessimist ausnahmsweise recht hat, können wir uns etwas anderes ausdenken.«

Nik quittierte die Bemerkung nur mit einem mürrischen Brummen.

»Morgen früh ruf ich bei der Firma an«, beschloss Jon. »Der Chef wird nach all dem Chaos froh sein, etwas Positives zu hören.«

* * *

Nicolas Felz war ein korpulenter Mann, der entweder seine Kleidergröße nicht kannte oder sich weigerte, eine Nummer größer zu kaufen, denn sein weißes Hemd spannte sich straff über seinen Bauch. Selbst die Krawatte schien seinen Proportionen nicht gewachsen zu sein und endete eine Handbreit über dem Bauchnabel.

»Guten Tag, Herr Bennefeld«, begrüßte er Jon mit einem feuchten Händedruck, als er ihn am Empfang abholte. Er führte ihn durch eine Tür in einen kargen Besprechungsraum, dessen

Einrichtung aus einem grauen Tisch, vier dünn gepolsterten Stühlen und einem schlecht gesäuberten Whiteboard bestand. Vielleicht lag es am Verkehrslärm der nahen Umgehungsstraße oder dem kalten Wetter, dass hier länger nicht mehr gelüftet worden war, ein offenes Fenster hätte den muffigen Geruch jedenfalls abgemildert.

Felz deutete auf einen Stuhl und nahm gegenüber Platz. »Sie haben in den letzten Jahren ein beeindruckendes Unternehmen aufgebaut«, sagte er mit breitem Verkäuferlächeln. »Wir freuen uns, dass Sie uns als Partner in Erwägung ziehen.«

»Mir hat Ihr Webauftritt gefallen«, bemerkte Jon und richtete sich die Krawatte. Er hasste diese Dinger, aber sein Alter Ego Ivo Bennefeld legte großen Wert auf Kleidung und Statussymbole, daher hatte er auch einen Limousinenservice beauftragt, ihn zu fahren.

»Den Dank gebe ich gerne an unsere Abteilung für Öffentlichkeitsarbeit weiter.« Felz straffte so abrupt die Schultern, dass Jon Angst hatte, die Knöpfe seines Hemdes würden abgesprengt.

Tatsächlich war der Webauftritt eine Katastrophe, die eher an ein schlechtes Schulprojekt erinnerte, aber in dem Verhandlungsratgeber, den Jon gestern noch gelesen hatte, wurde empfohlen, immer mit einem Kompliment anzufangen, um Sympathien beim Gesprächspartner zu wecken.

»Wann gedenken Sie Ihre Niederlassung in München aufzumachen?« Felz öffnete eine Flasche mit Mineralwasser und schenkte in zwei Gläser ein.

»Mitte des Jahres.« Jon erzählte ihm die Geschichte, die er sich für dieses Gespräch ausgedacht hatte, während er den Raum inspizierte. Vor allem interessierte ihn die zweite Tür hinter Felz, die wahrscheinlich in die Büroräume führte. Dort musste er hin, also schwärmte er noch eine Zeit lang von seinen

Expansionsplänen, bis er plötzlich zu reden aufhörte und sich an den Bauch griff.

»Alles in Ordnung?«, fragte der Firmenchef besorgt.

»Mein Magengeschwür«, erwiderte Jon und verzog das Gesicht. Mit der Hand auf dem Bauch stand er auf. »Könnten Sie mir den Weg zu den Toiletten zeigen?«

Felz nickte und führte ihn aus der zweiten Tür hinaus auf einen Flur. Sie kamen an drei Büros vorbei, in denen nur eine Handvoll Mitarbeiter saßen, die ihn neugierig betrachteten. Manche nickten ihm auch freundlich zu. Am WC angekommen, deutete Felz auf eine Tür.

»Könnten Sie mir bitte noch einen Kräutertee besorgen?«, fragte Jon. »Das beruhigt meinen Magen.«

An der überraschten Reaktion des Mannes erkannte er, dass es in dem Büro wohl nirgends Kräutertee gab. Felz ließ sich aber nichts anmerken und nickte nur.

Jon wartete ein paar Sekunden in der Toilette, bevor er den Raum wieder verließ. Felz war weitergegangen. In einem Büro gegenüber saß ein junger Mann an einem PC und schien eine lange Liste mit Daten auf dem Bildschirm abzugleichen. Dabei kniff er immer wieder die Augen zusammen, als würde er eine Lesebrille benötigen oder hätte diese zu Hause vergessen. Glücklicherweise war der Computer nur sehr klein und stand auf dem Schreibtisch, was es leichter machen würde, den Trojaner zu platzieren.

»Guten Morgen«, sagte Jon und nahm unauffällig seinen USB-Stick aus der Jacketttasche.

»Guten Morgen«, erwiderte der junge Mann sichtlich überrascht, offensichtlich war er Besuch nicht gewohnt.

»Ich war gerade auf der Toilette und habe den Weg zum Besprechungsraum mit Herrn Felz vergessen.« Der Mitarbeiter starrte ihn aufmerksam an, sodass er nicht bemerkte, dass Jon die Hand auf den PC legte und den fingernagelgroßen Stick in einen freien Slot steckte. »Könnten Sie mir den Weg zeigen?«

»Natürlich.« Der Mann deutete nach draußen und führte ihn in den Gang zurück zum Besprechungsraum.

»Ich weiß nicht, was Nik immer hat«, murmelte Jon. »War doch ganz leicht.«

Bald darauf kam Felz mit einer Tasse Tee in der Hand zurück. Sie sprachen noch eine Zeit über Kapazitäten und Kosten, aber in Gedanken war Jon schon wieder an seinem Computer, denn mit dem aufgespielten Trojaner standen ihm jetzt alle Systeme der Firma offen.

Und wenn es eine Unregelmäßigkeit gab, würde er sie finden.

* * *

Gerade als Nik mit einem Döner in der Hand eintrat, klingelte das Telefon im Wohnzimmer. Er nahm das Gespräch an und setzte sich auf die Couch, wo er die Verpackung seines Essens öffnete. Der Duft der Knoblauchsoße ließ ihn zufrieden seufzen.

»Einen schönen guten Mittag, die Herren«, begann Jon.

»Nur der Herr«, korrigierte Nik kauend. »Unser Edelmann ist bei der Arbeit.«

»Wie ich dir schon per SMS geschrieben habe, war das Platzieren des Trojaners kein Problem.« Jon machte eine Pause, als erwartete er eine Reaktion von Nik, worauf sich dieser aber nicht einließ.

»Die Datenstruktur des Unternehmens ist ... gewöhnungsbedürftig, aber man findet alles, wenn man nur lange genug danach sucht.«

»Irgendetwas Ungewöhnliches?« Nik stand auf, ging in die Küche und nahm sich ein Bier aus dem Kühlschrank.

»Felz hat nicht die ganze Wahrheit gesagt«, antwortete Jon. »Denn ein Name fehlt auf der Liste, die er der Kripo gegeben hat.«

»Ein Versehen?« Nik öffnete die Flasche und ging zurück ins Wohnzimmer.

»Das Format der Liste auf dem PC stimmt mit jener von der Kripo überein, also muss er den Eintrag einer Frau bewusst gelöscht haben. Der ist nicht zufällig verschwunden.«

»Um wen handelt es sich?«

»Ute Polzin.«

Nik sagte der Name nichts. »Müsste ich sie kennen?« Er biss in den Döner.

»Sie kam bisher nicht in den Ermittlungen vor und hat auch keine Strafeinträge«, erklärte Jon. »Momentan sehe ich keinen Grund, warum Felz sie gelöscht hat. Damit geht er ein immenses Risiko ein.«

»Vielleicht ist es seine Freundin, seine Geliebte oder etwas in der Art«, vermutete Nik kauend. »Gründe kann es zahlreiche geben.«

»Vielleicht solltest du Felz dazu befragen.«

»Mache ich, aber erst will ich mehr über Polzin herausfinden.«

»Außer einer Adresse und einer Telefonnummer kann ich dir nichts bieten«, erklärte Jon. »Das Handy ist ausgeschaltet, also kann ich ihren momentanen Aufenthaltsort nicht bestimmen. In den sozialen Medien findet sie nicht statt.«

»Die Adresse genügt.« Nik trank einen Schluck Bier. »Nach meinem späten Frühstück werde ich ihr einen Besuch abstatten. Ich bin auf ihre Reaktion gespannt, wenn ich ihr meine Kripomarke zeige.«

* * *

Niks Hunger auf Döner mit Knoblauchsoße war einfach zu groß gewesen, daher hatte er sich nach dem Essen die Zähne geputzt, einen Becher von Balthasars Mundspülung genommen und bis zur Ankunft bei Ute Polzin ein Kaugummi gekaut, das er unauffällig unter das Auto kickte, als er ausstieg.

Nach einem kurzen Fußmarsch kam er zu einem Hochhaus, an dessen Klingelbrett der Name »U. Polzin« in der Reihe für den dritten Stock stand. Er wollte gerade die Klingel betätigen, als eine Gruppe Kinder aus der Tür drängte. Einer der Jungen kickte einen Lederball auf die Grasfläche davor, was zu einem großen Jubelschrei bei den anderen führte, die daraufhin sofort zum Ball rannten. Dass an manchen Stellen der Wiese noch Schnee lag, schien sie nicht zu stören.

Nik betrat das Hochhaus und nahm die Treppe in den dritten Stock bis zu Polzins Wohnung. Er klingelte und klopfte, aber niemand reagierte. Er hielt sein Ohr an die Tür, konnte jedoch nichts hören.

Schließlich nahm er das Handy aus der Tasche und wählte Jons Nummer. »Polzin scheint nicht zu Hause zu sein«, begann er. »Kannst du sehen, ob sie am Arbeiten ist?«

»Aktuell ist sie noch bei den Reinigungskräften für die Staatsanwaltschaft eingeteilt«, antwortete Jon nach einem Moment. »Die dürfen auch wieder in das Gebäude, ausgenommen der Bereich für organisiertes Verbrechen, aber um diese Zeit müssten sie eigentlich längst von der Arbeit zu Hause sein.«

»Gefällt mir nicht«, murmelte Nik mit Blick auf die Tür. Er nahm ein Paar Handschuhe aus der Tasche und zog sie sich über.

»Vielleicht solltest du Naumann von unserem Fund berichten und die Kripo das überprüfen lassen.«

»Die Information wurde illegal beschafft und selbst dann wäre es nicht genug für einen Durchsuchungsbeschluss.«

»Aber er könnte Felz Druck machen, warum er den Namen unterschlagen hat.«

»Dauert mir zu lange.« Nik griff in seine Jackentasche.

»Ich ahne, was du vorhast, daher möchte ich dich noch einmal an deine Bewährungsstrafe erinnern.«

»Ja, ja«, erwiderte er ungehalten. »Ich melde mich, wenn ich drin bin.« Ohne Jon eine Chance auf eine Antwort zu geben, beendete er das Gespräch und betrachtete das Schloss. Glücklicherweise hatte die Wohnungsbaufirma nicht allzu viel Wert auf Qualität gelegt. Er sah sich noch einmal um. Niemand im Gang und es war still im Treppenhaus. Die einzigen Geräusche stammten von den fußballspielenden Kindern draußen.

Es dauerte zwei ewig anmutende Minuten, bis er das Schloss mit seinem Dietrichset geöffnet hatte. Mit einem letzten Blick in den Gang huschte er in die Wohnung und schloss die Tür wieder. Dann verharrte er, prüfend, ob Schnarchgeräusche zu vernehmen waren, oder etwas anderes, das auf die Anwesenheit einer Person schließen ließ. Auch sah er keine Futternäpfe oder Leinen am Kleiderhaken, sodass er keinen aufmerksamen Hund fürchten musste. Außerdem wäre dieser beim Klicken des Schlosses längst im Gang gewesen.

Eine Tür auf der rechten Seite führte in ein fensterloses, karg eingerichtetes Bad mit einer kleinen Dusche, einem Waschbecken und einer Toilette. Am Ende des kurzen Gangs war ein großes Zimmer mit einer Schlafcouch, einem breiten Schrank mit Spiegeltüren und einer Küchenzeile, vor der ein kleiner rechteckiger Tisch mit einem Stuhl stand. Alles wirkte aufgeräumt und sauber.

Nik nahm wieder sein Handy aus der Tasche und wählte Jons Nummer. »Polzin ist nicht zu Hause«, begann er das Gespräch. »Und bevor du mich wieder an meine Bewährungsstrafe erinnerst, verspreche ich, mich zu beeilen, damit sie mich nicht in flagranti beim Einbruch erwischt.«

»Ich bin mir nicht mehr sicher, ob sie zurückkommt«, erklärte Jon.

»Was meinst du?« Nik schaltete sein Handy auf Lautsprecher, damit er beim Reden Fotos von der Wohnung machen konnte.

»In der Hoffnung auf eine interessante Spur habe ich mir ihre Handyverbindungen angesehen. Mir ist kein ungewöhnlicher Gesprächspartner aufgefallen, bis ich bemerkt habe, dass Polzins letzter Anruf drei Tage her ist. Also von besagtem Freitag vor der Bombenexplosion.«

»Seltsam«, bemerkte Nik, während er eine Schublade öffnete.

»Ist es, weil Polzin zuvor mindestens zehn Mal am Tag telefoniert hat.«

»Kannst du ihr Handy tracken?«

»Noch immer nicht«, antwortete Jon. »Das letzte Signal kam aus der Wohnung.«

»Hier liegt es nicht«, bemerkte Nik, als er die Türen des Kleiderschranks öffnete. »Zumindest nicht offen.«

»Vielleicht sollten wir doch die Kripo informieren.«

»Gib mir noch fünf Minuten.« Nik durchsuchte vorsichtig die Kleider. Unter einem Hut fand er einen Glasbehälter mit zahlreichen Medikamentenblistern.

»Holla!« Nik nahm den Behälter heraus. Auf den silberfarbenen Verpackungen war »Acetylsalicylsäure« aufgedruckt.

»Was ist los?«

»Entweder hat Polzin mit ständigen Kopfschmerzen zu tun oder sie betreibt noch ein lukratives Nebengeschäft.« Nik beschrieb ihm den Behälter mit den Blistern.

»Ein lukratives Nebengeschäft mit Acetylsalicylsäure?«, wunderte sich Jon.

»In jedem Blister sind nur vier Tabletten«, erklärte Nik. »Ich kenne keinen Hersteller, der das Schmerzmittel in dieser Form anbietet. Was immer da drin ist, es ist keine Acetylsalicylsäure.«

»Ich habe keine Ahnung, was dieser Fund mit der Bombe in der Staatsanwaltschaft zu tun hat, aber es wäre interessant, mehr darüber zu erfahren.«

»Finden wir es heraus.« Nik öffnete den Behälter und steckte einen Blister ein, bevor er alles wieder an seinen Platz stellte.

»Balthasar kommt erst in ein paar Stunden von der Arbeit«, sagte Jon. »Ich könnte aber ein Labor beauftragen, das zu untersuchen.«

»Wenn es Drogen sind, wäre es besser, wenn wir das unter uns halten.« Nik steckte den Blister ein. »Und bis unser Blaublut wieder zu Hause ist, forsche ich noch nach, wo Polzin abgeblieben sein könnte.« Er tastete nach seiner Kripomarke. »Vielleicht hat jemand im Haus etwas gesehen.«

Kapitel 3

Nach dem Geschrei von draußen zu schließen war das Fußballspiel noch nicht zu Ende. Nik ging zur Wohnung auf der anderen Gangseite, an deren Tür ein großes Schild mit »Fuck off« angebracht war. Er konnte den Fernseher dröhnen hören und er roch Zigarettenrauch. Neben der Tür war ein Schild mit »Heidrun Glomsda« angebracht.

Er musste drei Mal klingeln, bis ihm endlich jemand öffnete.

»Was willst du?«, schrie ihn eine Frau mittleren Alters an und zog an ihrer Zigarette. Sie hatte ein Handtuch über die Haare geschlungen und eine weiße Schicht Creme auf dem Gesicht. Das Stretch-T-Shirt und die engen Leggins überließen bedauerlicherweise zu wenig der Fantasie. Eine billige Goldkette saß hauteng um ihren schwabbeligen Hals und ihre roten Fingernägel hätten jeden Vampir neidisch gemacht.

»Kripo Berlin.« Nik zeigte seine Marke. »Haben Sie einen Moment Zeit für mich?«

»Sehe ich aus, als hätte ich Zeit?«, fuhr sie ihn an, während sie den Rauch ausstieß.

Es kostete Nik all seine Disziplin, nicht entsprechend zu antworten, aber er blieb in der Rolle des freundlichen Kripobeamten. »Ich störe nicht lange.«

Glomsda lehnte sich lässig an den Türrahmen und zog wieder an der Zigarette. »In drei Minuten muss meine Maske runter, also mach hin.«

Nik wollte sich diesen Anblick ersparen, außerdem waren drei Minuten ausreichend.

»Wann haben Sie Ihre Nachbarin Frau Polzin das letzte Mal gesehen?«

»Ute? Das ist eine Woche her.«

»Sehen Sie sich regelmäßig?«

»Früher schon, aber die feine Dame hat kaum noch Zeit für einfache Leute.« Sie zog wieder an der Zigarette.

»Ich verstehe nicht.«

»Sie hat mir letzte Woche erzählt, dass sie für Ostern einen zweiwöchigen Urlaub in Kroatien gebucht hat. In einem Haus mit Swimmingpool. Irgendwo am Meer.«

»Was ist daran ungewöhnlich?«

»Alter, weißt du, was das kostet?«, fuhr sie ihn an. »Mit Putzen bekommt man das nicht zusammen.«

»Woher hatte sie das Geld?«

»Keine Ahnung. Vielleicht zeigt sie ihre Titten im Internet. Soll ja ganz gut bezahlt werden.«

Nik unterließ eine Bemerkung, dass Polzin keinen PC hatte.

»Glauben Sie, dass ihr Nebenverdienst der Grund sein könnte, dass Sie sich nicht mehr bei Ihnen gemeldet hat?«

»Was denn sonst? Als wir das letzte Mal zusammen waren, haben wir Prosecco getrunken und zusammen Dschungelcamp angeschaut.« Sie zog wieder an der Zigarette. »Da hatten wir noch Spaß.«

»Und der Kroatienurlaub?«

»Hat sie mir beim Hinausgehen gesagt, als ich von dem schönen Wetter und der Sonne im Dschungelcamp geschwärmt habe.« Sie blies den Rauch wieder aus. »Die Bitch«, murmelte sie noch. »Dann habe ich sie nicht mehr gesehen und sie hat auch nicht mehr angerufen.«

»Frau Polzin ist seit drei Tagen verschwunden und hat seitdem auch nicht mehr ihr Handy benutzt, daher müssen wir von einem Verbrechen ausgehen.«

Glomsda erstarrte kurz. »Das wusste ich nicht«, sagte sie sichtlich erschüttert.

»Mit wem laberst du?«, hörte Nik die Stimme eines Mannes im Hintergrund.

»Halt die Fresse, Fettarsch, und mach den Fernseher aus oder du kannst es dir den Rest der Woche selbst besorgen«, schrie sie zurück. Tatsächlich ging kurz darauf der Fernseher aus.

»Was ist passiert?«, wandte sie sich wieder Nik zu.

»Das wissen wir nicht. Daher befrage ich die Nachbarn, wie Sie.«

Glomsda drückte die Zigarette am Türrahmen aus und schnippte den Rest in den Flur. »Weil sie sich nicht mehr gemeldet hat, dachte ich, sie ist beleidigt oder etwas anderes.«

»Ist Ihnen sonst etwas aufgefallen? Ein Streit? Komische Leute vor der Tür? Wurde Frau Polzin bedroht?«

Glomsda schüttelte den Kopf. »Sie war wie immer. Nur der Kroatienurlaub war neu.«

»Das war ungewöhnlich?«

»Ute ist 'ne beschissene Putzfrau«, antwortete sie. »Da kannst du froh sein, wenn am Ende des Monats noch was im Kühlschrank ist.«

»Woher hatte sie das Geld?«

»Ich weiß es nicht.« Glomsda schien aufrichtig zu sein. »Aber wenn ich überlege, hatte sie in der letzten Zeit irgendwie mehr Kohle«, fügte sie noch hinzu.

»Wie zeigte sich das?«

»Am Wochenende kam sie manchmal mit Einkaufstüten. Und bei unserem Treffen spendierte sie immer den Prosecco und die Schokolade. Und die waren nicht vom Aldi.«

»Und Frau Polzin hat nicht erwähnt, woher das Geld gekommen ist?«

Glomsda schüttelte wieder den Kopf.

»Hat sich Frau Polzin in dieser Zeit verändert? Außer, dass Sie mehr Geld hatte? Vielleicht war sie besonders euphorisch oder müde?«

»Ute hat keinen Scheiß genommen. Da draußen sehen wir jeden Tag, was Drogen aus dir machen.« Sie nickte in Richtung Ausgang. »Das ist uns eine Warnung.«

Nik dachte noch einen Augenblick nach, aber für den Moment wusste er genug. »Vielen Dank, Frau Glomsda, für Ihre Zeit«, verabschiedete er sich.

Sie wollte sich wegdrehen, sagte dann aber noch: »Bitte finden Sie Ute. Ich habe sonst keine Freundin.«

Dann ging sie hinein und schloss die Tür.

Nik nahm sein Handy aus der Tasche und wählte Jons Nummer. »Ich will mich noch einmal in Polzins Wohnung umsehen, ich habe generell kein gutes Gefühl.«

»Dann informiere ich Naumann«, sagte Jon.

»Erst in fünfzehn Minuten«, stimmte Nik zu. »Dann habe ich alles und bin wieder weg.«

* * *

Balthasar kam in das Wohnzimmer und hielt eine durchsichtige Plastiktüte mit dem Medikamentenblister in der Hand, die er auf den Couchtisch legte. »Das ist Modafinil«, erklärte er. »Ein psychostimulierendes Medikament, das einen Menschen selbst bei akutem Schlafmangel wachhält.« Er zog seine Jacke aus und hängte sie an den Haken im Flur.

»Also ein Amphetamin«, schloss Nik.

»Die Molekülstruktur unterscheidet sich stark von Amphetaminen«, antwortete Balthasar, als er sich neben Nik auf die Couch niederließ. »Modafinil ist der Hauptmetabolit von Adrafinil.«

»Ich verstehe kein Wort«, ertönte Jons Stimme aus der Freisprechanlage des Telefons.

»Ist eigentlich nicht weiter wichtig«, winkte der Pathologe ab. »Es ist ein leistungssteigerndes Medikament, das sogar das amerikanische Militär einsetzt, um die Konzentrationsfähigkeit zu steigern. Im Gegensatz zu den bereits erwähnten Amphetaminen ist das Suchtpotenzial eher gering. Schließlich ist Modafinil nur sehr schwer nachzuweisen, was es zum perfekten Leistungsbooster macht. Seit kurzer Zeit ist Modafinil als Generikum erhältlich, wodurch die Preise immens gedrückt wurden, aber man muss nach wie vor ein paar Euro hinlegen.«

»Also keine Billigdroge?«, fragte Nik.

Balthasar schüttelte den Kopf. »Es erzeugt auch keinen richtigen Kick, daher ist es für klassische Suchtkranke nicht von Interesse. Nur für Leute mit viel Stress, die dauernd unter Druck stehen.«

»Wie in der Staatsanwaltschaft«, schloss Jon.

»Oder als Geschäftsführer einer Reinigungsfirma«, stimmte Balthasar zu. »Was du erzählt hast, scheint Nicolas Felz prädestiniert für Bluthochdruck zu sein. Und wenn er Modafinil einnimmt, verstärkt das die Symptome, zu denen Unruhe und starkes Schwitzen gehören.«

»Polzin beliefert auch ihn«, schloss Nik. »Darum schützt er sie.«

»Oder er ist an den Gewinnen beteiligt«, vermutete Jon.

»Das solltest du an deinen ehemaligen Chef weitergeben«, schlug Balthasar vor.

»Die Kripo nimmt gerade Polzins Wohnung auseinander«, sagte Jon. »Dabei werden sie das Modafinil finden und die entsprechenden Schlüsse ziehen.«

»Es erklärt, warum Felz diese Mitarbeiterin auf der Liste ausgespart hat«, ergänzte Nik. »Jedoch nicht, warum sie verschwunden ist.«

»Laut Unterlagen der Reinigungsfirma hätte Polzin eine Karte für die Staatsanwaltschaft besitzen müssen, aber weder Nik noch die Kripo haben sie bei ihr gefunden«, sagte Jon.

»Aber warum hat der Täter die Karte kopiert?«, fragte Balthasar. »Warum hat er sie nicht Polzin abgenommen und Idinger gegeben, damit sie hineingelangen konnte?«

»Weil sowohl die Karte als auch der Chip darauf direkt zuordenbar sind«, erklärte Jon. »Dann wäre man sofort auf die entsprechende Person gekommen, in dem Fall Polzin. Bei einer Kopie konnte man das nur anhand des Berechtigungsprofils erschließen, was es sehr viel umständlicher macht, da es mehrere Möglichkeiten gab.« Er deutete auf die Liste mit Namen, die er an die Wand gepinnt hatte.

»Also haben wir es mit einem sehr klugen Täter zu tun«, bemerkte Balthasar.

»Offensichtlich, denn wir wissen nichts von ihm«, sagte Jon. »Nichts über sein Aussehen, seinen Namen, seine Motive oder sonst etwas.«

»Bis auf das Modafinil war Polzins Wohnung eine Sackgasse«, erklärte Nik. »Kein Computer, kein Adressbuch, keine Fotos von Freunden oder Bekannten. Nichts, mit dem man weiterkommen könnte.« Er nahm eine Flasche vom Couchtisch und trank einen Schluck Bier. »Ich habe ein paar Designersachen gefunden, nichts extrem Teures, aber von einer Preislage, die sich eine Reinigungskraft wohl nicht leisten könnte.«

»Dank dem Drogenfund wissen wir jetzt auch, woher das Geld dafür gekommen ist«, erwähnte Jon.

»Interessanterweise habe ich keine Unterwäsche mehr in den Schränken gefunden.«

»Warum ist das interessant?«, fragte Balthasar.

»Weil Menschen beim hektischen Packen zuerst an die Unterwäsche denken«, erklärte Nik. »Da packen sie alles rein, was sie haben, und erst dann stopfen sie andere Dinge dazu.«

»Wenn sie das von der Staatsanwaltschaft gehört hat, wird sie zwei und zwei zusammengezählt haben«, sagte Balthasar.

»Möglicherweise schon früher, denn das Handy war schon seit Freitag abgeschaltet«, erklärte Jon.

»Aber warum dann die Hektik?«, wunderte sich Balthasar. »Bis Samstag war doch noch Zeit.«

»Wir haben zu viele Möglichkeiten und zu wenig Informationen«, sagte Nik kopfschüttelnd. »Wie müssten mit Polzin reden oder hoffen, dass die Kriminaltechniker etwas finden, was ich in der Schnelle übersehen habe.«

»Die Ermittlungen laufen noch und vor morgen früh werden die Kriminaltechniker mit Polzins Wohnung nicht fertig sein«, sagte Jon. »Bis dahin werden wir warten müssen.«

»Ich hasse das«, murmelte Nik.

»Wenn du eine neue Idee für die Ermittlungen hast, bin ich dabei«, sagte Jon.

Nik sah auf die Uhr über dem Flatscreen. Es war 21.04 Uhr. »Ich könnte jemanden fragen, der mit Drogen dealt«, schlug er vor. »Vielleicht kann er mir etwas über Modafinil sagen und wer da die großen Spieler sind.«

»Wieso glaube ich, dass dies in Blut, Schweiß und Tränen enden wird, zumindest für eine Seite.«

»Du sagst doch immer, dass ich mich mehr bewegen soll«, wandte sich Nik mit einem Lächeln zu seinem Mitbewohner. »Das ist eine gute Gelegenheit.«

* * *

Nik wunderte sich, dass man Paddy nicht längst abgestochen hatte. Er hatte mehrmals versucht, seinen Drogenlieferanten zu betrügen, und begann mindestens einmal am Tag einen Streit, bei dem er den Kürzeren zog. Entsprechend viele Narben hatte er im Gesicht. Dazu fand man ihn immer in der Nähe der S-Bahn-Station, wo er mit seinem schwarz gefärbten Irokesenschnitt und dem tätowierten Spinnennetz auf den kahlen Stellen ziemlich auffiel. Der Griff seines Klappmessers ragte aus der Tasche seiner Lederjacke. Schließlich schien er noch handysüchtig zu sein, denn in den fünf Minuten, in denen Nik den jungen Mann beobachtete, hatte er keine Sekunde vom Display aufgesehen.

Dank dem kühlen Wetter waren nicht viele Leute unterwegs und die wenigen mieden die Bank, auf deren Rand Paddy Platz genommen hatte. Nachdem die S-Bahn den Bahnhof verlassen hatte, näherte sich Nik ihm von der Seite.

»Grüß Gott, die Post«, sagte er, kurz bevor er bei ihm angekommen war.

Schwer von Begriff, wie Paddy war, sah er verwundert von seinem Handy auf und wandte sich mit fragendem Gesichtsausdruck Nik zu. Als er ihn erkannte, war es bereits zu spät. Niks rechte Gerade auf seine sowieso schon schiefe Nase ließ ihn rückwärts über die Bank fallen. Bevor Paddy seine Benommenheit abschütteln konnte, hatte Nik das Messer schon auf die Gleise geworfen und dem jungen Mann den Arm auf den Rücken gedreht.

»Pohl, du Wichser«, schrie er.

»Auch dir einen schönen Tag«, erwiderte Nik und verstärkte den Druck auf den Arm.

»Das ist Körperverletzung«, jammerte der junge Mann und versuchte, sich aus dem Griff zu befreien.

»Ist es«, stimmte Nik zu. »Aber wenn du mir ein paar Fragen beantwortest, lasse ich dir dein Crack.« Er zog mit der freien Hand eine Plastiktüte mit Alukügelchen aus Paddys Jackentasche und hielt sie ihm vors Gesicht.

Er ließ Paddy noch ihn und seine Mutter beleidigen, dann legte er das Knie auf seinen Rücken und verlagerte das Gewicht.

»Okay, okay«, flehte Paddy schließlich.

»Modafinil«, sagte Nik.

»Was?«

»Modafinil«, wiederholte er ruhig. »Was weißt du davon?«

»Ist ein Aufputschmittel«, antwortete Paddy. »Davon habe ich nichts. Such dir jemanden anderen.«

»Ich brauche nichts, ich will wissen, wer das vertickt.«

»Keine Sau. Das Zeug ist teuer und schwer zu kriegen. Außerdem machen Speed und Pep das Gleiche.«

»Nur kann man das Modafinil schwerer nachweisen.«

»Wen interessiert es?« Trotz seiner Lage gelang es Paddy, mit den Schultern zu zucken.

Nik unterdrückte ein frustriertes Seufzen und stand auf. »Schönen Tag noch, Paddy.« Er steckte die Plastiktüte in seine Jackentasche.

»Pohl, du Wichser«, schrie er ihm hinterher. »Gib mir meinen Stoff!«

Als Antwort hob er nur die Hand und ging weiter zu seinem Auto. Das Crack würde er zu Hause in der Toilette entsorgen, obwohl er wusste, dass das nicht einmal der sprichwörtliche Tropfen auf dem heißen Stein war. Aber so hatte das Gespräch wenigstens einen kleinen Sinn gehabt.

* * *

»Felz hat gegenüber Naumann zugegeben, dass Polzin bei verschiedenen Kunden Modafinil verkauft hat«, erklang Jons Stimme aus der Freisprechanlage. »Auch bei der Staatsanwaltschaft, aber Felz hat keine Ahnung, wer die Kunden waren.«

»Und wieder eine Sackgasse«, sagte Nik mit unverhohlenem Frust.

»Ähnlich ergebnislos war die Durchsuchung von Polzins Wohnung«, fuhr Jon fort. »Von der Suche nach ihr will ich gar nicht reden.«

»Wenn mir nur einer erklären würde, warum Idinger in den Aktenraum gegangen ist und sich in die Luft gesprengt hat«, sagte Nik. »Oder wer sie dazu gezwungen hat. Das ergibt von vorne bis hinten keinen Sinn«, murmelte er.

»Wenn man die Berichte der Kripo liest, kommen die zu einem ähnlichen Schluss.«

Nik wollte etwas erwidern, als sein Handy klingelte. »Das ist Naumann«, bemerkte er mit Blick auf das Display. Er nahm das Gespräch an und stellte auf Freisprechen, damit Jon mithören konnte.

»Guten Morgen«, meldetet sich sein ehemaliger Chef. »Hast du eine Minute?«

»Klar doch.«

»Ich nehme an, dass der Hinweis zu Polzin von dir gekommen ist, richtig?«

»Möglich.«

»Ich habe keine Ahnung, wie du das immer schaffst, aber wir haben ein interessantes Detail zu ihr gefunden, das ich mit dir besprechen müsste.«

»Geht es um Drogen?«

Naumann schwieg einen Moment, als wäre er von Niks Wissen überrascht. »Ich glaube nicht, dass Drogen mit der Bombe und Idinger zu tun haben, doch da wage ich noch kein abschließendes Urteil.« Er schien etwas zu trinken. »Wir haben festgestellt, dass Ute Polzin bei der Kripo angerufen hat. Und zwar am Abend vor den Geschehnissen in der Staatsanwaltschaft.«

»Über ihr Handy?«

Naumann bejahte.

Diese Information überraschte Nik. »Was wollte sie?«

»Mit einem Kripobeamten reden«, antwortete Naumann. »Der Beamte wollte eine Streife schicken, aber sie bestand darauf, persönlich auf die Dienststelle zu kommen. Nur ist sie dort niemals angekommen. Und bevor du fragst, das Handy ist tot und wurde danach nie mehr benutzt.«

»Konnte die IT den Ort des letzten Telefonats feststellen?« Dank Jons Talenten kannte er die Antwort, aber das würde er Naumann nicht sagen.

»Sie war zu Hause.« Er atmete hörbar aus. »Ich habe keine Ahnung, was dich an dem Fall interessiert, aber es macht mir Angst, dass jemand in der Staatsanwaltschaft eine Bombe zünden kann und wir selbst Tage nach der Tat nicht wissen, warum er das getan hat.«

Zu Niks Zeiten war Naumann ein arroganter Lahmarsch gewesen, der seine Karriere über Fahndungserfolge gestellt hatte. Dieser Anruf war eine verzweifelte Bitte um Hilfe, daher konnte es nicht gut um die Ermittlungen stehen.

»Ich bin um zwölf Uhr in deinem Stammlokal nahe der Dienststelle«, sagte er schließlich. »Vielleicht finden wir etwas Neues, wenn wir unsere Köpfe zusammenstecken.«

* * *

»Ich nehme an, dass dies ein privates Treffen und keine offizielle Befragung ist«, begann Nik, als er gegenüber seinem ehemaligen Chef Platz nahm. Entgegen seiner Gewohnheit hatte Naumann einen Tisch in der Ecke gewählt, nicht am Fenster, an dem ständig Leute vorbeigingen. Die beiden Nachbartische waren nicht besetzt und über dem Kripochef hing ein Lautsprecher, aus dem leise Musik erklang. Ein gut gewählter Ort für ein vertrauliches Gespräch.

»Ist es, daher möchte ich dich bitten, dass nichts davon an die Öffentlichkeit dringt.«

Nik nickte bestätigend und überflog die Mittagskarte des Restaurants.

»Du weißt, dass ich dich und deine Methoden nicht billige, aber unsere momentanen Fortschritte bei der Ermittlung sind beklagenswert und der anonyme Hinweis auf Polzin beweist mir wieder, dass du über … andere Mittel verfügst.«

»Diese anderen Mittel halten vor Gericht nicht stand«, mahnte Nik.

»Solange du niemanden folterst, ist es mir egal. Dieses Mal«, fügte er noch hinzu.

»Dann sprechen wir endlich die gleiche Sprache.« An Naumanns Gesichtsausdruck konnte Nik sehen, dass sein ehemaliger Vorgesetzter mit der Situation nicht glücklich war, aber er nickte trotzdem. »Was hast du mit der Sache zu tun?«

»Es ist nichts Persönliches, aber ich kannte Alisa Idinger flüchtig und als ich im Fernsehen ihre Forderung gehört und die Explosion gesehen habe, hat es mich nicht mehr losgelassen.«

»Nichts ergibt Sinn. Der Einbruch, die Forderung, die Bombe …« Naumann schüttelte den Kopf. »Was hat sich Idinger dabei gedacht?«

»Sie war nur ein Werkzeug für jemanden.« Nik berichtete von ihrem Instagram-Account und dem Treffen mit Libert.

»Verdammte Vorschriften!«, ließ sich der Kripochef zu einem Fluch hinreißen. »Wir warten noch immer auf die Genehmigung, ihre Social-Media-Accounts einzusehen und das Passwort hacken zu dürfen.«

Die Bedienung brachte zwei Flaschen Wasser an den Tisch. Nachdem sie ihr Essen bestellt hatten, fuhr der Kripochef fort. »Selbst wenn dieser Libert Idinger gezwungen hat, ist Idingers Tat unverändert unerklärlich.« Er schenkte Wasser in zwei Gläser ein.

»In der Tat, aber es würde einige Ungereimtheiten erklären, bezüglich Motiv und der nicht vorhandenen Bombenbau-Fertigkeiten«, sagte Nik. »Wurde Idinger zu dieser Tat gezwungen, müssen wir uns keine Gedanken machen, was sie dazu getrieben hat. Es erklärt, wie sie an die Bombe gekommen ist und dass es wahrscheinlich kein Unfall war. Durch Polzin verstehen wir auch, woher sie die Karte erhalten hat. Einzig Liberts Motiv ist unklar.«

Naumann drehte das Glas in seiner Hand. »Wie kam Libert auf Polzin?«

»Er hat sich morgens in der Nähe der Staatsanwaltschaft hingestellt, auf das Putzkommando gewartet und dann die richtige Person abgepasst.«

»Was meinst du mit richtiger Person?«

»Unverheiratet, ohne Kinder und ohne unmittelbare Angehörige«, erklärte Nik. »Ähnlich wie bei Idinger lässt es sich bei solchen Leuten leichter einbrechen und sie leichter entführen.«

»Wie hat Libert das herausgefunden?«

»Ein Besuch im Supermarkt verschafft einem viele Informationen. Wie viel kauft die Person ein und vor allem was. Windeln und Kinderbrei sind ein ebenso klares Signal wie Bier oder Großpackungen Schweineschnitzel. Niemand bemerkt, wenn er beim Einkaufen beobachtet wird.«

»Also hat der Täter Polzin wegen ihres Singlestatus ausgewählt?«

»Ich würde es so machen«, bestätigte Nik.

»Und das Modafinil?«

»Da kann ich nur spekulieren.«

»Dafür sind wir hier.«

»Es ist eine falsche Fährte«, sagte Nik. »Es ist der Grund, warum Polzins Chef Felz nicht die Wahrheit gesagt hat, aber es hat nichts mit der Bombe oder Libert zu tun.«

Naumann sah nachdenklich auf das Glas in seinen Fingern. »Wie ich schon erwähnt habe, hat Polzin am Freitagabend auf einer Dienststelle der Polizei angerufen, um einen Diebstahl zu melden.«

»Das hätte man früher aufklären müssen. Das hätte die Ermittlungen beschleunigt.«

»Wir haben es erst vor Stunden herausgefunden.« Der Kripochef nahm sein Handy aus der Tasche und öffnete eine App. Er sah sich in dem Restaurant um. Die Tische neben ihnen waren unverändert frei und die wenigen Gäste weiter vorne im Raum waren auf ihr Essen konzentriert. »Der Anruf kam um 19.21 Uhr.« Er drückte auf sein Handy und eine Aufnahme begann zu laufen.

»Polizei München, guten Abend«, hörte man die warme Stimme eines Mannes. »Wie kann ich Ihnen helfen?«

»Ich möchte einen Diebstahl melden«, sagte eine Frau.

»Da sind Sie an der richtigen Stelle. Dürfte ich zuvor Ihren Namen erfahren?«

»Ute.«

»Und weiter?«

»Nur Ute.« Man konnte die Anspannung in der Stimme hören.

»In Ordnung.« Der Mann ließ sich nicht aus der Ruhe bringen. »Was wurde gestohlen? Können Sie mir beschreiben, was passiert ist?«

»Nicht am Telefon.«

»Soll ich einen Streifenwagen zu Ihnen schicken?«

»Nein«, fuhr sie auf. Dann herrschte einen Moment Schweigen in der Leitung. »Wissen Sie was, vergessen Sie es. Ich komme zu Ihnen«, sagte sie dann.

»In Ordnung, Ute. Kennen Sie den Weg zur nächsten Dienststelle?«

»Giesing. Das ist nicht weit von mir.«

»Kann ich sonst etwas für Sie tun?«

»Nein«, sagte sie nur und beendete das Gespräch.

»Polzin ist aber nie dort angekommen.«

»Wir haben seitdem keine Spur mehr von ihr.«

»Irgendwelche Vorkommnisse in dieser Zeit? Anrufe von besorgten Nachbarn oder Zeugen?«

»Gar nichts. Die Streifenwagen sind die möglichen Wege dorthin zwei Mal abgefahren, ohne etwas Verdächtiges zu bemerken.« Er trank einen Schluck Wasser. »Es war außerdem das letzte Gespräch, das sie auf ihrem Handy geführt hat. Von zu Hause.« Naumann trank den Rest des Wassers aus.

Nik lehnte sich auf dem Stuhl zurück. »Das ist ein Indiz, dass sie an der ganzen Sache beteiligt war, entweder als Mitschuldige, indem sie Libert die Karte gegeben hat, oder als unschuldiges Diebstahlopfer. Von ihrer Aussage zu schließen eher Letzteres.«

»Polzin wusste, dass sie Ärger bekommen würde, daher hat sie der Mut verlassen, sie hat ihre Sachen gepackt und ist untergetaucht«, mutmaßte Naumann. »Und die Karte ihres Handys liegt in der Kanalisation.«

»Das ist eine mögliche Variante«, stimmte Nik zu. »Ich bin weniger optimistisch.«

»Inwiefern?«

»Wir wissen nichts über den Täter und das Motiv«, begann er zu erklären. »Sein Vorgehen war überlegt und deutet auf eine sehr kluge Person hin. Ist Polzin keine Komplizin, stellt sie ein Risiko dar. Hätte sie stillgehalten, wäre nichts passiert, aber mit dem Anruf bei der Polizei hat sie eine Grenze überschritten.«

»Was bedeutet, dass Polzin nicht verschwunden, sondern tot ist.«

»Ich fürchte, ja.«

»Verdammt!«, bemerkte Naumann. »Und wo ist ihre Leiche?«

Nik zuckte die Schultern.

»Ich verstehe nichts mehr.«

»Mir ist vieles nicht klar, aber Polzin ist die einzige Hoffnung auf eine Spur.«

»Dann verstärken wir die Fahndung«, beschloss Naumann. »Irgendetwas muss auf dem Weg von ihrem Zuhause zur Dienststelle Giesing passiert sein. Selbst wenn sie tot ist, kann sich ihre Leiche nicht einfach in Luft aufgelöst haben.« Er stand auf, nahm sein Handy aus der Tasche und stellte sich in eine Ecke. Als die Bedienung das Essen brachte, war er immer noch am Telefonieren, aber sein ehemaliger Chef wirkte entschlossen, wie Nik ihn selten erlebt hatte.

* * *

Eigentlich war Nik nicht der Typ, der nach einem üppigen Essen einen Spaziergang machte. Er genoss eher die Vorzüge einer bequemen Couch samt Magenbitter, aber das Gespräch mit Naumann hatte ihn zum Nachdenken gebracht, daher war er wieder zu Polzins Wohnung gefahren, von wo aus er Jon anrief.

»Das ist interessant«, bemerkte sein Freund, nachdem Nik ihm alles erklärt hatte. »Was hast du jetzt vor?«

»Die unterschiedlichen Theorien überprüfen, beginnend mit der wahrscheinlichsten.«

»Und die wäre?«

»Polzin ist keine Komplizin von Libert, hat am Freitag ein schlechtes Gewissen bekommen und wollte zur Polizei. Nur ist sie dort nie angekommen.«

»Du gehst davon aus, dass Libert gewusst hat, dass sie zur Dienststelle gehen wollte.«

»Wenn er an Polzins Karte für die Staatsanwaltschaft gekommen ist und sie kopieren konnte, konnte er auch ihre Wohnung verwanzen oder eine Spionagesoftware auf ihrem Handy installieren.«

»Was hast du vor?«

»Herausfinden, was an dem Abend passiert ist. Von dem Moment an, in dem Polzin bei der Polizei angerufen hat.«

»Ist sie freiwillig verschwunden oder hat Libert sie abgepasst?«, wollte Jon wissen.

»Polzin ist mit ihrem Anruf ein enormes Risiko eingegangen«, erklärte Nik. »Sie hat schließlich mit Drogen gedealt, daher war das Telefonat keine spontane Sache, sondern wohlüberlegt.«

»Was auch der Grund ist, warum sie auf die Dienststelle kommen wollte, schließlich hätte ein Beamter über ihre Drogen stolpern können.«

»Daher hat sie keine kalten Füße bekommen, sondern ist nie bei der Polizei angekommen. Libert muss sie abgepasst haben.« Nik wandte sich zum Haus. »Aber nicht in ihrer Wohnung, das wäre mit den vielen Nachbarn zu riskant gewesen, außerdem hätten die Kriminaltechniker etwas gefunden, wenn Libert eingebrochen wäre.«

»Also ist es auf dem Weg von der Wohnung zur Polizei passiert«, folgerte Jon.

»Laut Bericht hatte Polzin kein Auto, daher ist sie zu Fuß gegangen.«

»Das Wetter war an dem Abend erträglich, obwohl es gut zwanzig Minuten Fußmarsch sind«, sagte Jon nach einem Moment. »Ich werde die Taxiunternehmen überprüfen.«

»Unwahrscheinlich. Im Taxi wäre sie dort angekommen«, widersprach Nik. »Wo ist die nächste Dienststelle?«

»Die Polizeiinspektion 23 in Giesing.« Jon tippte etwas. »In der Chiemgaustraße nördlich von dir.«

»Wie verläuft der kürzeste Weg von hier?« Nik wandte sich nach Norden.

»Von der Leifstraße links in die Lincolnstraße. Ein Stück Stadelheimer Straße und dann noch ein paar Hundert Meter die Tegernseer Landstraße entlang, bis zur Dienststelle an der Ecke Chiemgaustraße.«

»Das sind alles belebte und bewohnte Orte«, sagte Nik nachdenklich. »Auf der Tegernseer Landstraße passiert nichts, ohne dass man zehn Zeugen hat. Selbst um die Abendzeit im Winter.«

»Die perfekte Entführung?«, wollte Jon wissen.

»Möglich«, antwortete Nik zögerlich. »Vielleicht übersehen wir etwas.« Er ging nach Norden, vorbei an dem Mehrfamilienhaus, in dem Polzin wohnte, entlang einer Straße, die von Eichen und Buchen gesäumt wurde. Der Baumbewuchs war nicht dicht genug, als dass man sich dort irgendwo verbergen konnte. »Versuchen wir, uns in Polzin hineinzuversetzen«, begann er während des Laufens. »Man hat mir die Karte entwendet, mit der ich in die Staatsanwaltschaft komme. Mir ist klar, dass deswegen etwas Schlimmes passieren kann, was wiederum auf mich zurückfallen kann, denn die

Staatsanwaltschaft ist kein Elektrogroßhandel. Klauen lässt sich dort wenig, also muss es mit einem Fall zu tun haben.«

»Das mulmige Gefühl ist so stark, dass ich mich der Polizei offenbaren will, obwohl ich mit Drogen handle«, ergänzte Jon.

»Also hat Libert mir nicht die Karte aus der Tasche gestohlen, sondern hat mich mit einer Waffe bedroht. Sonst würde ich in der Firma anrufen und den Verlust bei meinem Vorgesetzten melden, weil ich denke, dass ich sie verloren habe.«

»Wahrscheinlich hat Libert gedroht, mich zu töten, wenn ich etwas sage.«

»Das ist es.« Nik blieb stehen. »Polzin hatte eine begründete Sorge, die Tat zu melden. Jedoch nicht wegen der Drogen, sondern weil Libert sie bedroht hat.«

»Welchen Unterschied macht das?«

»Wir haben vermutet, dass Polzin wegen ihres Drogenhandels so zögerlich war, aber tatsächlich hatte sie Angst vor Libert.« Er fluchte. »Warum bin ich nicht früher darauf gekommen?«

»Ich verstehe noch immer nicht.« Jon klang verwirrt.

»Wenn Polzin nur die Polizei fürchten musste, hätte sie mit dem Taxi hinfahren können, wenn sie aber Angst vor Libert hatte, wird sie heimlich auf die Dienststelle gegangen sein.«

»Also hat sie nicht den naheliegendsten und kürzesten Weg genommen …«

»… sondern den unauffälligsten«, vollendete Nik den Gedanken. Er sah sich noch einmal um. »Neue Aufgabe: Wie komme ich von Polzins Wohnung zur Dienststelle, ohne dass mir jemand folgen kann? Welcher ist der beste Weg, um ungesehen zu bleiben?«

»Der Friedhof am Perlacher Forst«, sagte Jon nach einem Moment. »Polzin nimmt den Hinterausgang, geht statt nordwestlich nach Nordosten, über den Friedhof und von dort bis zur Chiemgaustraße.«

»Kein riesiger Umweg, aber eine Strecke, mit der ein Beobachter nicht rechnet, wenn er vor dem Haus auf der Lauer liegt.« Nik lief schnellen Schritts in Richtung Norden. »Ich informiere Naumann über unsere Theorie, damit er die Polizisten entsprechend umlenkt. Vielleicht finden wir auf dem neuen Weg eine Spur zu Polzin.«

* * *

Obwohl er lieber alleine arbeitete, war Nik in diesem Fall froh, dass er die Unterstützung seiner ehemaligen Kollegen hatte, denn achtundzwanzig Hektar waren eine große Fläche, vor allem wenn es mit über 20 000 Grabsteinen, zahlreichen Gedenkstätten und einer Vielzahl an Bäumen unbegrenzte Möglichkeiten für einen Hinterhalt gab. Gerade an einem kühlen Februarabend.

Nik hatte Naumann über alles informiert, bevor er den Friedhof über den Eingang in der Lincolnstraße betreten hatte. Der Kripochef war glücklicherweise sofort auf seine Theorie eingegangen und wollte die Streifenwagen entsprechend umleiten. Außerdem würde er zwei Beamte der Kripo auf den Friedhof schicken, um Nik zu unterstützen. Allerdings wurde es bereits dunkel, und bei wolkenverhangenem Himmel würden sie bald nichts mehr sehen können.

»Nach was suchst du?«, fragte Jon, nachdem Nik ihn wieder auf dem Handy angerufen hatte.

»Nach offensichtlichen Anzeichen für ein Verbrechen.«

»Polzins Anruf bei der Dienststelle ist vier Tage her. Hätte Libert sie erschossen, wäre ihre Leiche längst gefunden worden.«

»Von daher war der Friedhof eine gute Wahl für einen Mord, denn einen Leichenspürhund einzusetzen ergibt keinen Sinn. Außerdem bietet dieser Ort nahezu unbegrenzte Möglichkeiten, eine Leiche zu verstecken.«

»Und das ist noch keinem Friedhofsgärtner aufgefallen?«

»Es ist Anfang März. An manchen Stellen liegt sogar etwas Schnee«, antwortete Nik. »Die Angestellten werden sich um die Wege und Denkmäler kümmern, nicht um die weniger genutzten Flächen, wie jene nördlich des Betriebshofs.«

»Wenn Libert die Leiche vergraben hat, kannst du über sie drüberlaufen, ohne es zu bemerken.«

»Die Mühe hat er sich nicht gemacht«, widersprach Nik. »Der Boden ist buchstäblich steinhart und selbst eine Grube von einem halben Meter Breite wäre ohne Bagger unvorstellbar mühsam zu graben gewesen.« Nik blieb vor einem über zwei Meter hohen Tor stehen. »Der Betriebshof ist gut gesichert«, erklärte er mit Blick auf eine Kamera, die auf den Eingangsbereich gerichtet war. »Sicherlich gibt es einen unauffälligeren Weg hinein als das Haupttor, aber es wäre aufgefallen, wenn jemand das Schloss in der Halle geknackt und einen Bagger ausgeliehen hätte.«

»Was ist mit bereits ausgehobenen Gräbern? Wir hatten einen Fall, wo der Mörder genau das genutzt hat.«

»Völlig ausschließen kann man es nicht, aber Polzins Ermordung war spontan. Libert wusste nicht, dass sie zur Polizei gehen wollte, und musste schnell handeln. Außerdem sind die Bestatter seit diesem besagten Fall aufmerksamer.«

»Nach mehreren Tagen müsste eine Leiche aber auffallen«, bemerkte Jon. »Selbst bei diesem Wetter werden Tiere angelockt und nisten sich Maden ein. Vom Geruch gar nicht anzufangen.«

»Dem will ich nicht widersprechen, daher muss Libert die Leiche entweder in einem geschlossenen Raum versteckt oder gut verpackt haben.«

»Dann eher gut verpackt, denn auf dem Friedhof gibt es neben dem Betriebshof nur die Toiletten oder die Trauerhalle. Den Parkplatz würde ich ausschließen, weil er an der Stadelheimer Straße liegt, auf der ständig Verkehr herrscht.«

»Wenn Libert hier auf dem Friedhof zugeschlagen hat, ist sie noch hier«, sagte Nik überzeugt. Er ging am Betriebshof vorbei zu einem Bereich des Friedhofs, in dem es keine Gräber gab. Die Kieswege waren gepflegt und selbst der Rasen war um diese Jahreszeit noch in gutem Zustand. Die Bäume waren kahl und die Blätter weggeräumt, ebenso wie bei den Büschen, die am Wegesrand gepflanzt waren. Man musste schon an den Rand des Friedhofs gehen, um ein gutes Versteck zu finden. »Unmöglich ist es nicht.« Nik ging um den großen Stamm einer Eiche. »Aber einer genauen Suche hält es nicht stand.«

»Was eine gute Nachricht ist, denn zusammen mit der Polizei können wir den Friedhof bis zum Einbruch der Dunkelheit durchsuchen. Dann hat sich unsere Theorie entweder bestätigt oder wir müssen uns etwas Neues ausdenken.«

Nik wollte gerade etwas erwidern, als das Handy in seiner Tasche brummte.

»Eine Nachricht von Naumann«, sagte er mit Blick auf das Handy. »Sie haben etwas gefunden.«

Kapitel 4

Der große Plastiksack lag im äußersten Südwesten des Friedhofs in einer Mulde hinter einer ausladenden Eiche. Die schwarze Folie war in dem trüben Licht kaum zu sehen. Bedeckt mit Erde und Ästen eines abgestorbenen Buschs war der Sack ausreichend getarnt, dass ein Spaziergänger achtlos vorbeigegangen wäre. Die Folie war dick mit Industrieband zusammengeklebt. Nirgends hing ein Körperteil heraus oder ermöglichte ein Spalt den Blick auf den Inhalt, aber Nik war sich sicher, dass sich in dem Sack eine Leiche befand. Die Ausmaße passten und niemand hätte sich die Mühe gemacht, Müll ausgerechnet hier zu entsorgen. Außerdem blähten sich die wenigen Stücke der Folie, die nicht eng mit Klebeband umwickelt waren, ballonartig auf, was wahrscheinlich an den Faulgasen lag, die der tote Körper schon gebildet hatte.

Die beiden Polizisten, die bei der Suche geholfen hatten, schienen den gleichen Gedanken zu haben, denn sie sperrten das Gebiet weiträumig ab, ohne den Sack geöffnet zu haben. Auch Nik war klug genug, Abstand zu halten, da er keine Spuren verwischen wollte. Sicherlich waren die Kriminaltechniker bereits informiert und auf dem Weg hierher.

Nik betrachtete die Gegend rund um den Fundort. Der Fußweg war keine zehn Meter entfernt, das nächste Grab sogar noch näher. Auch zum zweiten Eingang war es nicht weit. Nördlich von diesem verlief die viel befahrene Lincolnstraße und westlich lag das Wohngebiet um die Maurerstraße, kaum zwanzig Meter entfernt. Dort Polzin zu ermorden und auf den Friedhof zu schaffen, wäre zu auffällig und mit viel Aufwand verbunden gewesen, zudem waren die Mauern zu hoch, um mit einem toten Körper auf der Schulter drüberklettern zu können. Schleifspuren oder Abdrücke von Reifen konnte er um den Fundort nicht sehen, daher war Polzin wahrscheinlich hier getötet und verpackt worden.

Die Augen auf den Boden gerichtet, ging Nik langsam zum Eingang weiter, aber durch die vielen Leute waren in den letzten vier Tagen vermutlich alle Spuren verwischt worden. Wenn der Täter überhaupt welche hinterlassen hatte, fügte er in Gedanken hinzu, hatte sich Libert doch bisher als äußerst clever herausgestellt.

Als er fast am Tor zur Lincolnstraße angekommen war, kam ihm Naumann entgegen.

»Ist es Polzin?«, fragte er atemlos, als wäre er die letzten Meter gerannt. Seine Krawatte war schief gebunden und auf seiner Stirn hatte sich Schweiß gebildet.

»Schwer zu sagen, denn der Plastiksack hat keine Risse und ist weitgehend mit Industrieband umwickelt«, erklärte Nik und deutete hinter sich. »Wir werden uns noch gedulden müssen. Aber die Kollegen von der Polizei sperren gerade die Umgebung ab und überlassen den Fundort den Experten.«

»Gut so«, sagte Naumann, wobei sein Blick dorthin erahnen ließ, dass er es gerne sofort erfahren hätte. »Die Leute vom KTI müssten gleich hier sein.« Er sah auf seine Uhr.

Einen Moment entstand eine peinliche Stille, als wüssten beide nicht, was sie sagen sollten. Schließlich hob Nik die Hand und ging in Richtung Ausgang weiter. »Viel Erfolg«, sagte er.

»Danke«, hörte er Naumann noch erwidern. »Für deine Hilfe.«

* * *

Es war gerade 21 Uhr, als das Telefon im Wohnzimmer klingelte.

»Du hattest recht«, ließ sich Jon vernehmen, nachdem Nik das Gespräch angenommen hatte. »Die Tote war Ute Polzin.«

Nik zuckte die Achseln, als würde Jon etwas Offensichtliches ansprechen.

»Wann ist die Obduktion angesetzt?«, fragte Balthasar, der ins Wohnzimmer hereinkam. Er trug einen beigen Seidenpyjama, wartete aber ebenso sehnsüchtig wie Nik auf die neusten Ermittlungsergebnisse, daher war an Schlaf noch nicht zu denken.

»Sie wurde für morgen früh angesetzt«, antwortete Jon. »Aber die Kriminaltechniker haben schon Fotos auf den Server hochgeladen.«

Nik schaltete den Laptop und den Beamer an. Kurz darauf erschien das erste Bild an der Wand. Es zeigte eine Frau, deren braune Haare auf der rechten Seite mit Blut durchtränkt waren. Ein Stück über dem Ohr war eine schwarz umrandete Wunde zu sehen. Ihre Augen waren geschlossen und die Lippen zusammengepresst. Der Kopf lag auf einer dunklen Plastikfolie. Schwarze Schminke war von den Augen über die Wangen zum Kinn gelaufen, als hätte sie geweint.

»Ein offensichtlicher Einschuss, aber noch im ungereinigten Zustand«, erklärte Balthasar fachmännisch. »Es handelt sich um einen relativen Nahschuss. Ich erkenne einen Schmauchhof, Pulvereinsprengungen und thermische Schäden durch Mündungsfeuer.«

»Relativer Nahschuss bedeutet was?«, fragte Jon nach.

»Wegen der sichtbaren Beschmauchung bestand weniger als vierzig Zentimeter Abstand, aber aufgrund der fehlenden Stanzmarke hat der Täter die Pistole nicht auf die Schläfe gepresst, als er abgedrückt hat. Also irgendwo zwischen einem und vierzig Zentimetern Abstand.«

»Gibt es Spuren rund um den Tatort?«, fragte Nik.

»Nicht wirklich«, antwortete Jon.

»Der Täter muss Polzin irgendwie dorthin gebracht haben«, wunderte sich Balthasar. »Wie ich Nik verstanden habe, war die Fundstelle ein gutes Stück von dem Weg entfernt und sie wird kaum am Zaun entlanggelaufen sein. Hätte man bei dem feuchten Wetter nicht Abdrücke finden müssen?«, wandte er sich an Nik.

»Dazu ist ihr Tod zu lange her und sind zu viele Leute auf dem Weg spaziert«, erklärte Nik.

»Vom Weg zum Baum fanden sich zwar Abdrücke, aber aus diesen konnte man keine Rückschlüsse ziehen«, ergänzte Jon.

»Libert hat Polzin abgefangen, mit der Waffe bedroht und sie an die Stelle gezwungen, wo er sie erschossen hat«, vermutete Nik.

»Von der Wunde her war es ein kleines Kaliber«, erklärte Balthasar mit Blick auf das Bild. »Keine 45er oder Schrotflinte.«

»Mich wundert nur, dass niemand den Schuss gehört hat«, sagte Jon. »Zumindest erreichte die Polizei kein Anruf deswegen.«

»Da Libert Profi ist, wird er einen Schalldämpfer dabeigehabt haben«, ergänzte Nik. »Zusammen mit der späten Stunde kurz vor Schließung des Friedhofs und dem schlechten Wetter waren es die perfekten Voraussetzungen für einen Mord.«

Balthasar verschränkte die Hände hinter dem Kopf und lehnte sich auf der Couch zurück. »Und jetzt?«, fragte er. »Die Obduktion steht noch aus und die Kriminaltechniker sind noch nicht fertig, aber was machen wir, wenn Libert keine Spuren hinterlassen hat?«

»Dann wird es schwer«, gab Nik zu. »Polzin war unser letzter Anhaltspunkt.«

»Ich bleibe unverändert optimistisch, denn bisher ist uns immer etwas eingefallen«, erklang Jons Stimme aus der Freisprechanlage. »Ich schicke Nik den Zwischenbericht und halte die Augen offen, was sonst so auf dem Kriposerver passiert. Sobald es einen Abschlussbericht gibt oder die Obduktionsergebnisse vorliegen, melde ich mich wieder.«

»Klingt nach einem Plan«, bestätigte Nik.

Balthasar nickte zustimmend und erhob sich. »Dann gute Nacht. Hoffen wir, dass Libert dieses Mal einen Fehler gemacht hat.«

* * *

Nik kam gerade mit einer großen Pizza unter dem Arm wieder in die Wohnung, als er Balthasars Stimme vernahm.

»Noch etwas näher«, sagte der Pathologe.

Als Nik in das Wohnzimmer trat, sah er die Nahaufnahme einer Wunde, die man ohne Vergrößerung nur bei genauem Hinsehen bemerken konnte. »Die Kollegen von der Rechtsmedizin haben recht«, fuhr Balthasar fort. »Das ist eine Strommarke.«

»Und was bedeutet das?« Nik setzte sich auf die Couch, öffnete den Deckel des Pizzakartons und begann zu essen.

»Die Ursachen dieser Wunde können vielfältig sein, doch unter den gegebenen Umständen handelt es sich um die Folgen eines Taser-Einsatzes.«

»Das verstehe ich nicht«, bemerkte Jon. »Wir haben keine Schleifspuren oder tiefen Abdrücke gefunden. Wenn der Killer Polzin zuerst bewegungsunfähig gemacht hat, wie hat er sie dann an den Fundort geschafft?«

»Er muss sie mit der Pistole an den Ort gezwungen und getasert haben, bevor er sie erschossen hat«, erwiderte Nik kauend.

»Klingt umständlich«, vernahm man Jons Stimme aus der Freisprechanlage. »Außerdem haben die Kriminaltechniker keine größeren Blutspuren um den Fundort der Leiche entdeckt.«

»Logisch, da die Kugel nicht durch den Kopf gegangen, sondern im Schädel stecken geblieben ist«, erwiderte Nik.

»Daher hat Polzin im Moment ihres Todes auf der Folie gelegen, denn dort wurde etwas Blut gefunden«, sagte Jon.

»Und da sie sich nicht freiwillig auf den Boden begeben hat, hat Libert nachgeholfen. Mit einem Taser.« Nik nahm sich ein weiteres Stück Pizza heraus.

»Je mehr ich über den Täter erfahre, umso überlegter und kaltblütiger erscheint er mir«, sagte Jon.

»Was keine guten Nachrichten sind, denn Täter dieser Art sind am schwersten zu überführen, da sie sich nicht von ihren Emotionen leiten lassen und daher kaum Fehler machen«, ergänzte Nik.

»Genau an dieser schlechten Nachricht können wir uns weiterhangeln, denn weder die Obduktion noch die Untersuchung des Tatorts führte zu Hinweisen auf Libert. Stand heute 12 Uhr«, fügte Jon noch hinzu.

»Die Kriminaltechniker vom LKA sind sehr erfahren«, bemerkte Nik. »Wenn wir bis jetzt noch keine Spur haben, wird sich auch im Laufe des Tages keine ergeben.«

»Was jetzt?«, fragte Balthasar. »Wir sind völlig blank.«

Nik lehnte sich kauend auf der Couch zurück. »Wir übersehen etwas«, sagte er nachdenklich.

»Offensichtlich, denn der Grund für den Einbruch in die Staatsanwaltschaft ist unverändert unklar.«

»Es muss mit einem der dort gelagerten Fälle zu tun haben«, gab sich Balthasar sicher.

»Dem will ich nicht widersprechen«, kommentierte Jon die Aussage seines Freundes. »Aber in den Aktenschränken lagerten Unterlagen zu ein paar Tausend Fällen. Und weder Alisa Idinger noch Ute Polzin hatten damit zu tun.«

»Libert wird in einen davon verwickelt sein«, konstatierte der Pathologe.

»Aber da Libert nicht Libert heißt und er uns auch sonst nichts hinterlassen hat, woraus wir etwas schließen können, kommen wir an dem Punkt nicht weiter«, sagte Jon.

»Dann wird man all die darin gelagerten Fälle noch einmal durchgehen müssen, unter der Prämisse, dass eine Vernichtung der Akten nützlich wäre«, schlug der Pathologe vor.

»Vergiss es«, sagte Nik kopfschüttelnd. »Das würde Jahre dauern. Eher länger.«

»Ist mir bewusst«, erwiderte sein Mitbewohner. »Aber welche Möglichkeiten haben wir sonst?«

»Lass es uns noch einmal zusammen durchdenken.« Nik klappte den Deckel des Pizzakartons zu und stand auf. »Idinger geht mit einer Bombe in die Staatsanwaltschaft. Warum eine Bombe?«

»Um etwas zu zerstören oder um Leute draußen zu halten, denn bei Sprengstoff ist das SEK sehr viel vorsichtiger als bei einer Waffe«, sagte Jon.

»Draußen halten passt zu ihrer Forderung«, warf Balthasar ein. »Denn mit jeder Minute, die sie die Polizei beschäftigt hielt, stieg die mediale Aufmerksamkeit.«

»Ich glaube unverändert, dass das ein Ablenkungsmanöver war, um Zeit zu schinden«, widersprach Nik.

»Zeit für was?«, fragte Jon. »Um nach einer Akte zu suchen?«

»Ich kenne mich im Ablagesystem der Staatsanwaltschaft nicht aus, aber die Akten von brisanten Fällen wie dem organisierten Verbrechen werden akkurat abgelegt sein«, vermutete Balthasar. »Wenn ich weiß, nach was ich suche, dauert das ein paar Minuten. Und wenn Idinger nur die Bombe legen wollte, um alles zu vernichten, dann benötigte dies weniger Zeit.«

»Die Bombe könnte auch gezündet worden sein, damit niemand nachvollziehen kann, wonach Idinger gesucht hat«, sagte Nik. »Denn dann passiert genau das. Niemand kennt ihr Motiv.«

»Damit drehen wir uns wieder im Kreis, denn keine Information aus den Akten oder ihre Vernichtung hätte ein Urteil verändert oder einen Fall wieder aufleben lassen«, sagte Jon.

»War Idinger die ganze Zeit in dem Aktenraum?«, fragte Balthasar. »Sie hätte auch schnell in das Büro nebenan gehen können.«

»Kein schlechter Gedanke«, gab Jon zu.

»In der Tat eine Möglichkeit, aber auf diese Idee sind die Kollegen vom LKA auch gekommen. Mehrere Dinge sprechen dagegen.« Nik hob einen Finger. »Erstens waren die Büros alle verschlossen und es fanden sich nirgends Einbruchsspuren.« Er hob einen zweiten Finger. »Weiterhin hat sich Idinger von dem Sicherheitsmann nur die Tür zu dem Aktenraum öffnen und ihn dann wieder gehen lassen.

Hätte sie noch woanders hineingewollt, hätte sie ihm die Karte abnehmen können.«

»Also war das Objekt ihres Interesses in diesem Raum«, schloss Balthasar.

»Gab es dort noch etwas außer den Akten?«, fragte Nik.

»Einen Moment.« Man hörte Jon tippen. »Hier ist der Bericht des KTI. Sehr viele Schränke, die ausnahmslos zerstört wurden. Ebenso die Akten. Dann ein Feuerlöscher, eine Tonne aus Aluminium, die für die Entsorgung von vertraulichen Akten dort stand, ein alter Kopierer und ein Schreibtisch samt Computer.«

»Ein Computer?«, wunderte sich Nik. »Mit Zugang zum System der Staatsanwaltschaft?«

»Alle Computer in dem Gebäude haben dahin Zugang.«

Balthasar wandte sich Nik zu und zog die Augenbrauen hoch. »Das ist interessant.«

»Ich weiß, worauf ihr hinauswollt«, sagte Jon. »Aber um auf ein System zu kommen, benötigt es eine Zugangs-ID und ein Passwort. Selbst ich hacke das nicht in ein paar Minuten und Idinger hatte keine Computerskills.«

»Du steckst doch auch manchmal einen USB-Stick in einen Computer und hast dann Zugang«, sagte Balthasar.

»Ganz so leicht ist es nicht, denn diese Trojaner sind nur Helfer, die vieles erleichtern. Ohne meine Expertise und meine Anlage wird ein weiteres Vorgehen schwer. Und beides hatte Idinger nicht.«

»Aber es ist nicht unmöglich?«

»Der Aufwand ist enorm, Nik. Selbst für mich. Gerade bei einer Organisation wie der Staatsanwaltschaft. Und außerdem hätte sie das leichter haben können. Mit dem Computer vom Sicherheitsmann hätte sie sich auf das System schalten können.

Dazu hätte sie nicht in das Stockwerk der Abteilung fünfzehn fahren müssen.«

»Und deshalb war es clever«, erklärte Nik.

Jon atmete hörbar aus. »Mir fallen zehn Methoden ein, um das besser zu machen, aber in Anbetracht der nicht vorhandenen Spuren könnte man dem nachgehen.«

»Man?«, gab sich Balthasar überrascht. »Nicht du?«

»Der Aufwand, sich in die Staatsanwaltschaft zu hacken, wäre enorm«, erläuterte Jon. »Das LKA hat eine gute IT-Abteilung und wenn Nik seinen ehemaligen Chef auf die richtige Spur bringt, ist das sehr viel schneller erledigt, als wenn ich das versuche. Und ich muss mich keiner Suchtracker erwehren.«

»Ich rufe Naumann an.« Nik nahm sein Handy und ging in die Küche. »Ich bin gespannt, was er von unserer Idee hält.«

* * *

Heinrich Naumann hatte sich gerade einen Kaffee aus der Küche geholt, als sein Telefon in der Tasche klingelte. Da er in der anderen Hand ein Glas Wasser hatte, konnte er nicht danach greifen. Fluchend huschte er in einen leeren Besprechungsraum, stellte die Tasse ab und nahm den Anruf entgegen.

»Hauptkommissar Naumann, Kripo München«, meldete er sich.

»Pohl. Ex-Kommissar«, meldete sich Nik. »Störe ich?«

»Als ob dich das interessieren würde«, bemerkte Naumann und trank einen Schluck Kaffee.

»Tut es tatsächlich nicht, aber mein Mitbewohner erzählt mir ständig, ich soll an meinen Manieren arbeiten.«

»Das werde ich nicht mehr erleben«, murmelte der Kripochef.

»Gab es in der Staatsanwaltschaft irgendwelche Probleme mit der IT? Oder einen Hackerangriff?«

Naumann erstarrte in der Bewegung. Dann stellte er die Tasse ab und gab der Tür einen Tritt, dass diese knallend zu ging. »Woher weißt du davon?«, fragte er leise, als hätte er Angst, belauscht zu werden.

»War nur eine Vermutung.« Er konnte Niks Grinsen regelrecht vor sich sehen.

Einen Augenblick überlegte Naumann, ob er Nik überwachen lassen sollte. Selbst der beste Ermittler der Welt hätte nicht so schnell Interna von Fällen herausfinden können. Er musste Hilfe haben. Sehr kompetente Hilfe. »Die Information habe ich vor fünfzehn Minuten von der IT bekommen. Davon weiß nur eine Handvoll Leute.«

»Was ist passiert?«

Etwas in Naumann sträubte sich, Nik solche heiklen Interna preiszugeben, denn einige Leute wären noch nervöser geworden, hätten sie davon erfahren. Die Bombe in der Staatsanwaltschaft war schon schlimm genug gewesen, aber die Nachricht von einem erfolgreichen Hackerangriff hätte für noch mehr Wirbel gesorgt. Gerade die Presse hätte sich mit Freude darauf gestürzt. »Jemand ist in das Computersystem der Staatsanwaltschaft eingedrungen«, antwortete er schließlich.

»Geht es etwas genauer?«

»Der Vorfall ereignete sich am Samstag, etwa eine Stunde nach Alisa Idingers Tod«, erklärte der Kripochef. »Woher weißt du davon?«

»Logische Schlussfolgerung«, antwortete Nik. »Ich halte die Wahl des Aktenraums für ein Ablenkungsmanöver, ebenso wie die Forderung, den Fall von Berthold Ermisch wiederaufzunehmen. Da in dem Raum ein Computer war, achtet niemand darauf, wenn etwas mit der IT nicht stimmt, schließlich kann man es auf die Probleme aufgrund der Bombe schieben.«

»Und warum hat Idinger nicht gleich den ersten Computer im Erdgeschoss genommen, sondern hat sich vorher in einen Aktenraum bei der Abteilung für organisiertes Verbrechen bringen lassen?«

»Wenn sie direkt an einen Computer gegangen wäre, hätten wir sofort gewusst, wonach wir suchen müssen. So hat es viele Tage gedauert, bis wir darauf gekommen sind.«

»Möglich«, sagte Naumann zögerlich. »Trotzdem will ich nicht ausschließen, dass das organisierte Verbrechen dahintersteckt, denn die kaum vorhandenen Spuren und die Gnadenlosigkeit des Vorgehens trägt dessen Handschrift.«

»Aber was will die Mafia mit Akten aus dem Aktenschrank?«, fragte Nik.

»Wenn ich das wüsste, wäre der Fall gelöst.«

»Da ergibt das Aufspielen eines Trojaners mehr Sinn.«

»Bei genauerem Hinsehen nicht, denn die einzige Abteilung, die an dem Samstag kompromittiert wurde, war Human Resources. Genau genommen der Bereich der Pensionszahlungen.«

»Hä?«

»Das war auch meine Reaktion.«

»Jemand betreibt einen solchen Aufwand, um in die Staatsanwaltschaft München zu kommen, damit er sich in die Daten für Pensionszahlungen einhacken kann?«

»Unsere IT ist noch an der Sache dran, daher kommt vielleicht noch etwas«, erklärte Naumann. »Aber solange nur dieser kleine Bereich kompromittiert wurde, weigere ich mich, andere Möglichkeiten auszuschließen.«

Einen Moment war es still in der Leitung. Dann sagte Nik: »Alles klar. Danke.« Und legte auf.

»An deinen Manieren zu arbeiten wäre eine gute Sache«, bemerkte Naumann. Er steckte sein Handy wieder in die Tasche, bevor er sich mit Glas und Tasse zurück in sein Büro begab.

Vielleicht hatte einer seiner Kollegen eine Idee, was ein Hacker mit den Informationen über Pensionszahlungen machen wollte. Er hatte keine.

* * *

»Was will man damit?«, wunderte sich Balthasar. »Daten über die Pensionszahlungen der ehemaligen Angestellten der Staatsanwaltschaft.« In der Zwischenzeit hatte sich der Pathologe wieder umgezogen. Er trug seine bequeme Yogahose aus Leinen, darüber ein leichtes weißes Hemd und Slipper eines italienischen Designers. In seiner Hand hatte er eine große Tasse mit dampfendem Tee, der nach Ingwer und Zitrone roch. Auf seiner Schulter saß Kara, die sich nur selten eine Fallbesprechung entgehen ließ. Dabei hatte es ihr vor allem die Freisprechanlage angetan, aus der Jons Stimme ertönte, ohne dass er anwesend war. Auch heute konnte sie nicht ihre Augen von dem runden Ding nehmen.

»Ich zerbreche mir seit einer halben Stunde den Kopf und habe keine Idee, warum sich jemand dafür solche Mühe machen sollte«, erklang Jons Stimme aus der Freisprechanlage. »Noch nicht einmal ansatzweise.«

»Das muss ein weiteres Ablenkungsmanöver sein«, bemerkte Nik, als er mit einer Flasche Bier aus der Küche kam. »Der Täter hat sich in den Bereich der Pensionszahlungen eingehackt, um zu verschleiern, dass er noch woanders war.«

»Das wäre ein vorstellbares Manöver, ist aber praktisch nicht möglich«, sagte Jon. »In diesem Computersystem hinterlässt jeder User eine Spur, der man folgen kann. Die lässt sich nur wieder löschen, wenn man Adminrechte hat, aber selbst das würde man nachvollziehen können. Nichts davon ist passiert.«

»Und wenn er mit mehreren Identitäten unterwegs war?«, wandte Balthasar ein.

»Ebenfalls möglich, aber auch das hätte die IT bemerkt«, erklärte Jon. »Auf diesem System gibt es ein Aktivitätenprotokoll, das alle Befehle, Aufrufe und Änderungen festhält. Dieses Protokoll lässt sich nicht manipulieren. Selbst wenn der Hacker also mehrere User gehabt hätte, hätte man diesen folgen können.«

»Also hat er sich nur in den Pensionszahlungen herumgetrieben?«, schloss Jon.

»Bisher ja.«

»Was ist dort so wichtig?« Nik setzte sich auf die Couch und trank einen Schluck Bier.

»Da fällt mir nur die Höhe der Pensionszahlungen der Staatsanwälte ein«, bemerkte Balthasar. »Und deren Kontendaten.«

»Damit lässt sich nichts anfangen«, erklärte Nik. »Der Plan des Täters war sicherlich nicht, das Konto eines pensionierten Staatsdieners zu plündern.«

»In solchen Datensätzen sind noch ein paar persönliche Dinge wie die Handynummer, E-Mail-Adresse und anderer Kram enthalten«, erklärte Jon.

»Die Privatadresse.« Nik erhob sich von der Couch und stellte sein Bier ab. »Die Privatadresse eines ehemaligen Staatsanwaltes.«

»Dessen Namen der Täter aus den Unterlagen im Aktenzimmer bekommen hat«, führte Balthasar den Gedanken fort.

»Das könnte es sein«, stimmte Jon zu.

Nik nahm sein Handy aus der Tasche. »Der Täter ist hinter einem ehemaligen Staatsanwalt her.« Er scrollte hektisch durch seine Kontakte. »Und er hat bereits fünf Tage Vorsprung.«

* * *

Das Wichtigste am Tag war für Naumann eigentlich das Frühstück. Ohne sein morgendliches Müsli war sein Metabolismus den ganzen Tag durcheinander, aber die Hektik der letzten Tage hatte ihm keine Zeit dafür gelassen. Und genau wegen dieser Hektik hatte er auch das Mittagessen in der Kantine verpasst. Das schien sein Magen nicht mehr zu tolerieren und er hatte seinen Knien befohlen, dass sie zu zittern anfangen sollten. Also hatte Naumann seinen Mantel übergezogen und die Dienststelle Richtung nächstem Bäcker verlassen, damit er den Tag noch halbwegs überstehen würde. Er hatte gerade die Maillingerstraße überquert, als sein Handy klingelte.

»Pohl«, stöhnte er mit Blick auf das Display. »Nicht schon wieder!« Als würde sein Bauch ihm recht geben, knurrte er hörbar.

»Der Täter war auf der Suche nach einer Adresse«, begann Nik ohne Begrüßung.

»Was hat er gesucht?« Naumann blieb auf dem Gehweg stehen.

»Bei den Pensionszahlungen sind die aktuellen Adressdaten der Angestellten der Staatsanwaltschaft hinterlegt.«

»Verflucht!«, sagte Naumann, nachdem er verstanden hatte, worauf Nik hinauswollte.

»Ihr solltet so schnell wie möglich alle noch lebenden Staatsanwälte anrufen, vor allem diejenigen, die mit dem organisierten Verbrechen zu tun hatten«, erklärte Nik.

110

»Vermutlich ist der Mörder von Alisa Idinger und Ute Polzin hinter einem von ihnen her.«

Naumann beendete das Gespräch, drehte sich um und ging über die Straße zurück zur Dienststelle. Dabei übersah er ein Elektroauto, dessen Fahrer im letzten Moment bremsen konnte. »Bist du blind, du Penner?«, hörte er den Mann noch schreien, während er eine Nummer auf dem Handy wählte.

»Danilo, ruf die IT zusammen.« Er begann zu laufen. »Sie sollen alle sofort in mein Büro kommen. Es ist dringend.«

* * *

Nik war noch nie ein geduldiger Mensch gewesen, aber das Warten während eines Falls fiel ihm noch schwerer als das Warten sonst. Eigentlich überließ er die Arbeit nicht gerne anderen, aber es war sinnvoll, diesen Teil der Ermittlungen der Kripo zu überlassen. Diese würde in zwei Minuten alle Telefonnummern der pensionierten Staatsanwälte ausfindig gemacht und in kurzer Zeit alle erreicht haben.

Trotz der neuen Spur verstand Nik noch nicht, was der Täter vorhatte. Wenn er vom organisierten Verbrechen engagiert worden war, um sich an einem Staatsanwalt zu rächen, hätte er das auch einfacher haben können. Die Mafia kannte Wege, die Adresse eines Staatsanwaltes herauszufinden, ohne ein Aktenzimmer zu sprengen.

In solchen Momenten des Nachdenkens war ihm seine Wohnung zu klein, daher machte er sich auf den Weg durch den Park, um in der frischen Luft neue Energie zu tanken. Kaum hatte er seine Wohnung hinter sich gelassen, machte sich sein knurrender Magen bemerkbar, also schlug er einen Umweg ein. Das Wetter war besser als die letzten Tage und als ihn im Dönerladen der Geruch von gebratenem Fleisch empfing, unterbrach er seine Grübeleien, denn wie immer kaufte Nik nicht nur einen Döner, sondern ließ sich über die neusten Entwicklungen in der Süper Lig auf den letzten Stand bringen, wobei sich das Gespräch bald wieder auf die Bundesliga konzentrierte. Die Bayern schienen dieses Jahr nicht Meister zu werden, was auch seinen türkischen Freund freute. Einen schwarzen Tee später war sein Essen fertig. Nik war gerade am Bezahlen, als sein Handy in der Tasche brummte.

»Was gibt es, Jon?«, begann er das Gespräch, während er die Plastiktüte mit seinen beiden Dönern entgegennahm. Mit einem Winken verließ er den Laden.

»Die Kripo hat mit allen ehemaligen Angestellten der Staatsanwaltschaft Kontakt aufgenommen«, begann dieser.

»Seit meinem Anruf bei Naumann sind nicht einmal drei Stunden vergangen«, sagte Nik mit Blick auf seine Uhr. »Schneller als gedacht.«

»Aufseiten der Staatsanwaltschaft wurden alle Ehemaligen bis auf drei erreicht«, sagte Jon. »Eine ist laut ihren Kindern auf einer Wanderung in den Appalachen, beim zweiten ist die hinterlegte Handynummer nicht mehr gültig. Und zu Hause ist er auch nicht anzutreffen. Bei der Dritten ist die Telefonnummer auch falsch und sie wohnt etwas außerhalb von München. Du kennst sie vielleicht. Es ist Anja Wesholt.«

»Anja Wesholt?«, sagte Nik überrascht. »Die passt wie die sprichwörtliche Faust aufs Auge.«

»Kann mich vielleicht jemand aufklären?«, bat der Pathologe. »Ich bin dieser Frau noch nicht vorgestellt worden.«

»Anja Wesholt hat die Staatsanwaltschaft im Jahr 2019 verlassen. Zuvor gab es einen langen und erbitterten Rechtsstreit«, erklärte Jon. »Wesholt wurde verdächtigt, Mitgliedern des organisierten Verbrechens Informationen gegeben und sie so vor einer Razzia gewarnt zu haben.«

»Und wer hat die Razzia angeordnet?«

»Wesholt selbst«, antwortete Jon.

»Du verwirrst mich«, sagte Balthasar.

»In München gehört die italienische Mafia quasi zum Inventar«, erklärte Nik. »Sehr dominant ist die kalabrische 'Ndrangheta, die wahrscheinlich die mächtigste italienische Mafia-Organisation ist und ihr Geld vor allem mit dem Drogenschmuggel nach Europa verdient.«

»Das ist kein wirkliches Geheimnis«, sagte Balthasar.

»Wie man sich vorstellen kann, gefällt das dem örtlichen LKA nicht, daher kommt es immer wieder zu Schlägen gegen die Mafia, manchmal nur im Großraum München, immer öfters aber auch deutschlandweit oder koordiniert in ganz Europa.«

»Und Wesholt war in einen solchen Fall involviert?«, fragte Balthasar.

»Mehr noch, sie hat den Einsatz koordiniert«, erklärte Nik.

»Und der Einsatz ist schiefgelaufen?«

»Nicht im tragischen Sinn, dass Leute erschossen wurden, es war nur niemand mehr da«, fuhr Nik fort.

»Die Behörden hatten eine Pizzeria in München im Visier, über welche die Geldwäsche der Mafia laufen sollte. Doch als das SEK dort einmarschiert ist, waren die besagten Räume leer. Es war nur noch eine normale Pizzeria.«

»Sie haben einen Tipp bekommen«, vermutete Balthasar.

Nik nickte.

»Aber wie kommt man ausgerechnet auf Wesholt?«, wollte Balthasar wissen. »Gab es eine verdächtige Mail oder einen Anruf?«

»Nichts dergleichen«, antwortete Nik. »Im Rahmen eines anderen Falls geriet sie zufällig vor die Linse eines Ermittlers, wie sie sich mit einem italienischen Unternehmer zu einem romantischen Diner getroffen hat, und diesem Unternehmer wurde eine gewisse Nähe zur Mafia nachgesagt.«

»Jetzt verstehe ich«, sagte Balthasar.

»Glücklicherweise gelang es den Beteiligten, alles von der Öffentlichkeit fernzuhalten«, sagte Nik. »Intern dagegen wurde die Geschichte sehr unschön.«

»Wurde Wesholt angeklagt?«, fragte der Pathologe.

»Der Unternehmer stand nur in Verdacht, eine offensichtliche Verbindung konnte ihm nie nachgewiesen werden«, erklärte Jon. »Daher nein.«

»Daraufhin ging Wesholt in die Offensive und verklagte ihren eigenen Laden wegen Rufmords«, fuhr Nik fort. »Die Details kenne ich auch nicht, doch schließlich einigte man sich 2019 auf einen Aufhebungsvertrag mit ordentlicher Abfindung. Wesholt verließ die Staatsanwaltschaft mit nur zweiundfünfzig Jahren.«

»Und ihr Ruf war ungerechtfertigterweise ruiniert«, bemerkte Balthasar.

»Ganz so leicht ist es nicht, denn 2020 wurde besagter Unternehmer mit einer Kugel im Kopf aufgefunden«, sagte Nik. »Obwohl man den Täter nie gefunden hat, vermutete man einen Auftragsmörder der 'Ndrangheta dahinter.«

»Das lässt natürlich viel Spielraum für Interpretationen«, gab Balthasar zu.

»Jetzt kennst du den Grund, warum sich die Ermittlungsbehörden zuerst auf Wesholt konzentriert haben.« Nik sah auf die Uhr. »Wahrscheinlich bekommt sie gerade Besuch von der Kripo.«

* * *

Naumann war ein Stadtmensch, aber er musste zugeben, dass der Anblick des Ammersees etwas Beruhigendes hatte, selbst an einem wenig idyllischen Tag wie diesem. Wesholts Haus wirkte unauffällig, fast spießig, mit seinem weißen Anstrich und den einfachen Fenstern mit dunkelbraun gestrichenen Läden. Aber die Lage war beeindruckend. Das Gebäude stand nahe einer kleinen Ansiedlung, von der man einen guten Blick auf den See hatte. Hinter dem Haus lagen weiträumige Felder, die bis zu einem kleinen Forst reichten.

»Nicht schlecht«, bemerkte auch Danilo, als sie auf dem kleinen Fußweg zum Eingang gingen. »Ich sollte mich auch abfinden lassen.«

Naumann klopfte an die Tür, doch anstatt Wesholt öffnete ein Mann um die vierzig. Er war leicht gebräunt, hatte schulterlange lockige Haare und einen dünnen Oberlippenbart. Er trug eine weiße Schürze und hielt einen Kochlöffel in der Linken und eine Flasche spanisches Olivenöl in der Rechten.

»Ja, bitte?« Interessiert betrachtete er Naumann und dessen Kollegen Danilo, als überlege er, woher er sie kennen müsste.

»Kripo München.« Naumann zeigte ihm seinen Ausweis. »Können wir mit Frau Wesholt sprechen?«

»Sie ist nicht da«, antwortete der Mann.

»Und wann kommt sie zurück?«

»Keine Ahnung. Sie ist auf Weltreise.«

»Auf Weltreise?«, fragte Danilo verwundert.

»Ich passe so lange auf ihr Haus auf.«

»Und Sie sind?«

»Simeon Alvez Monteros.« Als der Mann seinen Namen sagte, konnte man die spanische Betonung hören. Vorher war er völlig akzentfrei geblieben.

»Haben Sie eine Telefonnummer von ihr?«

In der Wohnung ertönte ein Alarm. »¡Por el amor de Dios!«, murmelte der Mann und hastete hinein. »Kommen Sie!«, rief er noch.

Naumann und Danilo traten ein. Der Mann hatte sich einen Kochhandschuh übergezogen und nahm eine Auflaufform aus dem Backofen, die er auf dem Herd abstellte. Mit dem Löffel rührte er den Inhalt vorsichtig um. »Gerade noch«, murmelte er mehr zu sich.

Naumann kannte sich mit Kochen nicht aus, aber was immer Monteros gerade zubereitete, roch fantastisch.

Der Mann deutete auf zwei Barhocker an einer Theke gegenüber dem Herd. »Kann ich Ihnen etwas zu trinken bringen?«, fragte er, während er Salz aus einer Mühle über das Essen gab.

Naumann und Danilo schüttelten den Kopf. »Wir müssen dringend mit Frau Wesholt sprechen.«

»Ah, die Telefonnummer«, sagte er. »Da waren wir stehen geblieben.«

»Haben Sie ihre Nummer?«

»Sie hat kein Handy dabei«, erklärte er. »Sie meldet sich manchmal von den verschiedensten Orten auf der Welt, aber ich habe sonst keine Möglichkeit, Anja zu erreichen.«

»Und wenn etwas passiert?«, fragte Danilo. »Ein Feuer oder eine Überschwemmung?«

»Anja vertraut darauf, dass ich das hinbekomme«, erwiderte er mit einem Lächeln.

»Und in welcher Beziehung stehen Sie zu Frau Wesholt?«

»Wir sind gute Freunde.« Er schien etwas im Gewürzregal zu suchen.

»Darf ich fragen, seit wann Sie hier leben?«, wollte Naumann wissen.

»Seit knapp zwei Jahren«, antwortete der Mann und nahm Zitronenpfeffer in die Hand. »Mir wurde München zu anstrengend, da hat Anja mich als Untermieter einziehen lassen, bis ihre Reise beendet ist.«

»Wann gedenkt Sie zurückzukommen?«

»Wenn sie keine Lust mehr auf reisen hat.« Er nahm einen Löffel und probierte von dem Essen. Naumann konnte nicht genau sehen, was Monteros kochte, aber es sah aus wie kleine Kirschtomaten. Offenbar schienen sie gut geraten zu sein, denn er nickte und nahm die Tomaten einzeln heraus auf einen Teller. Dann gab er den Zitronenpfeffer darüber.

»Es ist wirklich dringend«, sagte Naumann.

»Ich kann Ihnen nicht helfen«, sagte der Mann. »Ich kann Anja bitten, Sie anzurufen, wenn sie sich wieder bei mir meldet, aber erstens kann ich nicht sagen, wann das sein wird, und außerdem wissen Sie, wie … schwierig ihr Verhältnis zu den lokalen Behörden ist.«

»Es geht nicht um Frau Wesholt und die erhobenen Vorwürfe von damals, sondern um die Bombe in der Staatsanwaltschaft vom Samstag«, erklärte Naumann. »Es besteht die Möglichkeiten, dass der verantwortliche Täter auf der Suche nach ihr ist.«

»Ich dachte, die Frau mit der Bombe ist verstorben?«

»Es ist kompliziert«, erwiderte Danilo.

»Bitte verstehen Sie, dass wir nicht zu viel Interna preisgeben möchten«, ergänzte Naumann. »Aber es wäre von größter Wichtigkeit, wenn wir Frau Wesholt so schnell wie möglich sprechen. Es geht auch um ihre Sicherheit.«

»Das Haus ist praktisch eine Festung«, winkte Monteros ab. »Die Fenster und Türen sind gegen Einbruch gesichert, um das Haus sind zahlreiche Kameras verteilt und Anja hat sogar einen Panikknopf im Wohnzimmer angebracht, mit dem sofort die Polizei gerufen wird, sollte er betätigt werden.« Er hörte kurz mit dem Kochen auf. »Sobald sie mich anruft, werde ich es ihr unverzüglich ausrichten«, versprach er und kümmerte sich dann wieder um das Essen.

»Vielen Dank.« Naumann stand auf und legte eine Visitenkarte auf den Tresen.

Dann verabschiedeten sie sich und verließen das Haus.

»Glaubst du ihm?«, wollte Danilo wissen, als sie zurück im Dienstwagen waren.

»Kein Wort«, antwortete Naumann. »Wesholt ist vielleicht wirklich auf Weltreise, aber Monteros weiß genau, wie er sie erreichen kann.«

»Ich stelle eine Zivilstreife ab und lasse ihn beobachten«, sagte Danilo. »Vielleicht geht er, nachdem er mit ihr gesprochen hat, direkt zu ihr.«

»Bis die Streife kommt, bleiben wir noch in der Nähe«, stimmte Naumann zu. »Wir müssen unbedingt mit Wesholt reden. Wenn es nicht schon zu spät ist.«

* * *

»Wesholt hat einen Untermieter, der nicht weiß, wie er sie erreichen kann?«, wunderte sich Nik. Er kam mit einem Kaffee aus der Küche und nahm auf der Couch Platz.

»So steht es in dem Bericht«, antwortete Jon. »Naumann hat eine Zivilstreife abgestellt, doch seit gestern hat sich nichts mehr getan.«

»Eine ehemalige Staatsanwältin ist viel zu erfahren, um sich so leicht überrumpeln zu lassen«, sagte Nik.

»Aber warum verbirgt sie sich?« Balthasar kam aus seinem Zimmer. Er trug einen Morgenmantel über dem Pyjama. Um seine Augen konnte man noch die Abdrücke seiner Schlafbrille sehen. »Wegen der Bombe?«

»Laut dem Bericht lebt ihr Untermieter Simeon Alvez Monteros schon fast zwei Jahre in der Wohnung«, erklärte Jon. »Daher war das nicht der Grund.«

»Wenn sie tatsächlich auf Weltreise ist, können wir sie aus der Betrachtung nehmen«, warf Balthasar ein. »Denn wenn nicht einmal der Mitbewohner weiß, wo sie ist, wird es der Täter auch nicht herausbekommen.«

»Was ich über Wesholt erfahren habe, deutet auf eine wenig reisefreudige Person hin«, sagte Jon.

»Was hast du denn erfahren?«, wollte Nik wissen. »Die Informationen, die ich mithilfe der Suchmaschine zusammengestellt habe, waren ausschließlich fachlich und hingen mit ihrer Tätigkeit als Staatsanwältin zusammen.«

»Ich habe etwas mehr über ihr Instagram-Profil erfahren.«

»Wesholt hat ein Instagram-Profil?«, gab Nik erstaunt zurück.

»Bis 2017. Dann hat sie es stillgelegt, aber nicht gelöscht. Das Passwort war leicht zu hacken, daher habe ich es wieder aktiviert und mich umgesehen.«

»Das Hacken von Social-Media-Accounts scheint langsam eine Leidenschaft von dir zu werden«, bemerkte Balthasar.

»Das funktioniert nur so leicht, weil die Leute wirklich ungeeignete Passworte nutzen«, rechtfertigte sich Jon. »Und keine Zwei-Faktor-Authentifizierung.«

»Und was findet sich in dem Instagram-Profil?«, wollte Nik wissen.

»Spannend ist, was sich nicht findet«, antwortete Jon. »Bilder und Posts von Reisen.«

»Sie war nicht in der Welt unterwegs?«, wunderte sich der Pathologe.

»Vom Jahr 2010, in dem sie das Profil erstellt hat, bis zum Jahr 2017 war sie genau zwei Mal weg aus München. Und ein Mal davon war es beruflich motiviert.«

»Also ist sie derzeit wohl kaum auf Weltreise, wie ihr Untermieter behauptet«, schloss Nik.

»Oder sie hat gerade darauf gewartet, dass sie frei ist«, warf Balthasar ein.

»Ich hoffe auf Ersteres«, sagte Nik. »Das würde es leichter machen.«

»Was findet sich außerdem auf dem Instagram-Profil?«, wollte der Pathologe wissen. »Irgendetwas, was uns bei der Suche helfen könnte?«

»Sie geht gerne spazieren, besucht Konzerte, interessiert sich für Kunst und ist auch im Münchner Nachtleben zu finden, aber eher auf harmlosen Events.«

»Irgendein Hinweis auf eine zweite Wohnung oder Unterkunft?«

»Die persönlichen Bilder dieser Art stammen alle vom Ammersee«, antwortete Jon.

Nik blies die Luft aus und verschränkte nachdenklich die Hände hinter dem Kopf. »Das ist wenig. Sowohl was den Grund für des Täters Interesse an Wesholt betrifft, wie auch in Bezug auf die Suche nach ihr.«

»Was tun?«, fragte Balthasar. »Zu warten, bis der Untermieter einen Fehler macht, erscheint mir kein guter Plan, wenn man berücksichtigt, dass dort draußen noch ein Mörder herumläuft.«

»Gehen wir davon aus, dass Monteros mit Wesholt in Verbindung steht, wie können wir uns dort einklinken?«, fragte Nik.

»Handy und Mail sind die offensichtlichsten Methoden«, sagte Jon. »Aber wir haben nur den Namen, was die Suche nach Monteros Handy schwierig macht. Und wenn ich keine Mail von ihm habe, kann ich ihm auch nichts unterschieben. Ich brauche mehr Zeit, die wir nicht haben.«

»Wenn ich den Bericht richtig lese, ist das Haus gut gesichert, daher können wir einen Einbruch vergessen«, ergänzte Nik. »Wir benötigen einen … kreativeren Ansatz.«

»Briefe und Pakete«, warf Balthasar ein. »Monteros könnte als eine Art Weiterleiter fungieren, je nachdem, wo sich Wesholt gerade befindet.«

»Das wäre eine Möglichkeit«, sagte Nik nachdenklich. »Wir schicken Wesholt ein Paket, das Monteros weiterleiten muss, weil es etwas Besonderes ist, das ihre Aufmerksamkeit benötigt.«

»Ein Paket?«, fragte Jon irritiert. »Genügt nicht ein Brief?«

»Bei einem Brief lässt sich einfacher die Adresse ändern. Dann frankiert man ihn neu und wirft ihn in den Briefkasten«, sagte Nik. »Wenn wir nicht den Kasten aufbrechen oder den Postboten überfallen, bekommen wir die entsprechende Adresse nicht.«

»Wir könnten einen Sender darin anbringen«, schlug Balthasar vor. »Der führt uns zu ihr.«

»Mit guter Sendefrequenz und für ein paar Tage Leistung wäre das elektronische Teil recht groß«, sagte Jon. »Erstens würde das Monteros sofort auffallen, sollte er den Brief öffnen. Zweitens würde er vom Zoll herausgefischt werden, wenn er über die Grenze geht.«

»Aber Pakete kann man heutzutage in eine Packstation bringen«, warf Balthasar ein. »Dann stehen wir vor dem gleichen Problem. Und eine dritte Möglichkeit gibt es nicht.«

»Erinnerst du dich an unser Ersatzteil für die Garderobe im Flur?«, fragte Nik.

»Ein riesiger Akt«, stöhnte Balthasar. »Erst funktionierte der Halter nicht, dann haben sie uns die Stange in der falschen Farbe geschickt. Und dafür musste ich einen Paketshop gefühlt am anderen Ende der Stadt aufsuchen, der noch dazu keine Parkplätze in der Nähe hatte.«

»Weil die Stange zu lang für die Packstation war«, ergänzte Jon.

»Ich verstehe, worauf du hinauswillst«, sagte Balthasar.

»Wir benötigen ein großes Paket«, schloss Jon. »Und wie weiter?«

»Dann muss Monteros zu einem Paketshop fahren und dort warten wir auf ihn.«

»Wie willst du die Adresse bekommen? Ihn fragen? Oder den Shopmitarbeiter bestechen?«

»Ich trage eine Kamera am Revers«, widersprach Nik. »Ein Foto wäre zu auffällig, aber wenn ich mich in die Schlange hinter Monteros stelle, genügt ein kurzer Moment. Dann haben wir alles.«

»Klingt eigentlich zu einfach«, sagte Jon.

»Wäre zu schön, um wahr zu sein«, stimmte Balthasar zu. »Allerdings gehen wir dabei davon aus, dass Wesholts Mitbewohner tatsächlich Pakete weiterleitet. Was ist, wenn die nach Burkina Faso versendet werden? Oder auf die Seychellen?«

»Darüber machen wir uns Gedanken, wenn wir die Adresse haben«, sagte Nik. »Wir brauchen jetzt nur einen Grund, warum Wesholt ein Paket bekommt.«

»Das ist leicht«, warf Jon ein. »Sie hatte gestern Geburtstag.«

»Wir sollten ihr irgendetwas zukommen lassen, das per Express zugestellt werden kann«, sagte der Pathologe. »Das könnte alles sein, von Essen bis zu Kunstwerken. Wir müssen es nur gut verkaufen, damit Monteros sich genötigt fühlt, sich zu beeilen und es sofort weiterzuleiten.«

»Am besten übernimmst du den Inhalt unseres Pakets«, sagte Jon zu Balthasar. »Ich schaue mir die Paketshops samt Öffnungszeiten in der Nähe des Hauses an. Dann haben wir eine Ahnung, wohin der Untermieter fahren könnte.«

»Derweil krame ich meine Verkleidungen heraus«, erklärte Nik. »Wenn die Kripo eine Zivilstreife abgestellt hat, dann kennt sie mich. Und mein Gefühl sagt mir, dass diese Einmischung Naumann nicht gefallen würde.«

* * *

Als es klingelte, blickte Simeon zuerst auf den Monitor, auf dem die Bilder der Kameras rund um das Haus eingingen. Vor der Tür sah er einen korpulenten Mann stehen. Er trug eine dunkelblaue Jacke und auf dem Kopf eine Mütze in derselben Farbe. Er hatte einen üppigen Vollbart und lange blonde Haare, die zu einem Zopf gebunden waren. Lächelnd lehnte er seitlich an der Hauswand, ein langes, schmales Paket in der Hand, das fast so groß war wie er selbst.

Simeon öffnete die Tür. »Guten Tag, die Post.« Der Mann drückte ihm lächelnd das Paket in die Hand. »Und herzlichen Glückwunsch.« Er hob den Daumen und ging zurück zu seinem weißen Lieferwagen.

Simeon überlegte noch kurz, woher der Mann von Anjas Geburtstag wissen konnte, als er den Klebestreifen entlang des Kartons entdeckte. Darauf stand: »Happy Birthday!«

Er nahm das Paket mit hinein und musterte den angehefteten Umschlag, auf dem »Anja« stand, umrundet mit einem Herz. Sie hatte Simeon erlaubt, alle Briefe zu lesen, daher öffnete er auch diesen.

> *Liebe Anja,*
> *ich habe endlich dein geliebtes Kunstwerk gefunden. Es ist sicher verpackt, sodass es selbst ein Unwetter und eine Lieferung per Post übersteht.*
> *Aber sei trotzdem vorsichtig beim Öffnen. Es war mir eine Freude, deinen Herzenswunsch zu erfüllen.*
> *In alter Freundschaft.*
> *T.*

Simeon dachte einen Moment nach, aber ihm fiel kein Bekannter ein, dessen Vorname mit einem T begann. Aber wenn er von Anjas Geburtstag wusste, dann mussten sie Freunde sein.

Einen Moment rang er mit sich, ob er ihr schreiben sollte. Er beschloss, sich mit der Kommunikation zurückzuhalten, denn es machte ihm noch immer Sorgen, dass die Kripo tags zuvor bei ihm gewesen war. Wenn sie einen Richter zu einem Durchsuchungsbeschluss überreden konnten, konnten sie schnell Anjas Adresse herausfinden.

Er sah auf seine Uhr. Der Paketshop im Dorf hatte noch eine Stunde geöffnet. Er hatte die Adresse im Kopf und wenn er das Paket kurz vor Schließung abgab, konnte niemand herausfinden, wohin die Sendung ging, weil sie noch am Abend weitergeleitet würde.

Simeon steckte den Brief wieder in das Kuvert und strich die Adresse mit einem schwarzen Stift durch. Dann setzte er sich an den Computer und erstellte einen Paketschein, wobei er darauf achtete, dies im privaten Modus zu tippen, damit er keine Spuren auf der Festplatte hinterließ.

* * *

Nik saß in seinem Auto in Sichtweite des Paketshops, als sein Handy klingelte. Das Display zeigte Balthasar an.

»Wie ist es gelaufen?«, fragte Nik.

»Ohne Probleme«, antwortete sein Mitbewohner. »Aber der Bart und die Langhaarperücke sind schrecklich. Ich hätte mir nicht vorstellen können, dass es darunter so stark juckt.«

»Frag mich mal«, murmelte Nik und fuhr sich über seinen angeklebten Bart. »Wie hat Monteros reagiert?«

»Er schien überrascht zu sein«, bemerkte Balthasar. »Ich hoffe, dass unsere List funktioniert und er sich genötigt fühlt, das Paket gleich weiterzuschicken.«

»Der Brief von dem unbekannten Freund samt Herzenswunsch und Hinweis auf das empfindliche Kunstwerk war eine gute Idee. Das müsste den Druck auf Monteros erhöhen, das Paket weiterzuleiten und nicht irgendwo in die Ecke zu stellen.«

»Unter der Voraussetzung, dass Wesholt nicht auf Weltreise ist, sondern an einem gut erreichbaren Ort.«

»Ihr Instagram-Profil macht mich vorsichtig optimistisch, dass sie nicht gerne verreist«, sagte Nik. »Hast du die Zivilstreife gesehen?«

»Mir sind zwei Männer in einem dunkelgrauen BMW mit Münchner Kennzeichen aufgefallen. Sie haben eine Ecke weiter geparkt.«

»Das werden sie sein.« Nik sah auf die Uhr. »Mein Paketshop macht in fünfundvierzig Minuten zu. Der von Jon eine Stunde später.«

»Ich lege mich bei der Packstation am Supermarkt auf die Lauer«, sagte Balthasar. »Vielleicht geht Monteros trotz des großen Pakets dorthin. Wir haben nur einen Versuch.«

»Hoffen wir, dass unser Plan aufgeht«, ließ Jon sich vernehmen. »Wir müssen mit Wesholt reden.«

* * *

Es war 17.46 Uhr, als ein roter Audi auf den Parkplatz am Paketshop fuhr. Eine Minute später parkte ein dunkelgrauer BMW in der Nähe.

Bevor Monteros das Paket aus dem Kofferraum geholt hatte, war Nik schon ausgestiegen. Er betrat den Laden und grüßte den Inhaber. Dann stellte er sich an das Regal mit Zeitschriften und richtete die Kamera an seinem Revers, deren Linse man nur bei sehr genauem Hinsehen als solche erkennen konnte.

Monteros kam herein, sichtlich bemüht, das Paket durch den Eingang zu schaffen, da sich die automatische Tür immer wieder zu schließen begann. »Guten Abend«, grüßte er den Inhaber des Ladens.

Nik nahm noch eine Zeitung von einem Ständer und stellte sich damit einen Meter hinter Monteros, der das Paket auf den Tresen hob. Der Ladeninhaber nahm ein Gerät in die Hand und scannte den QR-Code. Nik konnte von seinem Platz die Schrift nicht erkennen. Da er sich nicht auf die Auflösung der Kamera verlassen wollte, schob er sich entschuldigend an Monteros vorbei und nahm einen leeren Paketschein vom Tresen, der dort in einem Ständer lag. Während seine Augen auf die Paketscheine konzentriert waren, damit Monteros keinen Verdacht schöpfte, war sein Oberkörper auf den Adressaufkleber gerichtet. Nik streckte sich nach oben, damit die Linse die Schrift erfassen konnte. Dann trat er wieder einen Schritt zurück.

»Ich hoffe, das hat geklappt«, murmelte Nik, als Monteros den Laden mit einer Quittung in der Hand verließ. »Sonst werden wir heute Nacht hier einbrechen müssen.«

* * *

»Ilena Theidinger«, sagte Jon und vergrößerte das Bild, das Nik mit seiner Kamera aufgenommen hatte. »Wohnhaft in Lugano.«

»Ist das ein Tarnname oder wohnt Wesholt dort zur Untermiete?«, wollte Balthasar wissen.

»Ich denke Letzteres, denn neben dem Adressaufkleber hat Monteros mit einem Stift ›AW‹ dazu geschrieben.«

»Anja Wesholt«, sagte Balthasar.

»Das war es auch schon an guten Nachrichten«, sagte Nik. »Denn selbst wenn wir die Information an die Kripo durchstecken, vergehen Wochen, bis die Schweizer Behörden aktiv werden. Wenn sie überhaupt helfen.«

»Im Grunde ist es nur ein Verdacht«, stimmte Jon zu. »Es gibt keine unmittelbare Bedrohung für Wesholt. Wir wissen nicht einmal, ob sie überhaupt das Ziel des Täters ist.«

»Ich muss nach Lugano und mit ihr reden«, sagte Nik.

»Wesholt hat ihre Zelte in München abgebrochen und ist in die Schweiz«, sagte Balthasar. »Was lässt dich hoffen, dass sie mit dir redet?«

»Zuallererst ihre Vernunft«, antwortete Nik. »Wenn man den Fall betrachtet, dann besteht ein gewisses Risiko, dass der Täter etwas von ihr will. Das wird ihr geschulter Staatsanwaltsverstand schnell begreifen. Das Zweite ist ihr Untermieter, denn wenn der Täter etwas von Wesholt will, dann wird auch er versuchen, ihren Aufenthaltsort über Monteros herauszufinden. Und dabei wird er nicht zimperlich sein.«

»Das habe ich noch nicht bedacht«, gab Balthasar zu.

»So oder so ist es das Beste, wenn ich persönlich bei ihr erscheine.«

»Der Luganer See ist ein schönes Fleckchen Erde«, bemerkte Balthasar. »Wobei ich die italienische Seite bevorzuge«, fügte er noch hinzu. »Vor allem wegen des Essens.«

»Dann mache ich mich mal ans Packen.« Nik stand auf. »Morgen früh geht es in die Schweiz.«

»Ich reserviere dir ein Zimmer«, sagte Jon. »Viel Glück«, fügte er noch hinzu.

Dann beendete er das Gespräch.

* * *

Das Hotel gehörte sicherlich nicht zu den besten in Lugano, aber die Aussicht war traumhaft. Von seinem Balkon aus hatte Nik einen perfekten Blick auf den See, über dem selbst am Mittag noch Nebel waberte. In der Schweiz war es gefühlt noch einmal zehn Grad kälter als in München, aber Nik hatte sich entsprechend angezogen, damit er den Tag im Freien verbringen konnte, denn er kannte sich hier nicht aus und wusste nicht, wie aufwendig es sein würde, Anja Wesholt zu finden.

Er ging aus dem Hotel und über einen Zebrastreifen zum Seeufer. Dort spazierte er so lange die Straße entlang, bis er einen Taxistand erreichte.

Er bat den Fahrer, ihn in der Nähe der Adresse abzusetzen, die Monteros auf das Paket geschrieben hatte. Das Haus lag ein Stück außerhalb des Ortes, mit einem schönen Blick auf die Landschaft. Es wirkte nicht sonderlich luxuriös, mit einfachen Fensterläden und bereits vergilbtem weißen Putz, aber es war ruhig in der Gegend und keine hundert Meter entfernt grenzte ein kleiner Wald an. Wenn man sich ein wenig von der Welt zurückziehen wollte, dann war das ein guter Platz dafür.

Nik sah sich gerade nach einem Ort um, von dem aus er das Haus beobachten konnte, als ihm eine Frau um die fünfzig entgegenkam. Sie trug gefütterte Jeans und eine dicke Winterjacke. Ihre schwarzen Haare waren teilweise unter einer Mütze verborgen.

Als sie Nik sah, blieb sie stehen. Ihr Körper spannte sich an, als wüsste sie nicht, ob sie auf ihn losstürmen oder wegrennen sollte.

Nik hob besänftigend die Hände. »Bitte, Frau Wesholt. Nur fünf Minuten.«

»Sie dürfen nicht hier sein«, bemerkte sie und ballte ihre Fäuste.

»Sie werden von den Vorfällen in der Staatsanwaltschaft gehört haben.«

»Das ist nicht mehr meine Welt.« Sie deutete die Straße hinunter und ging schnellen Schrittes an ihm vorbei. »Und jetzt verschwinden Sie.«

»Die Bombe war wahrscheinlich ein Ablenkungsmanöver«, rief er ihr hinterher. »Der wahre Täter hat sich die Adressen der pensionierten Staatsanwälte besorgt. Und wenn ich Sie finden kann, dann kann er es auch.«

Wesholt blieb stehen. »Ich bin seit 2019 nicht mehr als Staatsanwältin aktiv. Was sollte jemand von mir wollen?«

»Das weiß ich nicht«, antwortete Nik. »Aber ich könnte Sie mit den Fakten des Falls vertraut machen. Vielleicht haben Sie dann eine Idee, warum jemand eine Bombe in der Staatsanwaltschaft explodieren lässt, um den Diebstahl von Adressdaten zu tarnen.«

Sie drehte sich ganz zu ihm um. »Und was hat ein … Cowboy wie Sie mit alledem zu tun, Herr Pohl?« An ihrem Tonfall war deutlich zu hören, was sie von ihm und seinen Alleingängen hielt.

»Ich versuche zu helfen«, antwortete er wahrheitsgemäß. »Obwohl ich nicht mehr bei der Kripo arbeite, möchte ich nicht, dass Irre durch München laufen und Bomben zünden.«

»Ich habe viel über Sie gelesen«, erwiderte Wesholt. »Und wenn ich noch bei der Staatsanwaltschaft wäre, dann würde ich alles tun, damit Sie ins Gefängnis gehen.«

Nik lächelte. Wesholt war ihm alles andere als sympathisch, aber wenigstens war sie ehrlich.

»Warum sollte ich mit Ihnen reden?«, fuhr sie fort. »Einem selbst ernannten Rächer, der den Behörden auf der Nase herumtanzt?«

»Um Ihr Leben zu retten oder das eines Kollegen. Oder ist Ihr Zorn auf die Welt noch so groß, dass Sie sich weigern, einen Bombenleger und Mörder zu fassen?«

Der Hieb saß. Wesholt kniff die Augen zusammen und ihr ganzer Körper spannte sich an, als würde sie tatsächlich erwägen, sich auf Nik zu stürzen.

»In welchem Hotel sind Sie abgestiegen?«, fragte sie schließlich.

Nik erklärte es ihr.

»Wir treffen uns um 19 Uhr dort«, sagte sie schließlich. »Ich hoffe, Sie sind allein.«

Dann wandte sie sich ab und ging den Weg zu ihrem Haus zurück.

* * *

Wesholt kam zehn Minuten zu spät ins Restaurant des Hotels. Wahrscheinlich hatte sie sich versichert, dass Nik tatsächlich allein war. Obwohl es schon dunkel war, trug sie eine Sonnenbrille und hatte ein Tuch um ihre Haare gebunden, als wollte sie nicht erkannt werden.

Eigentlich war es eine dumme Idee, bei Minusgraden draußen zu essen, aber die gasbetriebenen Lampen neben den Tischen spendeten eine angenehme Wärme.

Nach einem kurzen Hallo und einem schnellen Blick auf die Karte sprach Wesholt in fließendem Italienisch mit der Bedienung. Nik verstand nur Cannelloni. Er bestellte eine Pizza und ein Bier.

Wesholt sah sich nervös um, als erwarte sie jeden Moment einen schwarzen Lieferwagen vorfahren zu sehen.

»Ich bin alleine hier«, versuchte Nik, sie zu beruhigen, was aber nicht gelang. Wesholt behielt die Brille auf und wandte regelmäßig den Kopf nach links und rechts.

Tatsächlich entsprachen Niks Worte nicht völlig der Wahrheit, denn er trug ein Mikrofon unter seinem Hemd, das mit dem Handy verbunden war, sodass Jon und Balthasar dem Gespräch folgen konnten.

»Wenn ich die Cannelloni gegessen habe, bin ich weg und möchte nicht wieder belästigt werden.«

Nik nickte verstehend. Dann klärte er sie über die Geschehnisse der letzten Tage auf.

Danach schwieg sie einen Moment und trank einen Schluck von dem Wein, den die Bedienung in der Zwischenzeit gebracht hatte. »Sie haben recht«, sagte sie schließlich. »Ein eigenartiger Fall. Aber warum kommen die Behörden auf mich? Und aus welchem Grund sind Sie hier?«, wunderte sie sich. »Als Freischaffender.«

»Ich habe mir Ihre Adresse nicht auf legalem Weg beschafft und selbst wenn es der Kripo München gelingen würde, die Schweizer Polizei zur Zusammenarbeit zu bewegen, könnte sie keinen Grund vorweisen. Sie werden weder mit Haftbefehl gesucht, noch sind Sie irgendwie anders verdächtig. Und wenn Naumann wüsste, dass ich hier bin, würde er wahrscheinlich mit Handschellen auf meine Rückkehr warten.«

Wesholt lächelte kurz. Es war ein schönes Lächeln, daher bedauerte Nik es, dass die Situation so verfahren war. »Wenigstens sind Sie ehrlich, Herr Pohl. Doch zurück zu meiner Frage: Wieso kommen Sie und die Kripo München auf mich? Ich lebe schon lange in Lugano.«

»Wahrscheinlich wegen des … Missverständnisses aus dem Jahr 2017.«

Sie trank wieder einen Schluck Wein. »Es ist nett, dass Sie es Missverständnis nennen, aber tatsächlich war es Rufmord.«

»Mir fehlen die Informationen und ich habe nicht das Recht, das zu beurteilen«, sagte Nik. »Aber mit großer Wahrscheinlichkeit steckt das organisierte Verbrechen hinter der ganzen Geschichte und daher ist es nachvollziehbar, dass die Behörden mit Ihnen reden wollen.«

Sie betrachtete nachdenklich das Glas in ihren Händen. »Ich lernte Giacomo auf der Vernissage einer kalabrischen Künstlerin kennen«, begann sie schließlich. »Er war ein klassischer Italiener. Elegant, charmant, stilvoll und zuvorkommend. Und gut aussehend. So unglaublich gut aussehend.« Ihre Züge wurden milder, als sie von ihm erzählte. »Wenn wir uns trafen, gab er mir das Gefühl, der einzige Mensch in seinem Leben zu sein.« Ihr Blick ging zum See. »Doch gab es Menschen, die mir das nicht gönnten.«

»Weil man Ihren Freund verdächtigte, Mitglied der Mafia zu sein?«

»Ich bin weder dumm noch naiv«, fuhr Wesholt fort. »Ich war mir der Risiken bewusst, weil ich beruflich mit der Mafia zu tun hatte, aber Giacomo hat mich nie über die Arbeit ausgefragt. Er hat weder mein Handy benutzt, noch den Laptop in meinem Arbeitszimmer, der sowieso abgeschlossen in einer Schublade lag.«

»Und wie entstanden die Gerüchte?«

»Ich weiß es nicht, aber nachdem die Lawine losgetreten worden war, war sie nicht mehr aufzuhalten.«

»Und die missglückte Razzia …«

»… scheiterte, weil wir einen Maulwurf hatten«, unterbrach sie. »Jedoch war dieser Maulwurf nicht Giacomo, denn ich hatte ihm gegenüber zu keinem Zeitpunkt eine Bemerkung dazu gemacht.« Sie trank wieder einen Schluck Wein und stellte das Glas ab. »Aber auch das hat mir niemand geglaubt und so kam, was kommen musste. Der Druck wurde zu groß und wir beendeten unsere Beziehung.« Sie sah wieder zum See hinüber. »Insgeheim habe ich immer davon geträumt, eines Tages wieder mit ihm zusammenzukommen. Aber auch hier meinte es das Schicksal nicht gut mit uns.« Sie wischte sich eine Träne von der Wange.

Nik hatte Mitleid mit Wesholt, denn wenn ihr Freund nichts mit der Mafia zu tun gehabt hatte, dann war das Ende dieser Liebe tatsächlich Folge eines Rufmordes gewesen. Er wünschte sich, hier aufhören zu können, das Essen genießen und Wesholt in Ruhe lassen zu können. Aber er musste weiterfragen.

»Ich habe die Akte über seine Ermordung gelesen«, sagte Nik leise. »Und es waren einige Seltsamkeiten dabei.«

Sie nickte. »Niemand hat etwas gehört, an den Schlössern waren keine Einbruchsspuren und Giacomo wurde erschossen, während er auf der Couch vor dem Kamin saß. Von vorne.«

»Das weist auf einen Profi hin«, fuhr Nik fort.

»Einen Profi von der Mafia«, stimmte sie zu.

»Der Fall ist bis heute ungeklärt«, sagte Nik. »Könnten die aktuellen Vorfälle in der Staatsanwaltschaft mit dem Tod Ihres Freundes zu tun haben?«

»Das verstehe ich nicht«, sagte Wesholt.

»Sie waren eine erfolgreiche Staatsanwältin. Vielleicht hat jemand Angst, dass Sie eine neue Spur finden und etwas aufdecken, was manche Leute in Schwierigkeiten bringen könnte.«

»Nach Giacomos Tod habe ich alle meine alten Kontakte genutzt, um an die Fallakten zu kommen, aber sosehr ich mich mit dem Fall beschäftigt habe, ich habe nichts gefunden, an das die Kripo nicht schon gedacht hatte. Wer immer der Killer war, er ist wie ein Geist in das Haus, hat Giacomo getötet und ist wieder verschwunden. Und bevor sie fragen, ich habe auch keine Ahnung über das Motiv, denn Giacomo war ein freundlicher Mensch und alle seine Geschäfte sind legal gewesen. Es gab nicht eine Spur zur Mafia.« Sie nahm ihr Glas wieder in die Hand. »Es hat lange gebraucht, bis ich mein Schicksal akzeptiert habe, aber schließlich habe ich alle Akten verbrannt und mein altes Leben hinter mir gelassen.«

»Sind Sie deshalb in die Schweiz?«

»Nicht ausschließlich«, gab sie zu. »Ich hasste die Blicke der Leute.«

»Welche Blicke?«

»Als ich verdächtigt wurde, dass ich mit Giacomo gleichzeitig eine Beziehung mit der Mafia eingegangen bin, sahen mich die

Leute an, als wäre ich ein verdammter Zirkusaffe, der seinen Verstand verloren hatte. Ich konnte spüren, wie sie über mich redeten. Als Giacomo erschossen wurde, mischte sich noch Mitleid hinein und das konnte ich nicht mehr ertragen.«

»Also bleiben Sie für immer hier?«

»Noch ein paar Jahre bestimmt«, antwortete sie. »Bis ich alt und grau bin und mich niemand in München mehr erkennt. Dann verbringe ich den Rest meiner Zeit am Ammersee.« Sie hob wieder den Kopf und sah an Nik vorbei, als könnte sie irgendwo hinter ihm ihre Heimat sehen.

Als die Bedienung die Bestellung brachte, aßen sie schweigend. Dann erhob sich Wesholt vom Stuhl.

»Herr Pohl«, sagte sie. »Ich wünsche Ihnen eine gute Heimreise.« Sie verließ das Restaurant ohne ein weiteres Wort.

Nik sah ihr nach, bis die Dunkelheit des Seeufers sie verschluckt hatte. Schließlich stand auch er auf und ging auf sein Zimmer.

»Habt ihr das Gespräch mitgehört?«, fragte er, als er sein Handy aus der Tasche genommen hatte.

»Mir hat sie leidgetan«, bemerkte Balthasar. »Das mit ihrem italienischen Lover klang nach der großen Liebe. Ein solches Ende hat niemand verdient.«

»Unter den Umständen war es Glück, dass sie überhaupt mit dir geredet hat«, sagte Jon.

»Obwohl wir das Motiv des Täters unverändert nicht kennen, glaube ich nicht, dass sie sein Ziel ist.«

»Wenn doch, hätte Monteros etwas im Haus am Ammersee bemerkt oder Wesholt etwas erwähnt«, stimmte Nik zu. »Denn schließlich ist der Täter uns weit voraus.«

»Das hat sich auch Naumann gedacht. Ihn hat die erfolglose Suche nach Wesholt frustriert, deshalb ist er gleich zum nächsten pensionierten Staatsanwalt übergegangen, der bisher noch nicht erreicht werden konnte«, sagte Jon.

»Um wen handelt es sich?«

»Gustav Allenberg«, antwortete er. »Er ist 2010 mit achtundfünfzig Jahren freiwillig in den Ruhestand gegangen. Keine Ahnung, was er danach gemacht hat, aber zu seiner aktiven Zeit hat er Fälle gegen das organisierte Verbrechen verhandelt.«

»Vielleicht ist das unser Mann.«

»Diese Hoffnung hat auch dein ehemaliger Chef, daher hat er Druck gemacht und sich einen richterlichen Durchsuchungsbeschluss besorgt«, fuhr er fort. »Morgen früh geht er mit seiner Truppe zu seiner Wohnung.«

Kapitel 5

Gustav Allenbergs Wohnung würde der Kripochef in seiner Erinnerung unter dem Begriff kurios ablegen. Schon der Flur mutete wunderlich an, er bestand praktisch aus Bücherregalen, die nur einen schmalen Gang zu den anderen Räumen frei ließen, kaum breit genug für einen normalen Menschen. Die bedrückende Enge setzte sich in der Küche fort, die zur Hälfte aus Herd, Backofen und Geschirrschrank bestand. Der Rest war ebenfalls voller Bücherregale, wobei diese mit einer Glastür verschlossen waren, wahrscheinlich, damit das Papier nicht den Geruch des Essens annahm.

»Ich habe ja schon öfters Wohnungen von Leseratten gesehen, aber das schlägt alles«, bemerkte sein Kollege Danilo. Er hatte die Ärmel seines Hemdes hochgezogen und trug lila Plastikhandschuhe, die gar nicht zu seiner dunkelblauen Anzughose passten. »Das meiste davon Kunst und Geschichte.« Er fuhr mit dem Zeigefinger über eine Reihe Bücher.

Naumann öffnete eine weitere Tür. Der dunkle, stickige Raum war wahrscheinlich ein Wohnzimmer, doch außer einem Sessel samt Leselampe standen hier ebenfalls nur Regale voller Bücher. »Das kann ein Mensch in einem Leben nicht lesen.«

»Verrückter Sammler«, murmelte Danilo.

»Schau dir das an.« An einem schmalen Stück freier Wand über dem Lichtschalter konnte man die Umrisse zweier entfernter Bilder sehen. Die Nägel hingen noch in der Tapete.

»Völlig staubfrei« Danilo fuhr über das helle Stück Wand. »Und direkt darüber schmutzig, als wäre dieser Raum seit Jahren nicht mehr gesäubert worden.«

»Der Täter war hier«, schloss Naumann. »Und weil er Allenberg nicht angetroffen hat, hat er zwei Bilder von der Wand genommen, die ihn vielleicht zu ihm führen.«

Es klopfte an der Wohnungstür. »Hallo?«, vernahm Naumann eine zaghafte Stimme.

Er ging in den Flur zurück. Ein älterer Mann mit einem ausladenden Bauch stand im Treppenhaus. Er hatte seine Haare von der linken Seite nach rechts gekämmt, um die Glatze zu verbergen. In der Linken hielt er eine FC-Bayern-Mütze fest gegen den Bauch gepresst.

»Sind Sie der Hausmeister?«, fragte der Kripochef.

»Klaus Doschel«, bestätigte dieser nickend und schüttelte Naumann die Hand. Er hatte eine trockene, raue Stimme, die auf Rauchen und Alkoholkonsum hindeutete.

»Wir sind auf der Suche nach Herrn Allenberg. Haben Sie ihn die letzte Zeit gesehen?« Er stellte sich neben ihn in den Gang.

Doschel schüttelte den Kopf. »Das letzte Mal war im Dezember, als seine Heizung geleckt hat. Ansonsten vermeide ich Besuche.« Er blickte argwöhnisch in die Wohnung, als würde jeden Moment eine Zombiehorde herausstürmen können.

»Wieso meiden Sie die Wohnung?«

»Schauen Sie sich doch all die Regale und Bücher an.« Er ging näher an Naumann heran. »Das ist doch nicht normal«, fügte er mit gesenkter Stimme hinzu.

»Ist Herr Allenberg öfters außer Haus?«

Doschel nickte. »Manchmal sehe ich ihn mit einem Koffer ins Taxi steigen. Dann kommt er wochenlang nicht zurück.«

»Wochenlang?«, wunderte sich Naumann.

Der Hausmeister nickte. »Das letzte Mal hätte ich ihn beinahe für einen Obdachlosen gehalten.« Er fuhr sich über die Haare, als wollte er sich vergewissern, dass die wenigen Strähnen noch richtig lagen. »Seine Haare waren fettig und reichten bis über die Schulter, er war unrasiert und sein Gesicht schälte sich, als wäre er tagelang in der Sonne gelegen. Und seine Kleidung erst!« Er schüttelte den Kopf.

»Erwähnte Herr Allenberg, wo er gewesen war?«

»Hat irgendwas von Kulturreise erzählt. Jordanien oder Ägypten. Irgendwas.« Er verzog missbilligend das Gesicht.

»Was machen Sie, wenn etwas in der Wohnung vorfällt, während Herr Allenberg auf Reisen ist?«, fragte Naumann.

»Dann kann ich nichts machen.«

»Haben Sie keine Telefonnummer?«

»Die funktioniert nicht.« Er zuckte die Achseln.

»Wissen Sie, wo Herr Allenberg jetzt ist?«

»Keine Ahnung.«

»Haben Sie ihn das Haus verlassen sehen?«

»War wohl außerhalb meiner Arbeitszeit.«

Naumann unterdrückte einen frustrierten Seufzer. Noch war unklar, ob Allenberg wirklich Ziel des Täters war, daher konnte er Doschel nicht vermitteln, wie wichtig seine Aussage war. Doch sein Bauchgefühl sagte dem Kripochef, dass es schon zu spät war. »War in letzter Zeit etwas ungewöhnlich?«, fuhr er fort. »Gerade in Bezug auf Herrn Allenberg.«

»Was meinen Sie mit ungewöhnlich?«

»Eigenartige Leute, die nach ihm gefragt haben. Ein Unbekannter, der in seine Wohnung wollte …«

Doschel schüttelte den Kopf.

»Gar nichts?«, zeigte sich Naumann verwundert. »Hat sich in den letzten Tagen niemand für Herrn Allenberg interessiert?«

»Nur die Wohnungsbaugesellschaft.«

»Die Wohnungsbaugesellschaft war hier?«

»Nicht hier. Sie hat bei mir angerufen.«

»Und was wollte sie?«

»Die Telefonnummer von ihm.«

»Die Wohnungsbaugesellschaft hat keine Telefonnummer ihrer Mieter?«

»Das hat mich auch gewundert, aber da musste wohl dringend jemand mit ihm reden, weil irgendwas mit dem Mietvertrag nicht gestimmt hat.«

»Kannten Sie die Person am Telefon?«

Doschel schüttelte wieder den Kopf. »Nie gehört. Aber wer sollte es sonst sein?«

»Wann war der Anruf?«

»Am Montag. Gleich frühmorgens.«

Naumann ahnte, wer in Wirklichkeit angerufen hatte, aber das nachzuprüfen würde er der IT überlassen. Er wollte gerade mehr Details zu dem Anruf erfragen, als Danilo aus dem Wohnzimmer kam.

»Das solltest du sehen.« Er deutete in den Raum hinein. »Jetzt gleich.«

* * *

»Ein aufgebrochener Safe«, bemerkte Nik und ging näher an die Wand heran, an die der Beamer das Bild projiziert hatte. Die Tür bestand aus Metall, ihr Griff war samt Schloss herausgetrennt worden.

»Und das hat keiner im Haus bemerkt?«, wunderte sich Balthasar und nippte an seiner Tasse mit Kräutertee.

»Schneidbrenner sind nicht sonderlich laut, sondern nur hell«, erklärte Nik. »So eng, wie die Bücherregale gestellt sind, wäre der Schein kaum nach draußen gedrungen.«

»Ich schätze belesene Menschen, aber diese Art von Leidenschaft würde mir Angst machen«, sagte der Pathologe.

»Die Kripo ist immer noch am Erfassen der Werke, bisher sind es nur Bücher über Geschichte, Kunst und Antiquitäten«, sagte Jon, der wieder über das Telefon mit ihnen verbunden war.

»Und wo ist seine Sammlung?«, fragte Balthasar.

»Welche Sammlung?« Nik wandte den Kopf zu seinem Mitbewohner.

»Leute, die sich so stark einem Hobby verschrieben haben, lesen nicht nur Bücher darüber. Sie wollen etwas davon haben. Bei einem Kunst- und Geschichtsbegeisterten würde ich Kunstwerke oder antike Gegenstände erwarten, aber auf den Fotos erkenne ich nur Bücher. Und auch nur moderne Bücher, also keine Erstausgaben oder sonstige Sammlerstücke.«

»Interessanter Einwand.« Nik kratzte sich nachdenklich an seinem Dreitagebart.

»Obwohl die Inventur noch nicht beendet ist, haben die Ermittler alle Fotos von der Wohnung hochgeladen«, berichtete Jon. »Da ist weder ein Kunstwerk noch ein vermeintlich antiker Gegenstand zu sehen.«

»Dann hat er noch eine zweite Wohnung«, vermutete Balthasar laut. »Oder einen Lagerraum oder sonst etwas in der Art.«

»Das habe ich schon überprüft«, sagte Jon. »Entweder ist das seine einzige Wohnung in der Region oder er hat weitere Immobilien unter einem anderen Namen eingetragen. Dann wird es schwer.«

»Was sagen die Ermittler zu dem geknackten Safe?«, wollte Nik wissen.

»Der Zeitpunkt ist schwer zu ermitteln, vermutlich ist der Sicherheitsschrank in den letzten Tagen aufgebrochen worden«, antwortete Jon. »Dazu haben sich Einbruchsspuren an der Eingangstür zu Allenbergs Wohnung gefunden.«

»Also muss etwas sehr Wertvolles in dem Safe gewesen sein, sonst hätte sich der Täter nicht diese Mühe gemacht«, sagte Balthasar.

»Das passt nicht«, widersprach Nik.

»Du darfst mich gerne verbessern, aber für eine andere Geschichte fehlt mir die Fantasie.«

»Nehmen wir an, dass in dem Safe der Heilige Gral war.« Nik ging nachdenklich durch das Wohnzimmer.

»Eine ungewöhnliche Prämisse, aber warum nicht«, kommentierte Balthasar mit einem Lächeln.

»Dann wusste der Täter, dass Allenberg diesen besaß«, fuhr Nik mit seinem Gedankenexperiment fort. »Er hätte daher nur Allenbergs Adresse herausfinden müssen. Und das hätte er leichter haben können, schließlich hat der Staatsanwalt vielleicht nicht im Telefonbuch gestanden, aber er war auch nicht untergetaucht.« Er blieb kurz stehen. »Bei der Aktion in der Staatsanwaltschaft kam heraus, dass Allenberg für etwas verantwortlich war, was der Täter vorher nicht gewusst hat.«

»Und dann hat er den Trojaner platzieren lassen, um Allenbergs Adresse herauszufinden«, schloss Jon den Gedanken.

»Also war der Aktenraum des organisierten Verbrechens bewusst gewählt«, ergänzte Balthasar.

»Das ist der einzige Schluss, der in diesem ganzen Wahnsinn Sinn ergibt«, stimmte Nik zu.

»Bei einer Verhandlung ist der Staatsanwalt kein Geheimnis«, wunderte sich Jon. »Selbst bei Anklagen gegen das organisierte Verbrechen weiß die Gegenseite, wer sie anklagt.«

»Meine Theorie ist nicht unumstößlich«, sagte Nik. »Aber sie ist aktuell die wahrscheinlichste.«

»Der Täter hat bei Allenberg eingebrochen, weil er etwas aus dessen Safe holen wollte«, vermutete Balthasar.

»Das könnte man vordergründig annehmen, passt aber nicht zu meiner Theorie«, antwortete Nik. »Wenn der Einbruch in die Staatsanwaltschaft dazu diente, Allenbergs Identität herauszufinden, kann der Täter nicht vorher gewusst haben, dass etwas Wichtiges in dessen Safe ist.«

»Wenn ich noch Haare hätte, würde ich mir diese jetzt raufen«, murmelte der Pathologe und trank einen Schluck Tee. »Hat überhaupt jemand mit Allenberg gesprochen?«, fuhr er fort. »Er könnte Licht ins Dunkel bringen.«

»Laut Kripobericht ist er nicht auffindbar, weil die Handynummer, die er hinterlassen hat, nicht in Betrieb ist«, antwortete Jon. »Die Befragungen sind noch nicht abgeschlossen, aber aktuell hat ihn niemand das Haus verlassen sehen. Der Reisepass wurde an keinem Flughafen oder einer Grenze registriert.«

»Dank Schengenabkommen schafft man es ohne Überprüfung bis nach Griechenland«, bemerkte Balthasar. »Er könnte überall sein.«

»Ich nehme an, dass du dir auch ohne richterlichen Beschluss die Handyverbindungen von Allenberg angesehen hast«, wandte sich Nik an Jon.

»Natürlich. Aber dies macht das Ganze noch verwirrender.« Er schien etwas zu tippen. »Die letzte Handynummer auf seinen Namen ist seit vier Wochen außer Betrieb. Einen Nachfolgevertrag gibt es nicht, auch nicht bei anderen Providern.«

»Also hat er kein Handy oder er ist bei einem ausländischen Provider«, vermutete Nik.

»Eher Letzteres, denn solche Lücken finden sich in jüngerer Zeit immer wieder«, erläuterte Jon. »Und wenn ich mir Allenbergs verwendetes Datenvolumen ansehe, waren seine

Mobiltelefone rege in Gebrauch. Eine mehrmonatige Lücke wäre nicht logisch.«

»Vielleicht war er lange im Ausland«, gab Balthasar zu bedenken. »Das würde zu seiner Passion passen.«

»Er war tatsächlich viel unterwegs«, bestätigte Jon. »Von seiner Rechnung zu schließen war er in Jordanien, Thailand, Ägypten und sogar im Iran.«

»Dort ist ein lokaler Provider billiger und stabiler«, bemerkte Balthasar.

»Ich versuche, ein Bewegungsmuster von seinen Reisen zu erstellen, aber ich glaube nicht, dass uns Allenbergs Besuche antiker Stätten bei den Ermittlungen helfen.«

»Konzentrieren wir uns auf die letzten Wochen und Monate«, schlug Nik vor. »Lässt sich davon etwas von seinem Handy ableiten?«

»Wie schon erwähnt endete der Vertrag mit dem Provider Ende Januar dieses Jahres«, antwortete Jon. »Bis Ende Dezember war es im Gebrauch, aber quasi mit Jahreswechsel hat Allenberg das Gerät nicht mehr benutzt. Es lag bei ihm zu Hause und hat Staub angesetzt.«

»Wurde das Telefon gefunden?«, wollte Balthasar wissen.

»Nein«, antwortete Jon. »Kein Handy, kein Computer oder sonst ein Gerät, mit dem man telefonieren oder ins Internet gehen könnte. Wobei niemand sagen kann, ob Allenberg die Sachen bei sich hat oder der Safeknacker sie mitgenommen hat.«

Nik wandte sich zu der Wand mit Bildern und Notizen um. »Und was jetzt?«

»Wir werden uns noch gedulden müssen«, antwortete Jon.

Niks Reaktion war ein unzufriedenes Brummen.

»Die Kriminaltechniker haben den Safe mit in ihr Labor genommen und Naumanns Truppe will morgen den engen Freundeskreis und seine Frauen befragen.«

»Frauen?«, fragte Balthasar. »Mehrzahl?«

»Allenberg war insgesamt vier Mal verheiratet und ist ebenso oft geschieden.«

»Glücklicherweise bin ich nicht mehr bei der Kripo«, bemerkte Nik. »Denn Gespräche mit Ex-Frauen sind so ziemlich das Schlimmste.«

* * *

Naumann stieg gerade aus seinem Auto, als sein Handy klingelte. »Danilo, was gibt es?«, meldete er sich.

»Die ist irre«, schrie sein Kollege. Dem Klappern von Schuhen auf dem Asphalt nach schien er zu rennen.

»Von wem redest du?« Naumann schloss die Tür.

»Die Alte von Allenberg«, antwortete er keuchend. »Also die dritte Alte von ihm.«

»Du meinst Bonita Ruiz Hernández?«

»Bonita?«, fuhr er auf. »Wer nennt eine irre Furie Bonita?«

»Vielleicht solltest du dich erst einmal beruhigen.«

»Ich glaube, wir sind in Sicherheit«, schien Danilo jemandem zuzuraunen. Anscheinend rannten sie auch nicht mehr, dafür atmete sein Kollege schwer. »Wir Italiener fluchen auch gerne, aber ich habe noch nie so viele Schimpfworte in so kurzer Zeit gehört.«

»Was habt ihr gemacht?«

»Uns vorgestellt und Ruiz Hernández zu Gustav Allenberg befragt. Wann sie ihn das letzte Mal gesehen hat, ob etwas ungewöhnlich war. Solche Sachen eben.«

»Und das ist eskaliert?«

»Das hat keine zwei Minuten gedauert, bis sie uns ausführlich erläutert hat, auf welche Art sie Allenberg töten wird, wobei das in Scheiben schneiden noch die harmloseste Variante war.« Er atmete hörbar aus. »Irgendwann war sie dann so in Rage,

144

dass sie gedroht hat, uns mit dem Fleischklopfer zu verprügeln, sollten wir ihr nicht sofort Allenbergs Aufenthaltsort sagen. Als ich ihr erläutert habe, dass wir die Befragung ein anderes Mal fortsetzen, ist es eskaliert. Glücklicherweise konnte sie mit ihren hochhackigen Schuhen nicht so schnell rennen. Ohne SEK-Unterstützung gehe ich da nicht mehr hin.«

»Also haben sich Allenberg und Ruiz Hernández nicht im Guten getrennt«, vermutete Naumann laut.

»Das ist die Untertreibung des Jahres«, erwiderte Danilo. »Sei vorsichtig bei Frau Nummer zwei.«

»Ingeborg und ich sind schon eine Weile befreundet, wobei ich sie erst nach der Scheidung von Allenberg kennengelernt habe, daher war ich überrascht, dass sie mit einem Staatsanwalt verheiratet war, bevorzugte sie doch eher Künstler und Freigeister.«

»Ich brauche jetzt erst einmal einen Kaffee«, sagte Danilo. »Danach überlegen wir, was wir mit der nicht so freundlichen Ruiz Hernández machen.«

»Halte mich auf dem Laufenden«, sagte Naumann und beendete das Gespräch.

Er ging die Straße weiter, bis er zu einem kleinen allein stehenden Haus kam. Schon im Vorgarten sah er die Skulpturen, die Ingeborg lokalen Künstlern abgekauft hatte, um deren Karriere zu unterstützen. Das war aber gar nichts im Vergleich zu der Menge an Kunstwerken, die im hinteren Garten aufgestellt waren. Es fiel ihm schwer, nicht den Kopf zu schütteln, als er einen Haufen rostigen Metallschrott auf dem Boden liegen sah, über den zwei Eimer rote Farbe ausgegossen waren, aber seine Bekannte liebte die moderne Kunst von ganzem Herzen und ließ keine kritische Meinung zu, daher würde sich Naumann heute mit Kommentaren zurückhalten müssen. Er wollte schließlich etwas von ihr.

Er stieg gerade die kleine Treppe zum Haus hinauf, als sich die Eingangstür öffnete und eine Frau um die sechzig heraustrat. Wie immer war sie perfekt gestylt. Sie trug ein hellgraues Kleid mit dünnen Trägern an den bloßen Schultern. Ihre langen schwarzen Haare waren zu einer aufwendigen Hochfrisur gesteckt. Statt hochhackiger Pumps, wie sie sie sonst zumeist trug, hatte sie diesmal Ballerinas an. Ihre Stirn wirkte etwas geschwollen, anscheinend hatte sie sich wieder ihrer Botoxsucht ergeben, was Naumann sehr bedauerte. Ingeborg war in ihrem Alter eine schöne Frau. Sie hatte das nicht nötig.

»Mein lieber Heinrich«, sagte sie lächelnd und umarmte ihn herzlich. »Wir haben uns viel zu lange nicht mehr gesehen.«

»Die Arbeit«, entschuldigte sich Naumann, während er ins Haus ging. Auch heute durchzog der Geruch von frisch aufgebrühtem Kaffee die Wohnung. Im Hintergrund spielte leise Klaviermusik. Auch im Wohnzimmer hatte Naumann das Gefühl, dass selbst ein Haus nicht genug Raum für Ingeborgs Sammelleidenschaft bot. Die Wände waren so dicht mit Gemälden behangen, dass es keine freie Stelle mehr gab, wobei man ihr zugutehalten musste, dass sie die unterschiedlichen Stile nicht mischte, was den Anblick weniger chaotisch machte.

Naumann ließ sich auf der hellweißen Designercouch nieder und nahm eine Praline von einem goldglänzenden Porzellanteller, während Ingeborg ihm eine Tasse Kaffee reichte. Sie redeten eine Zeit lang über Privates, aber schließlich wechselte Naumann, der bei der momentanen Ermittlungslage nur wenig Zeit hatte, das Thema. »Wie ich dir schon an Telefon gesagt habe, wird dein Ex-Mann vermisst.« Er brachte sie auf den neusten Stand.

»Ich würde dir gerne helfen, aber ich habe keine Ahnung, wo er sich aufhalten könnte.« Sie nippte an ihrem Kaffee. »Ich habe ihn das letzte Mal vor zwei Jahren auf einem Empfang in der Alten Pinakothek gesehen. Außer ein paar Belanglosigkeiten haben wir nicht viel geredet.«

»Was für ein Mensch ist Gustav?«

»Klug, belesen und auf seine eigene Art charmant, aber auch besessen, im Guten wie im Schlechten.« Sie stellte die Tasse auf den Tisch. »Er hat jeden Fall behandelt, als müsste er die Welt retten. Es gab nichts anderes. Manchmal ist er mitten in der Nacht aufgestanden und hat an seinen Akten gearbeitet.«

»Gab es während eurer Ehe auch Fälle gegen das organisierte Verbrechen?«

»Das war keine schöne Zeit.« Sie presste kurz die Lippen aufeinander. »Weil er mich nicht in Gefahr bringen wollte, ist er irgendwann in seine Wohnung umgezogen, während vor meiner Tür die Polizei gewacht hat. Wenn ich in München unterwegs war, hatte ich Geleitschutz, der mich zu allen Veranstaltungen gefahren hat. In Restaurants haben wir in der Ecke gesessen oder alleine in einem Nebenraum. Wenn wir überhaupt ausgegangen sind«, fügte sie noch hinzu.

»Zeigte sich seine Besessenheit auch in anderen Bereichen?«

»Bei der antiken Kunst.« Sie nahm die Tasse wieder in die Hand. »Darüber haben wir uns kennengelernt, denn Gustav war besessen von Geschichte, vor allem erlebbarer Geschichte, wie er es genannt hat.«

»Erlebbarer Geschichte?«

»Orte, die man bereisen, und Gegenstände, die man anfassen kann. Während unserer vierjährigen Ehe waren wir drei Mal in Petra, haben jedes historische Museum in Deutschland besucht und alle Straßen von Rom durchwandert.«

Naumann berichtete von den Büchern, die sie in Allenbergs Wohnung vorgefunden hatten.

»So schlimm war es während unserer Ehe noch nicht, aber nach seiner frühen Pensionierung hat er sich ausschließlich dieser Leidenschaft gewidmet. Leider nicht zum Besseren.«

»Was meinst du?«

»Gustav hatte Stil und Benehmen. Wir haben in Rom viele antike Gebäude besichtigt, trotzdem haben wir uns immer Zeit für die schönen Dinge des Lebens genommen. Das ist nach seiner Zeit als Staatsanwalt anders geworden, fast als wollte er nicht unnötig Geld ausgeben, um es für anderes zu sparen.«

»Vielleicht hat seine Pension nicht mehr gereicht«, wandte Naumann ein.

»Gustav hat nebenher mit Aktien spekuliert und das äußerst erfolgreich«, widersprach Ingeborg. »Seine Einnahmen als Staatsanwalt waren eher zu vernachlässigen.«

»Was hat dann zu seiner Veränderung geführt?«

»Ich weiß es nicht«, gab sie zu. »Gustav ist mir in den letzten Jahren fremd geworden. Nicht nur mir, sondern auch allen anderen aus unserem Kreis.«

»Wo könnte er jetzt sein? Alle unsere Versuche, ihn zu finden, sind gescheitert.«

»Vor fünf Jahren hätte ich es dir noch sagen können, aber seine Handynummer ist längst nicht mehr aktiv und die Münchner Kunstkreise meidet er«, erklärte sie. »Wahrscheinlich treibt er sich im Ausland herum, in Gegenden ohne Strom oder fließendes Wasser.«

Naumanns Handy brummte. Er unterdrückte einen Fluch, aber während der Ermittlungen musste er ständig erreichbar sein. Er nahm das Gerät aus der Tasche. Das Display zeigte Danilo. Sein Kollege wusste von seinem Treffen mit Allenbergs Ex-Frau, daher musste ein dringender Grund vorliegen. Mit einer Entschuldigung stand Naumann auf und begab sich vor die Tür.

»Was gibt es?«, fragte er leise.

»Entschuldige die Störung, aber auf den Weg zurück von Ruiz Hernández habe ich einen Anruf von der Zentrale bekommen«, sagte Danilo. »Gustav Allenbergs Auto wurde gefunden. Sehr weit weg von München.«

* * *

»In Hamburg?«, wunderte sich Nik, als er mit einem Bier in der Hand ins Wohnzimmer kam.

»Nicht gerade um die Ecke«, sagte sein Mitbewohner, der schon auf der Couch saß. Vor ihm auf dem Tisch stand ein Teller mit Lachsschnittchen, seinem bevorzugten Snack, wenn er zu faul war, aufwendiger zu kochen.

»Genau genommen in Tornesch nahe Hamburg.«

»Ist dort etwas, das man kennen müsste?«, fragte Balthasar nach.

»Ein großer Parkplatz«, antwortete Jon.

»Ich war nicht oft in Hamburg, aber ich habe dort einige große Parkplätze gesehen«, bemerkte Nik verwundert.

»Was Jon uns sagen will, ist, dass die Kripo keine Ahnung hat, was Allenbergs Auto dort zu suchen hat«, wandte sich der Pathologe an ihn.

»Das trifft es ziemlich genau.« Das Bild eines alten BMW erschien an der Wand. Der dunkelblaue Lack war an vielen Stellen zerkratzt, der rechte Außenspiegel verbogen und das abgefahrene Profil der Reifen wäre bei starkem Regen ein großes Risiko gewesen.

»Als ehemaliger Staatsanwalt sollte er sich ein besseres Auto leisten können«, sagte Nik.

»Das Geld ist wahrscheinlich in Buchkäufe geflossen«, bemerkte Balthasar.

»Der Fund seines Autos ist nur einem Zufall zu verdanken.« Jon blendete ein Bild der Fahrertür ein, die in Höhe des Griffs verbogen war.

»Jemand hat das Auto geknackt«, stellte Nik fest.

»Deshalb hat die Polizei das Auto bemerkt, das Nummernschild in die Datenbank eingegeben und ist dabei auf die Fahndung gestoßen«, erläuterte Jon. »Sonst hätten wir noch immer keine Spur zu ihm.«

»Zurück zu Balthasars Frage. Was hat er in Tornesch gewollt?«

»Das weiß aktuell niemand«, antwortete Jon. »Die Kripo hat weder berufliche noch familiäre Verknüpfungen mit Tornesch gefunden. Sie erweitert jetzt den Radius auf Hamburg, aber bei der Größe der Stadt sind wir wieder bei der Nadel und dem Heuhaufen.«

»Hat Allenberg eine Wohnung oder eine Lagerhalle in der Region?«, fragte Balthasar.

»Das haben sowohl ich als auch die Kripo bereits überprüft«, antwortete Jon. »Die wenigen Gustav Allenbergs dort haben nichts mit unserem Staatsanwalt zu tun.«

»Können wir sicher sein, dass Allenberg überhaupt dort ist?«, fragte Nik. »Vielleicht hat jemand sein Auto gestohlen und dort abgestellt. Denn Einbruchsspuren wie diese lassen sich nur ungefähr einem Zeitpunkt zuordnen.«

»Der Autodieb hat das Fahrzeug in München aufgebrochen und in Tornesch abgestellt?«, fragte Balthasar.

Nik nickte.

»Undenkbar ist es nicht«, gab Jon zu. »Aber bei der Überprüfung des alten Handys habe ich immer wieder Verbindungen zu Telefonmasten im Norden rund um Hamburg gefunden. Bedauerlicherweise hat Allenberg das Handy immer ausgeschaltet, bevor er nach Hamburg gelangt ist, weshalb ich nicht feststellen kann, wo er am Ende hingegangen ist. Jedenfalls beweist die Information, dass er dort oben irgendwas zu tun hatte.«

Nik stellte sein Bier ab und lehnte sich auf der Couch zurück. »Was könnte er dort wollen?«, murmelte er.

»Aus geschichtlicher und kulturhistorischer Sicht ist die Gegend nicht interessanter als der Rest von Deutschland«, bemerkte Balthasar. »Daran kann es nicht liegen.«

»Es muss aber etwas damit zu tun haben, denn nach Allenbergs Wohnung zu schließen ist er ein Fanatiker«, sagte Nik. »Solche Menschen sind wie Drogensüchtige. Sie kennen nichts anderes mehr als den nächsten Schuss.«

»Wir werden auf die Ermittlungen der Kripo warten müssen«, sagte Jon.

»Wenn sie nicht sofort etwas gefunden hat, wird das nichts mehr.« Nik erhob sich von der Couch.

»Hast du eine Aufnahme, auf der man den ganzen Parkplatz in Tornesch sieht?«

»Nicht vom Kriposerver, aber im Internet wird sich etwas finden.« Kurz darauf änderte sich das Bild an der Wand.

Der Parkplatz war nicht groß – Nik schätzte, dass gerade einmal hundert Autos dort Platz hatten. Er schien in einem Industriegebiet zu liegen. Rechts waren Fertigungshallen, dahinter ein Supermarkt und eine Art Verwaltungsgebäude. Ein Park-and-Ride-Schild ließ vermuten, dass es in der Nähe eine Bahnstation gab.

»Sieht aus wie bei uns auf dem Supermarktgelände«, sagte Balthasar.

»Die ganze Fläche ist gut einsehbar, daher ist es kein Ort, an dem man ein Auto heimlich abstellen würde«, ergänzte Jon.

Nik schloss die Augen. »Hat sich die örtliche Polizei zu dem Bruch geäußert?«

»Das kommt wohl immer wieder vor«, antwortete Jon. »Daher hat man auch schon einen Antrag für Kameraüberwachung gestellt.«

Nik riss die Augen auf. »Kannst du uns eine Übersicht über alle Großparkplätze in Hamburg geben? Vor allem die unentgeltlichen?«

»Das ist kein Problem.« Jon begann zu tippen. »Zu Parkmöglichkeiten und dem damit verbundenen Leitsystem gibt es sogar eine eigene Homepage. Auf was soll ich achten?«

»Ob diese Parkplätze kameraüberwacht sind.«

»Gib mir einen Moment.«

Nik nahm sein Bier in die Hand und trank wieder einen Schluck. Während der Wartezeit starrte er unvermindert auf das Bild, als könnte er dadurch verstehen, warum Allenberg sein Auto dort abgestellt hatte.

»Alle sind kameraüberwacht«, sagte Jon nach zwei Minuten. »Wenn ich von Hamburg weggehe, dann ist dieser Parkplatz der nächstgrößere, auf dem ich ohne zeitliche Beschränkung mein Auto stehen lassen kann und bei dem ich nicht von einer Kamera aufgezeichnet werde.«

»Wahrlich nicht dumm«, gab Balthasar zu.

»Mir wäre lieber, wenn er dumm wäre, denn dann könnten wir ihn warnen«, erklärte Jon.

»Ihr wisst, was das bedeutet?« Nik wandte sich dem Pathologen zu. »Allenberg ist in irgendwelche krummen Geschäfte verwickelt.«

»Diesen Schluss verstehe ich nicht«, erklang Jons Stimme aus dem Lautsprecher.

»Bisher sind wir davon ausgegangen, dass sich Allenberg nach seinem Ende in der Staatsanwaltschaft zum verrückten Eigenbrötler entwickelt hat, dessen einzige Leidenschaft Kunst und Geschichte sind.«

»Zugegebenermaßen war die Büchersammlung etwas gespenstisch, aber nichts davon ist illegal oder deutet auf krumme Geschäfte hin.«

»Und warum parkte er sein Auto am ersten Parkplatz außerhalb der Stadt, bei dem es keine Kameraüberwachung gibt?« Nik machte eine kurze Pause. »Weil er nicht will, dass jemand von seiner Reise erfährt.«

»Ein verständlicher und logischer Schluss«, gab Jon zu. »Möglicherweise hat er Freunde dort.«

»Mit denen er nicht kommunizieren kann, weil er weder einen Computer noch ein aktives Handy hat«, wandte Nik ein.

»Gut, ich lasse mich darauf ein«, sagte Jon. »Was hat er vor? An welchem Ding ist er beteiligt?«

»Weiß ich noch nicht, aber im Vergleich zu München ist Hamburg das Tor zur Welt, dort werden jedes Jahr Millionen Container umgeschlagen.«

»Und auch entsprechend viel geschmuggelt«, fügte Balthasar hinzu.

Nik hob zustimmend den Daumen.

»Und wie wollen wir dem nachgehen?«, fragte Jon.

»Ich verreise nicht gerne, aber in dem Fall ist Hamburg eine Reise wert.« Nik sah auf die Uhr. »Ich nehme morgen früh gleich die erste Verbindung in den Norden und vielleicht treffe ich dort einen uns bekannten Staatsanwalt.«

»Bis dahin starte ich eine Bildersuche nach Allenberg«, erklärte Jon. »Hamburg quillt nahezu über von Influencern, die jeden Mist ins Internet stellen. Vielleicht ist irgendwo Allenberg mit drauf. Dann haben wir einen Ort, an dem wir anfangen können.«

* * *

Eigentlich bevorzugte Nik Zugreisen, aber bei der mangelnden Pünktlichkeit und der Vielzahl an Ausfällen der Deutschen Bahn hatte er sich doch zu einem Flug überreden lassen. Er war gerade auf dem Weg zum Taxistand, als ihn Jons Anruf erreichte.

»Ich habe etwas«, sagte er begeistert. »Und das ist mehr als interessant.«

Nik bog vor dem Ausgang nach rechts ab und setzte sich auf eine Bank in der Nähe eines Zeitungsstandes. »Leg los.«

»Wie gestern Abend erwähnt, habe ich eine Bildersuche nach Gustav Allenberg gestartet. Mit etwas Hilfe einer KI-Software ging das recht schnell, führte aber zu keinem Ergebnis.« Er schien etwas zu trinken. »Als ich die Treffergenauigkeit reduziert und den Schwerpunkt auf unveränderliche Merkmale gesetzt habe, wurde ich fündig.«

»Was meinst du mit unveränderlichen Merkmalen?«

»Allenberg hat Altersflecken am Kinn und über der Nase sowie eine kleine Narbe neben dem rechten Ohr«, erklärte Jon. »Und diese Besonderheiten haben den Ausschlag gegeben.«

»Wo hast du ihn gefunden?«

»Bei einer Expertenkommission für Raubkunst aus dem Königreich Benin im heutigen Nigeria. Das war im Jahr 2022.«

»Das müsste man doch mit einer einfachen Googlesuche ermitteln können«, wandte Nik ein. »Wie konnte das der Kripo entgehen?«

»Weil besagte Expertenkommission keinen Gustav Allenberg als Mitglied hat, sondern einen gewissen Laurenz Hemmer.«

»Wen?« Nik hatte den Namen noch nie gehört.

»Laurenz Hemmer sieht Gustav Allenberg sehr ähnlich, nur trägt er einen dünnen Schnauzbart und hat statt kurz geschorenen grauen Haaren einen schwarzen Seitenscheitel.«

»Und das ist nicht zufällig ein Zwillingsbruder von ihm?«

»Das habe ich überprüft, indem ich meine Suche auf Laurenz Hemmer umgestellt habe. Zu diesem Mann gibt es nicht viele Einträge, aber sie waren ausreichend, um meine Theorie zu bestätigen. Allenberg ist Hemmer.«

»Also haben wir eine Spur.«

»Oh, wir haben noch sehr viel mehr als das«, bemerkte Jon zufrieden. »Denn Laurenz Hemmer besitzt eine kleine Wohnung in Hamburg. Und jetzt hast du seine Adresse.«

Niks Handy vibrierte kurz. »Dann liefere ich meinen Koffer im Hotel ab und mache mich auf den Weg.« Er gab die Adresse in eine Navi-App ein. »Ich bin gespannt, was Laurenz Hemmer zu meinem Besuch sagen wird.«

* * *

Bei dieser Observation zeigte sich der Gott der Ermittler gnädig. Unweit des Mehrparteienhauses, in dem Allenberg seine Wohnung hatte, befand sich ein Supermarkt samt Bäckerei, bei der Nik sich mit Croissants, Eistee und frischem Kaffee ausstatten konnte. Außerdem lag schräg gegenüber ein kleiner Park mit einer Bank, von der aus man die Eingangstür des Hauses im Blick behalten konnte. Dort hatte Nik Platz genommen, den Eistee zwischen seinen Beinen und eine Zeitschrift in der Hand, durch die er eher gelangweilt blätterte. Einzig der Wettergott schien seine Arbeit nicht gutzuheißen, denn der Himmel hatte zugezogen und ein kalter Wind blies.

»Ich sitze seit vier Stunden hier und es tut sich nichts.« Nik war über sein In-Ear-Headset mit Jon verbunden. »Trotz des trüben Wetters kein Licht in der Wohnung. Allenberg ist weder hinein- noch herausgegangen.«

»Wir wissen unverändert nicht, ob sich der Täter den Staatsanwalt schon geschnappt hat. Außerdem könnte sich Allenberg irgendwo auf Reisen befinden, ohne seinen Reisepass benutzt zu haben. Dann ist diese ganze Aktion unnötig.«

»Etwas Besseres haben wir nicht.«

»Wir könnten die Kripo einschalten.«

»In München würde ich Naumann informieren, aber hier in Hamburg kenne ich niemanden. Die Kollegen werden mich nicht mit ins Boot lassen.«

»Seitdem der Täter die Datenbank der Staatsanwaltschaft gehackt hat, habe ich kein gutes Gefühl. Das war clever und gerissen. Und da Allenberg nicht auffindbar ist, könnte das ein Zeichen sein, dass er ihn vor uns gefunden hat.«

»Du willst die Kripo hineinziehen?«

»Sollten wir.«

»Lass mich zuerst einen Blick in die Wohnung werfen.« Nik stand auf und klemmte sich die Zeitschrift unter den Arm. »Dann informieren wir Naumann, damit er sich an die örtlichen Behörden wenden kann.«

»Du willst einbrechen?«

»Das ist der Plan.«

Nik ging zu dem Haus und stellte sich vor die Briefkästen neben der Eingangstür, als wollte er die Zeitschrift in einen der Schlitze werfen.

»Du weißt, dass du nicht mehr in München bist?«

»Ziemlich offensichtlich«, sagte Nik mit Blick zum Himmel, von dem die ersten Regentropfen herunterfielen.

»Die Behörden werden nicht nachsichtig sein, vor allem wenn man deine Vorstrafe bedenkt.«

Nik wollte etwas antworten, als die Tür aufging. Ein junger Mann kam heraus. Er schlüpfte mit der Linken in eine Regenjacke hinein, während er mit der Rechten sein Handy ans Ohr drückte. Er schien Nik nicht zu bemerken. Dieser stopfte schnell die Zeitschrift in einen Briefkasten und huschte ins Haus, bevor die Tür ins Schloss fiel.

»Mehrparteienhäuser sind etwas Schönes«, murmelte er und ging zum Fahrstuhl, weil er zu faul zum Treppensteigen war.

»Hast du dein Einbruchswerkzeug dabei?«

»Ohne gehe ich nicht aus dem Haus.«

Es pingte und die Fahrstuhltür öffnete sich. Die Kabine war klein und roch muffig, aber Nik hatte schon schlimmere Aufzüge gesehen. Er drückte auf den Knopf für den ersten Stock.

»Wenn das mal gut geht«, murmelte Jon.

Als Nik den Fahrstuhl verließ, stand er vor einem langen Gang. Am Ende war eine Tür zu einer Wohnung. Rechts und links jeweils zwei.

»Fünf Parteien«, sagte Nik. »Hoffen wir, dass niemand von denen gerade einkaufen will.« Er ging den Gang entlang und sah auf die Türschilder, bedauerlicherweise war Allenbergs Wohnung ausgerechnet die am Ende des Gangs, was es schwieriger machte, wenn er abhauen musste.

Nik zog beim Laufen sein Einbruchsset aus der Tasche, legte das Ohr an die Tür und schloss die Augen. Er hörte keine Schritte, kein fließendes Wasser oder einen dröhnenden Fernseher. Auch schien kein künstliches Licht unter der Tür hervor. Interessiert betrachtete er das Schloss an der Tür.

»Etwas leichter hätte es sein können«, murmelte er frustriert und führte den ersten Stift ein.

»Mach ein Foto und ich besorge irgendetwas, mit dem man das Schloss leichter öffnen kann.«

»Wenn mich die nächsten fünf Minuten niemand stört, kriege ich das hin.«

»Ich habe keinen Zugriff auf die Polizei Hamburg«, mahnte Jon. »Wenn ein Anruf wegen Einbruchs dort eingeht, bekomme ich es nicht mit.«

»Fünf Minuten Ruhe.« Nik beendete das Gespräch und nahm den Ohrstöpsel heraus. Dann schob er den zweiten Stift ins Schlüsselloch. Ihm waren nur zehn Sekunden vergönnt, denn hinter ihm wurde eine Tür geöffnet.

Nik zog schnell das Einbruchswerkzeug heraus und schob es in seine Tasche. Er klopfte. »Herr Allenberg«, sagte er laut. »Hier ist die Hausverwaltung. Sind Sie zu Hause?«

»Hände hinter den Kopf und auf die Knie«, vernahm er die Stimme eines Mannes. Dann spürte er etwas Metallisches in seinem Rücken. »Keinen Blödsinn machen, sonst hast du eine Kugel in den Rippen.«

Kapitel 6

Unbewaffnet und mit einer Pistole im Rücken war Nik in der schlechteren Position und seine Optionen überschaubar. Dazu vernahm er noch Schritte von einer zweiten Person, daher war es besser, geduldig zu sein, genau zu beobachten und einen geeigneten Moment für einen Schlag abzuwarten.

»Rumdrehen«, sagte der Mann.

Nik folgte dem Befehl. Der andere war einen Kopf kleiner als er, trug ein hellblaues Hemd, dessen Ärmel hochgerollt waren, eine dunkle Anzughose und schwarze Lederschuhe, was nicht in diese Gegend passte. Seine schütteren braunen Haare waren kurz geschnitten und nach rechts gekämmt. In seiner Hand hielt er eine P30 unverändert auf Nik gerichtet. Da die Waffe ungesichert war, hob Nik die Hände und versuchte, einen entspannten Eindruck zu machen, schließlich wusste er nicht, wie leicht der Finger seines Gegenübers am Abzug lag.

Der Mann dahinter hatte etwa Niks Statur, nur durchtrainierter, mit militärischem Bürstenhaarschnitt und einer schiefen Nase, wie die eines Boxers. Er war ebenfalls in Hemd und Anzughose gekleidet, allerdings hatte er keine Schuhe an, sondern schwarze Socken an den Füßen. Er wirkte weniger angespannt als der Mann mit der Pistole. Offensichtlich ging er davon aus, dass er Nik auch ohne Waffe überwältigen konnte.

»Verraten Sie uns, was Sie hier machen?«, fragte der Große.

»Ich suche Laurenz Hemmer.«

Der Mann griff in Niks Tasche und zog das Einbruchsset heraus. »Damit?«, fragte er lächelnd.

Nik unterdrückte einen Fluch. Seine Eile hatte ihn unvorsichtig werden lassen. Hätte er den Gang genauer untersucht, wäre ihm wahrscheinlich eine Kamera aufgefallen, denn das war die einzige Erklärung, warum die beiden so schnell aus der Wohnung gekommen waren und wussten, wo Nik seine Dietriche hingesteckt hatte.

»Du bist so was von am Arsch«, sagte der Mann mit der Pistole.

»Hat Ihr Kollege zu viele amerikanische Actionfilme gesehen oder woher kommen die Sprüche?«

Während der Bewaffnete zornig schnaubte, ließ sich der Große nicht aus der Ruhe bringen. »Offensichtlich haben wir dich bei einem Einbruch erwischt«, bemerkte er achselzuckend.

»Als ich das Haus betreten habe, war draußen noch Hamburg«, sagte Nik und deutete mit dem Daumen hinter sich. »Und da dein Kollege mit einer P30 vor meinem Gesicht rumfummelt, gehört er nicht zu den lokalen Behörden, denn die sind mit einer P6, einer P2000 oder einer P99 Q ausgerüstet. Daher könnt ihr mich vielleicht der Polizei Hamburg melden, aber ihr seid nicht befugt, Leute zu bedrohen. Also sichere deine Waffe, Möchtegernrambo, oder die Sache nimmt eine unschöne Wendung.«

»Wie hast du mich genannt?«, fuhr der kleinere Mann auf. Sein Gesicht wurde rot und er presste die Lippen zusammen.

»Schwerhörig bist du auch noch?«, provozierte Nik weiter, obwohl er die Hände unvermindert oben hielt. »Wer hat dich eingestellt?«

»Nikolei.« Der Große legte seinem Kollegen besänftigend die Hand auf die Schulter.

Einen Moment schien dieser noch mit sich zu ringen. Dann senkte er die Waffe und sicherte sie. Nik nahm die Hände herunter.

»Vukasović von Interpol.« Der Große zeigte Nik einen Ausweis. »Warum gehen wir nicht in unsere Wohnung und trinken einen Kaffee zusammen?« Er deutete zu einer offenen Tür auf der linken Seite.

»Ist okay für mich«, sagte Nik und folgte ihm hinein. Sie gingen durch einen schmalen Gang bis zu einer spärlich eingerichteten Küche. Auf einem Plastiktisch lagen ein halbes Brot, eine Papiertüte von einem Discounter und zwei leere Pizzaverpackungen. Vukasović füllte Nik eine Tasse mit Kaffee aus einer großen Thermoskanne. Nikolei hatte die Pistole weggesteckt und lehnte mit verschränkten Armen am Türrahmen. Es war offensichtlich, dass er Nik lieber erschossen hätte, als mit ihm Kaffee zu trinken, aber ebenso offensichtlich war er auch der Rangniedrigere, also fügte er sich dem Vorschlag seines Kollegen.

»Dürfte ich zuerst Ihren Namen erfahren?«, fragte Vukasović, während er ihm die Tasse reichte. »Dann spricht es sich leichter.«

»Nik Pohl.« Er nahm die Tasse mit einem Kopfnicken entgegen.

»Aufgrund Ihrer Waffenexpertise gehe ich davon aus, dass Sie selbst zu einer Behörde gehören?«

»Seit einigen Jahren nicht mehr.« Nik trank einen Schluck. »Aber ich war früher bei der Kripo München.«

»Warum wollten Sie bei Laurenz Hemmer einbrechen?«

»Weil er seit Tagen verschwunden ist und ich gehofft habe, etwas in seiner Wohnung zu finden, was mir einen Hinweis auf seinen Verbleib gibt.«

»Das beantwortet meine Frage nur zum Teil.« Vukasović füllte sich ebenfalls Kaffee in eine Tasse. »Was wollen Sie von Laurenz Hemmer?«

»Eigentlich will ich nichts von ihm, sondern von Gustav Allenberg.«

Obwohl sich Vukasović gut unter Kontrolle hatte, veränderte sich sein Gesichtsausdruck eine Winzigkeit. Gleichzeitig gab sein Kollege die lässige Haltung auf und rieb sich nachdenklich über das Kinn.

»Wie Sie sicherlich wissen, ist Gustav Allenberg ein ehemaliger Staatsanwalt, der viele Fälle gegen das organisierte Verbrechen verhandelt hat«, fuhr Nik fort. »Möglicherweise sind Leute dieser Szene gerade auf der Suche nach ihm.«

»Und warum interessiert sich ein ehemaliger Kripobeamter dafür?«, fragte Vukasović nach. »Und nicht die Kripo München?«

»Das ist wirklich eine lange Geschichte.« Nik trank einen weiteren Schluck Kaffee. »Ich mache Ihnen einen Vorschlag: Sie erklären mir, welches Interesse Interpol an Allenberg hat, und dafür bekommen Sie von mir alles, was ich weiß.«

»Einen Scheiß machen wir«, fuhr Vukasovićs Kollege auf. »Wir haben dich beim Einbrechen erwischt, Nikkie, daher können wir dich einfach so der Polizei ausliefern und du wanderst in den Knast.« Er schnippte mit den Fingern.

»Einen Tag später bin ich wieder raus und während ich mit einem Fischbrötchen in der Hand über die Reeperbahn laufe, hockt ihr noch immer hier und wartet auf einen Mann, der wahrscheinlich längst tot ist.«

»In Ordnung.« Vukasović hob beschwichtigend die Hand. »Folgender Vorschlag«, wandte er sich an Nik. »Wenn Sie Ihre Karten auf den Tisch legen, erzähle ich Ihnen alles, was ich im Rahmen der Ermittlungen preisgeben kann. Wenn uns das weiterbringt, behalten wir den versuchten Einbruch auch für uns.«

Nikolei schnaubte verächtlich, aber Nik nickte und setzte sich an den Tisch. Dann begann er zu erzählen, angefangen von der Bombe in der Staatsanwaltschaft über den Tod von Ute Polzin bis hin zu den gehackten Daten bei den Pensionszahlungen.

»Das ist interessant«, bemerkte Vukasović, nachdem Nik fertig war. »Aber warum haben Sie die lokalen Behörden in Hamburg nicht informiert?«

»Weil einige meiner Informationen illegal beschafft sind«, gab Nik zu. »Außerdem gibt es unverändert keinen Hinweis auf ein Verbrechen. Die Kripo Hamburg hätte keinen Durchsuchungsbeschluss für die Wohnung erhalten und wir wären nicht weitergekommen. Daher wollte ich das tun.«

Vukasović fuhr sich mit der Hand über seinen Bürstenhaarschnitt. »Ich kann Ihnen ein paar Dinge über Allenbergs Alias Laurenz Hemmer erzählen, aber ich bin nicht sicher, ob es Ihnen weiterhilft.«

Nikolei schien sich an die neue Situation gewöhnt zu haben. Er ging zur Thermoskanne, gab drei Löffel Zucker in eine Tasse und füllte sie dann mit Kaffee auf. Nik unterdrückte einen Kommentar und wandte sich dann wieder dem großen Interpolmann zu.

»Wie Sie wissen, unterstützt Interpol lokale Kriminalbehörden bei der Verbrechensbekämpfung«, fuhr dieser fort.

Nik hatte zu seiner Zeit in München zwar nie etwas mit dieser Organisation zu tun gehabt, kannte aber deren Aufgaben.

»Wir gehören zum Bereich des Kunst- und Antiquitätenschmuggels.« Vukasović deutete auf sich und seinen Kollegen. »Während die meisten unserer Kollegen auf der Suche nach den über fünfzigtausend gestohlenen Kunstwerken aus unserer Datenbank sind, versuchen wir, Täter auf frischer Tat zu fassen. Vor allem Schmuggler, die Antiquitäten aus dem Ausland nach Deutschland schieben.«

»Allenberg war Kunstschmuggler?«, fragte Nik überrascht. Er konnte sich nicht vorstellen, warum ein pensionierter Staatsanwalt so etwas machte, aber wenn er an die Tausenden Bücher aus dessen Wohnung dachte, passte dies auf eine verquere Art. Nik berichtete Vukasović davon.

»So ähnlich sieht es auch in dieser Wohnung aus.« Er deutete nach rechts. »Zumindest was wir von außen sehen konnten.«

»Und wo hat Allenberg die Kunstwerke versteckt? In München fanden sich nur Bücher.«

»Er besitzt keine eigenen Antiquitäten«, antwortete der Interpolmann.

»Aus welchem Grund schmuggelt er dann?«, wunderte sich Nik. »Wenn ich mir seine bescheidenen Wohnungen und im Vergleich dazu die beeindruckende Höhe seiner Pensionszahlungen ansehe, kann es kaum wegen des Geldes sein. Also warum schmuggelt er dann?«

»Weil Allenberg glaubt, das Richtige zu tun.«

»Hä?«, fuhr Nik auf.

»Einen Moment.« Vukasović verließ die Küche und kam einen Augenblick später mit einem Laptop unter dem Arm wieder zurück. »Bevor ich Allenbergs Motivation zu erklären versuche, sollten Sie lieber selbst sehen.«

Ein Video startete. Allenberg saß in einem kleinen Raum. Er hatte die Beine übereinandergeschlagen und blickte mit fast arrogantem Selbstbewusstsein in die Kamera. Seine Haare waren für einen seriösen Staatsanwalt zu lang und hätten etwas Shampoo vertragen, aber sein weißes Hemd war sauber, ebenso wie sein dunkles Jackett.

»Die Aufnahme ist knapp zwei Jahre alt«, bemerkte Vukasović.

»Herr Allenberg«, hörte man eine Stimme aus dem Off. »Zuerst einmal möchte ich Ihnen danken, dass Sie Zeit für uns haben.«

»Ja, das ist wirklich nett von mir«, bemerkte er mit einem Grinsen. »Wenn man bedenkt, dass Sie nichts gegen mich in der Hand haben.«

»Sie waren selbst bei den Strafverfolgungsbehörden, daher werden Sie verstehen, dass wir nur unsere Arbeit machen.«

»Wenn Sie wüssten, wie oft ich das schon gehört habe«, murmelte er. »Ich bin in einer Stunde zum Essen verabredet.« Er deutete auf seine Uhr. »Lassen Sie uns gleich zum Punkt kommen.«

»Ich gehöre bei Interpol zum Bereich Kunst- und Antiquitätenschmuggel«, erklärte der Mann.

Allenberg nickte.

»Vor zwei Wochen haben wir im Hamburger Hafen einen Container aus dem Sudan abfangen können, in dem sich Kunstschätze aus der Zeit des Reiches von Kusch befanden.«

»Ein großer Fehler«, bemerkte Allenberg.

»Es war ein großer Fehler, dass wir den Container aufgebracht haben?«, fragte der Mann verwundert.

Allenberg nickte.

»Können Sie mir das erklären?«

»Was werden Sie mit den Schätzen machen? An den Staat zurückgeben?«

»Natürlich. Von dort wurden sie gestohlen.«

»Das ist der Fehler.«

»Sie tolerieren also Kunstdiebstahl?«

»Wissen Sie, was der Fragile States Index ist?«, antwortete Allenberg mit einer Gegenfrage.

»Eine Art Rangliste, die aufzeigt, wie groß der Staatszerfall eines Landes ist.«

Allenberg nickte wieder. »Anhand von zwölf Faktoren wird in dem Index eine Kategorie ermittelt, die von Nachhaltig bis Alarm reicht und nun dürfen Sie raten, in welche Kategorie der Sudan fällt.«

»Ich tippe auf Alarm.«

Allenberg nickte. »Aktuell beträgt der Index 105. Nur sieben Länder sind schlimmer. Wie glauben Sie, wird in einem solchen Land mit Antiquitäten und Kunstschätzen umgegangen?«

»Es ist nicht an uns, das zu beurteilen, sondern an der Regierung des Sudan.«

»Wenn ein Container mit verletzten Kindern aus dem Sudan käme, würden Sie doch auch helfen.«

»Antiquitäten sind keine Menschen«, erwiderte der Mann. »Daher ist der Vergleich schlecht gewählt und außerdem populistisch.«

»Was wäre dabei, die Antiquitäten ein paar Jahre in einem Museum auszustellen und sie dem Sudan zurückzugeben, wenn sich die politische Situation wieder stabilisiert hat? Bei den Schätzen, die Heinrich Schliemann aus Troja mitgebracht hat, hat sich auch niemand echauffiert.«

»Wir haben das Jahr 2024 und nicht 1873«, wandte der Mann ein. »Es obliegt nicht uns, über den Umgang mit Raubkunst zu bestimmen. Dafür gibt es Gesetze. Wir sind hier, um festzustellen, ob Sie etwas mit dem Schmuggel aus dem Sudan zu tun haben.«

»Nein. Habe ich nicht.«

»Aber Sie kennen Caspar von Wendel?«

»Ein sehr fähiger Sachverständiger und ein wohltuend gebildeter Mann«, bestätigte Allenberg.

»Herr von Wendel wurde von uns gefasst, als er die Gegenstände aus dem Sudan im Hamburger Hafen abholen wollte.«

»Sicherlich ein Missverständnis«, winkte er ab.

»Eher nicht, denn Herr von Wendel hat die Tat gestanden«, widersprach der andere Mann. »Mit einer ähnlichen Begründung wie Sie.«

»Ich sehe noch immer keine strafbare Verbindung zu mir.«
Allenberg zuckte mit den Achseln. »Oder hat er mich des
Schmuggels bezichtigt?«

»Hat er nicht. Er behauptet, das alles alleine eingefädelt zu
haben.«

»Und schon sind wir wieder am Anfang.« Allenberg lächelte.
»Warum bin ich hier?«

»Weil Herr von Wendel in den Tagen, bevor der Container
den Sudan verlassen hat, sehr häufig bei Ihnen zu Hause war.«
Er legte ein Blatt Papier auf den Tisch. »Das konnten wir
anhand seiner Handydaten feststellen.«

»Sie beginnen mich zu langweilen«, sagte Allenberg.

»Das ist zugegebenermaßen nicht illegal«, fuhr der Mann
fort. »Aber erklären Sie mir, warum Sie in Hamburg als Laurenz
Hemmer gemeldet sind, obwohl Ihr Name Gustav Allenberg
lautet?«

»Wegen meiner Ex-Frauen«, stöhnte dieser. »Die sind
schlimmer als die Pest und wollen ständig mehr Geld. Vor allem
Bonita, die im wahrsten Sinne des Wortes eine Furie ist. Falls
Sie geschieden sind, verstehen Sie mich sicher.«

»Es steht jedem Menschen frei, unter dem Namen zu leben,
den er will«, lenkte der Mann ein. »Aber sobald er rechtskräftige
Geschäfte wie das Mieten einer Wohnung tätigt, wird es
schwierig.«

»Damit wollen Sie mich drankriegen?« Allenberg lachte.
»Das kann nicht Ihr Ernst sein.«

»Es ist eine Straftat …«

»Melden Sie sich, wenn Sie wirklich etwas Belastbares
haben, Mister Interpol«, unterbrach er mit erhobener Hand.
»Ich gehe jetzt was essen.«

Dann stand er auf und verließ den Besprechungsraum.

»Allenberg ist ein cleverer Mistkerl«, wandte sich Nik an
Vukasović, nachdem dieser den Laptop zugeklappt hatte.

»Einen Staatsanwalt zu verhören ist sehr schwer«, gab er zu. »Und wenn man so wenig in der Hand hat wie mein Kollege, ist es eigentlich von Anfang an zum Scheitern verurteilt.«

»Sie wollten nur sehen, wie Allenberg tickt.«

Vukasović nickte. »Bedauerlicherweise ist er clever und aalglatt, daher benötigen wir handfeste Beweise, um ihn des Kunstschmuggels zu überführen. Zugeben wird er nichts und momentan haben wir nicht einmal genug für einen Durchsuchungsbeschluss.«

»Wenn Sie mich nicht vom Einbruch abgehalten hätten, wüssten wir jetzt mehr.«

Vukasovićs Kollege schnaubte.

»Wie Sie wahrscheinlich bemerkt haben, ist der Zugang zu Allenbergs Wohnung kameraüberwacht und es wäre meinen Vorgesetzten schwer zu erklären, warum wir in einem solchen Fall nicht eingegriffen haben«, fuhr der Mann von Interpol fort. »Mein Ermittlerinstinkt sagt mir außerdem, dass wir in der Wohnung keine Hinweise finden würden. Dafür hat sich Allenberg als zu klug herausgestellt. Außerdem war er am Sonntag das letzte Mal hier, also können wir nicht sagen, ob er überhaupt noch in Hamburg ist oder längst woanders auf der Welt.«

»Und was machen wir jetzt?«, wandte sich Nik an den Ermittler. »Wie sollen wir ihn überhaupt finden?«

»Uns sind die Hände gebunden.« Er deutete auf sich und seinen Kollegen. »Wir benötigen einen begründeten Verdacht oder einen stichhaltigen Beweis, um mehr Kompetenzen zu bekommen.«

»Welche Kompetenzen wären das?«

»Eine Überprüfung der hier im Haus genutzten Handys und Verbindungen.«

»Und was würde das bringen?«

»Wenn man alle Anrufe überprüfen würde, könnte man möglicherweise ein häufiger genutztes Mobiltelefon isolieren, das keinem der Hausbewohner gehört oder auf einen falschen Namen läuft«, fuhr Vukasović fort. »Dann könnte man mit GPS-Daten eine Art Karte darüber erstellen, wo sich der Besitzer aufgehalten hat.«

»Keine schlechte Idee, aber wie kann man feststellen, dass besagtes Mobiltelefon Allenberg und nicht jemand anderem gehört?«

»Indem man besagte Karte analysiert.« Er zeigte ein kurzes Lächeln. »Würde man Häufungen im Museum, am Hafen, der Kunsthalle und bei Caspar von Wendel finden, wäre der Benutzer höchstwahrscheinlich Gustav Allenberg.«

»Ein interessanter Ansatz«, gab Nik zu. »Ich kenne jemanden, der das bewerkstelligen könnte. Aber dazu müsste ich telefonieren und einer Anzeige wegen versuchten Einbruchs entgehen.«

»Das lässt sich bewerkstelligen.« Vukasović blickte eindringlich zu seinem Kollegen, der nur mürrisch den Kopf schüttelte. »Unter der Voraussetzung, dass die besagte Information auch zu mir durchdringt.« Er griff in seine Tasche und reichte Nik eine Visitenkarte.

»Ich schaue, was ich machen kann«, erwiderte Nik und steckte diese ein.

»Dann möchten wir Sie nicht länger aufhalten.« Vukasović deutete auf die Tür. »Viel Erfolg bei Ihren weiteren Ermittlungen.«

* * *

»Und die Typen von Interpol haben dich einfach so gehen lassen?«, wollte Jon wissen.

»Das war Verzweiflung«, erklärte Nik. »Manche Ermittlungen kommen an einen toten Punkt, weil einem die Mittel wie Durchsuchungsbeschlüsse und Ähnliches fehlen. Die Lösung des Problems liegt quasi vor einem, aber die Vorschriften verhindern den Erfolg. Deswegen hat mich die Arbeit bei der Kripo so frustriert. Du kannst dir nicht vorstellen, wie viele Kriminelle wegen einer Formalie am Ende davongekommen sind.«

»Daran soll es nicht scheitern«, erwähnte Jon. »Aber dazu müssen wir zuerst einmal Allenberg finden.«

»Wie das gelingen kann, hat Vukasović angedeutet.« Nik wiederholte, was der Mann zu ihm gesagt hatte.

»Generell funktioniert es auf diesem Weg«, stimmte Jon zu. »Aber der Aufwand ist immens. Zuerst benötige ich eine Übersicht über Allenbergs Nachbarn und die Umgebung. Damit kann ich nach dem Ausschlussverfahren immer mehr Verbindungen streichen.«

»Klingt machbar.«

»Irgendwann kommt man zu einem Ergebnis, aber dafür muss ich zuerst die Masten in der Nähe hacken. Später alle möglichen Provider von den klassischen Telefonanbietern bis zu den Supermarktketten. Da sind die ausländischen Firmen noch nicht dabei.«

»Wie lange?«, fragte Nik ungeduldig.

»Ich werde mich bei der Suche noch bei einer KI bedienen, was es immens beschleunigt, aber der Zeitaufwand hängt wirklich davon ab, wie groß die Vielfalt an Providern ist.« Jon schien einen Moment nachzudenken. »Wenn es gut läuft, habe ich morgen Abend etwas.«

»Und was soll ich bis dahin machen?«

»Ich habe gehört, dass der Hafen ganz schön ist. Und die Fischbrötchen schmecken auch.«

Nik wollte etwas erwidern, als ein Postbote mit einer großen Tasche an ihm vorbeiging.

»Vielleicht habe ich doch noch eine Idee, mich zu beschäftigen«, sagte er mit einem Lächeln.

Nik beendete das Gespräch und folgte dem Mann zurück ins Haus.

* * *

Als der Postbote wieder gegangen war, sah sich Nik noch mal im Treppenhaus um. Als er niemanden entdecken konnte, ging er zu Allenbergs Briefkasten, der mit L. Hemmer beschriftet war. Das Schloss war intakt und unversehrt, wenn auch von billigster Machart. Ebenso das Blech des Briefkastens. Nik zog seine Handschuhe über, steckte seinen Hausschlüssel in eine Ritze unten, bis er zwei Finger hineinschieben konnte. Dann griff er mit der anderen Hand in den Briefschlitz und zog daran. Mit einem Ruck war der Kasten offen.

Er war bis oben hin mit Papier gefüllt. Nik stopfte alles in seine Jacke und verließ das Haus schnellen Schrittes. Hundert Meter weiter setzte er sich auf eine Parkbank, schmiss alles an Werbung in einen Mülleimer und blätterte die verbliebenen Briefe durch. Vieles stammte von Behörden, einer Krankenkasse, der Verkehrsüberwachung oder aus dem Rathaus. Keine Nachricht war irgendwie persönlich. Doch inmitten der Post lag eine Karte vom Hamburger Hafen. Das Bild war von oben aufgenommen und zeigte eine Reihe von Containern am Boden. Einen davon hatte der Kran hochgezogen. Im Hintergrund konnte man ein Schiff erkennen. Die Aufnahme war allerdings etwas zu dunkel geraten.

Nik nahm sein Handy aus der Tasche und wählte Jons Nummer.

»Das ging aber schnell«, sagte dieser. »Wenn du normalerweise dumme Sachen machst, meldest du dich erst, nachdem dich die Polizei wieder freigelassen hat.«

»Wie kommst du darauf, dass ich etwas Dummes gemacht habe?«

»Man merkt das deiner Stimme an. Es ist ein hörbares Grinsen. Das machst du nur, wenn du etwas Illegales getan hast. Wie ein Kind, das gerade Süßigkeiten aus Omas Glas stibitzt hat.«

»Ich habe meine Oma nie beklaut«, bemerkte Nik. »Und was Süßigkeiten betrifft, solltest du besser meinen zuckersüchtigen Mitbewohner befragen.«

»Ein anderes Mal«, sagte Jon. »Was hast du getan?«

»Allenbergs Briefkasten aufgebrochen.«

»Das ist ja harmlos.«

»Er war schon ein paar Tage nicht mehr geleert geworden«, ignorierte Nik die Bemerkung. »Eine Menge Werbung und Behördenbriefe. Das einzig Interessante ist eine Postkarte vom Hamburger Hafen.«

»Jemand schickt einem Hamburger eine Karte vom Hafen?«, entgegnete Jon ungläubig.

»Das ist nicht das einzig Seltsame.« Nik hielt die Karte hoch. »Das Papier ist dünn und an den Rändern ungleich geschnitten. Die Aufnahme des Hafens ist nicht hochwertig, der Hintergrund ist zu dunkel. Der Schriftzug ›Grüße aus Hamburg‹ ist schief.«

»Eine selbst gemachte Karte«, schloss Jon.

»Das ist auch meine Vermutung«, bestätigte Nik.

»Das ist heutzutage kein Problem mehr. Man kann ein Bild bereits mit der billigsten Software bearbeiten und dann bei einem Drogeriemarkt ausdrucken.«

»Der Text lautet: Hallo Laurenz. Es ist schön hier am Hafen. Auf ein baldiges Wiedersehen.«, las Nik vor. »Darunter kein Name. Dafür aber zwei Zahlen notiert. 292 und 1845.«

»292 wird der 29. Februar und 1845 wird die Uhrzeit sein. Viertel vor sieben.«

»Verdammt clever«, erkannte Nik an. »Da können die Behörden alles mit Kameras überwachen, das Handy knacken und seine E-Mails lesen. Dass Allenberg per Postkarte kommuniziert, darauf würden sie niemals kommen.« Er betrachtete die Karte nochmals. »Und hätte der Absender sich etwas mehr Mühe gegeben, wäre es auch mir entgangen.«

»Bedauerlicherweise ist heute der 1. März, daher war das Treffen gestern«, erklärte Jon. »Und der Containerhafen ist zu groß und zu unübersichtlich, dass irgendjemandem etwas Ungewöhnliches aufgefallen sein könnte.«

»Irgendwelche Meldungen bei der Polizei Hamburg?«

»Die habe ich schon überprüft, als du auf dem Weg in die Hansestadt warst. Da war in letzter Zeit einiges los, aber es passierte weder etwas am Containerhafen, noch gab es einen Vorfall, der mit Allenberg zu tun haben könnte.«

»Der Poststempel ist aus Hamburg, aber darüber werden wir keine Rückschlüsse ziehen können«, sagte Nik nachdenklich. »Doch mit etwas Glück war der Verfasser nachlässig und hat einen Fingerabdruck hinterlassen, der bei der Zustellung nicht verwischt worden ist.«

»Über diesen glücklichen Zufall wäre ich dankbar«, sagte Jon. »Aber selbst wenn wir einen Fingerabdruck isolieren können, muss der Versender der Postkarte noch in der AFIS-Datenbank sein. Ohne kriminellen Hintergrund ist er das nicht.«

»Eine bessere Idee habe ich nicht.«

Jon schien etwas zu tippen. »Ich schaue im Internet, wo es in Hamburg Fingerabdruckpulver zu kaufen gibt. Wenn du einen Abdruck isolieren kannst, genügt mir ein Handyfoto für besagte Datenbank.«

Kurz darauf brummte Niks Handy. Jon hatte ihm einen Link geschickt.

»Ein Spielzeugladen?«, kommentierte Nik. »Na, wenn es uns weiterhilft«, murrte er noch.

»Ein Taxi ist zu deinem Standort unterwegs«, sagte Jon. »Melde dich, wenn du etwas hast.«

* * *

Nik hatte es sich vor dem Fernseher in seinem Hotelzimmer bequem gemacht. Auf seinem Bauch lag eine Tüte Chips, in seiner Linken war die Fernbedienung und in seiner Rechten ein Bier. Auf dem Couchtisch war die mit schwarzem Pulver bestäubte Karte, auf der er mehrere Fingerabdrücke hatte isolieren können. Von der Ähnlichkeit der Bögen gehörten sie zu ein und derselben Person. Er hoffte, dass es der Verfasser der Karte war, nicht der Verkäufer, der Postbote oder jemand aus dem Verteilerzentrum.

Er zappte gerade zu einem französischen Sportkanal, als sein Handy brummte.

»Das ging aber schnell«, bemerkte er, als er das Gespräch angenommen hatte.

»Die Suche hat keine zwei Minuten gedauert«, erklärte Jon. »Dann erhielt ich einen Treffer für einen gewissen Urs Utech.«

»Urs Utech?«, wiederholte Nik. »Den Namen habe ich noch nie gehört, aber wenn mich meine Eltern so genannt hätten, wäre ich auch kriminell geworden.«

»Utech ist kein großer Fisch. Er wurde wegen Hehlerei und Schmuggels angeklagt und zu einer Bewährungsstrafe verurteilt. Das war im Jahr 2019. Seitdem nichts mehr.«

»Für Hehler und Schmuggler muss der Hamburger Hafen das Paradies sein.« Nik nahm die Chips von seinem Bauch und stand auf. »Gibt es noch etwas Interessantes über ihn?« Er trank noch einen Schluck Bier und stellte die Flasche auf den Couchtisch.

»Ich habe einen Eintrag als Bürgergeldempfänger gefunden. Das bezieht er seit 2020, daher ist er nicht der Postbote, der die Karte eingeworfen hat.«

»Der Postbote für Allenbergs Haus hatte auch Handschuhe an«, erinnerte sich Nik.

»Was bei den Temperaturen verständlich ist.«

»Mit etwas Glück ist Utech unser Mann.« Nik sah auf die Uhr. Es war kurz nach 20 Uhr, also noch nicht mitten in der Nacht. »Wo wohnt er?«

»Für Hamburger Verhältnisse nicht weit von deinem Hotel. Aber willst du nicht bis morgen früh warten, bis ich eine umfassende Suche gestartet habe?«

»Wozu?«

»Utech ist dreiunddreißig Jahre alt, in Hamburg geboren und lebt noch immer dort. Ich habe eine Adresse für dich, aber das war es schon. Zusammen mit den Vorstrafen ist das ziemlich wenig.«

»Der Täter ist uns um Tage voraus. Wir müssen jede Stunde nehmen, die wir aufholen können.« Nik schlüpfte in seine Schuhe.

»Nur weil Utech lediglich für eher harmlose Verbrechen wie Hehlerei und Schmuggel angeklagt wurde, kannst du nicht davon ausgehen, dass er kein gewalttätiger Irrer mit einer abgesägten Schrotflinte unter dem Bett ist.«

»Du und mein blaublütiger Mitbewohner kennt mich doch.« Nik griff nach seiner Lederjacke. »Also warum diskutiert ihr immer noch mit mir, wenn ich mir etwas in den Kopf gesetzt habe?«

»Weil wir unverändert auf Einsicht und Vernunft hoffen. Das hätte uns schon einigen Ärger und dir einen Krankenhausaufenthalt erspart.«

»Zeitverschwendung.« Nik steckte die Postkarte in seine Jacke und verließ das Hotelzimmer.

»Da wären wir wieder bei dem Ochsen und dem Ins-Horn-Zwicken«, bemerkte Jon seufzend.

»Auf der anderen Straßenseite ist ein Taxistand«, erklärte Nik, während er die Treppe nach unten ging. »Also beweg deine Finger und schicke mir Utechs Adresse auf mein Handy. Vielleicht lässt er sich heute Abend noch zu einem Plausch überreden.«

»Mit großem Vergnügen«, erwiderte Jon, ohne seinen Sarkasmus zu verbergen. »Sicherheitshalber schaue ich, wo sich die nächste Polizeidienststelle befindet.«

* * *

Obwohl sich Wohnblocks die ganze Straße entlangzogen, wirkte die Gegend nicht heruntergekommen. Der Taxifahrer hatte ihn nicht komisch angeschaut, als er ihm die Adresse gesagt hatte. Die Häuser waren dreistöckig, mit einer grau gestrichenen Fassade, bis auf den Eingangsbereich, der orange gehalten war. Die kleinen Grünflächen davor waren für die kalte Jahreszeit in gutem Zustand.

An einer Bushaltestelle standen ein paar Jugendliche zusammen, aber da die Kids auf ihre Handys konzentriert waren, musste Nik sich keine Sorgen machen, dass einer mit ihm Streit anfangen würde, weil sein Testosteron mit ihm durchging und er seinen Kumpels etwas beweisen wollte.

Er nahm sein Telefon heraus und betrachtete Utechs Foto, das Jon irgendwoher besorgt hatte. Der Mann wirkte hager, mit ungekämmten blonden Haaren, die er bis zum Kinn hatte wachsen lassen, was ihm überhaupt nicht stand. Seine Nase war ungewöhnlich lang und der Dreitagebart verdeckte nur unzureichend eine Narbe am Kinn. Er hatte die Lippen nach vorne geschürzt. Wahrscheinlich sollte sein lässiger Blick in die Kamera cool sein, er bewirkte aber eher das Gegenteil.

Nik hob den Kopf von seinem Handy, um nach der Hausnummer zu schauen, als Utech auf ihn zukam. Er sah genau wie auf dem Bild aus, nur waren seine Haare noch länger. Bedauerlicherweise war Nik von dem plötzlichen Auftauchen überrumpelt, sodass er seine Überraschung nicht verbergen konnte.

Wie jeder Kleinkriminelle hatte auch Utech eine Art sechsten Sinn, daher rannte er los.

»Och, nein!«, sagte Nik frustriert und lief ihm hinterher. Er hasste Verfolgungsjagden. Vor allem die zu Fuß.

Bedauerlicherweise stellte sich Utech als guter Läufer heraus, sodass Nik schon nach fünfzig Metern Rennen wusste, dass er den Mann niemals fangen würde. Er hatte zwar seine gefälschte Marke dabei, aber kein Krimineller blieb auf den Ruf: »Halt, Polizei!« tatsächlich stehen. Einzig ein Warnschuss hätte hier helfen können, doch Nik hatte seine Waffe in München gelassen.

Im selben Moment als sich Utech zu ihm umdrehte, trat eine ältere Dame mit Einkaufskorb zwischen zwei geparkten Autos hervor auf den Gehweg. Utech konnte ihr gerade noch ausweichen, riss ihr dabei aber den Korb aus der Hand, sodass die Einkäufe auf den Boden fielen.

»Du Drecksau!«, schrie die Frau ihm wenig damenhaft hinterher.

Nik nutzte die Gunst der Stunde, hob eine Dose geschälte Tomaten auf und warf sie mit aller Kraft. Der Wurf war erstens zu weit und auch viel zu stark nach rechts. Die Dose traf eine Straßenlampe, prallte nach links an den überhängenden Ast einer Kastanie, wo sie wieder die Richtung änderte und von vorne direkt auf Utechs Stirn krachte. Der Schlag war so hart, dass er nach hinten umkippte.

»Das war Absicht«, rief Nik. Nur mit Mühe unterdrückte er ein kindisches Lachen, denn bei seiner mangelnden Sportlichkeit hatte er nicht erwartet, ihn zu treffen.

Nik lief zu Utech, der noch immer benommen war und stöhnend die Hände auf die Stirn presste.

»Bei dem trüben Wetter fliegen die Konservendosen wieder tiefer.« Nik zog seine Marke aus der Tasche. »Kripo Hamburg. Ich hätte ein paar Fragen an Sie.«

Utech sah zu ihm auf, als hätte er eine Marienerscheinung. Vielleicht war der Kopftreffer noch härter gewesen, als Nik befürchtet hatte.

»Ich war es nicht«, murmelte Utech.

»Sie werden nicht glauben, wie oft ich das schon gehört habe.« Nik half ihm auf die Füße. »Und es war jedes Mal gelogen.«

Utech hatte sich gerade wieder gefangen und schien alleine stehen zu können, als ihn ein Schirm im Gesicht traf und wieder zu Boden gehen ließ.

»Du Drecksau!«, schrie die ältere Dame. »Meine ganzen Eier sind kaputt. Wie soll ich jetzt meinen Kuchen backen?« Sie schlug weiter auf den am Boden liegenden Mann ein, der den linken Arm schützend über den Kopf gelegt hatte, während er wegzukriechen versuchte.

»Kripo Hamburg.« Nik stellte sich vor die Frau und zeigte seine Marke. »Sie können von dem Mann ablassen. Ich kümmere mich darum.«

»Einen Schiet mache ich.« Jetzt war es Nik, der die Schläge abbekam.

»Bitte beruhigen Sie sich«, sagte er, was die Frau noch weiter anzustacheln schien. Sie zischte ein paar Worte, die Nik nicht verstand, die aber nicht besonders freundlich klangen. Als Nik vor ihr zurückwich, folgte sie dem wegkriechenden Utech und prügelte erneut auf ihn ein.

Schließlich packte Nik den Mann am Arm, zog ihn hoch und stolperte mit ihm weiter den Gehweg entlang, bis sie in Sicherheit waren.

»Verfluchte Alte«, sagte Utech und rieb sich den Hinterkopf. Erst dann schien er zu realisieren, dass Nik bei der Kripo war. Er wollte wieder losrennen, aber Nik packte ihn am Kragen seiner Jacke und zog ihn zu sich. »Wenn du noch einmal wegläufst, ziehe ich meine Dienstwaffe und schieße dir in den Rücken.«

Die leere Drohung wirkte, denn Utech riss die Augen auf und hob die Hände. »Alles gut, Herr Kommissar. Ich bleibe genau hier stehen.«

Nik ließ seine Jacke los.

»Was hast du mit Laurenz Hemmer am Laufen?«, begann er ohne Umschweife.

»Mit wem?«

Nik packte ihn wieder am Kragen und zog ihn zu sich.

»Okay. Okay«, beschwichtigte Utech hektisch. »Ach, Sie meinen Laurenz?« Er fuchtelte mit den Armen. »Wir sind alte Freunde.«

»Und was verbindet euch beide?«

»Wir lieben Kunst, vor allem antike Kunst«, antwortete Utech mit einem Grinsen. »Wir sitzen oft stundenlang zusammen und reden darüber.«

»Macht ihr das?«, fragte Nik zweifelnd. »Über antike Kunst reden?«

»Letzte Woche sprachen wir über die Prinzessin.« Er schnippte mit den Fingern. »Nofre... petra«, stotterte er. »Deren Gesicht im Museum steht.«

»Erstens heißt die Frau Nofretete«, erklärte Nik. »Und sie war außerdem keine Prinzessin, sondern die Gemahlin von Pharao Echnaton.«

»Die meine ich.« Utech hob beide Daumen.

Nik zog die Postkarte aus seiner Jacke und zeigte sie ihm. »Was wolltest du gestern Abend mit Hemmer am Hafen?«

»Am Hafen?«, fragte der Mann verwundert. »Was soll ich dort? Gerade am Abend ist es ...«

Nik packte ihn wieder am Kragen und zog ihn zu sich. »Du redest jetzt oder ich bringe dich zurück zu der Alten mit dem Schirm.«

Utech sah den Gehweg entlang, wo die Frau noch immer ihre Einkäufe zusammensuchte.

»Mit Handschellen an den Füßen, damit du nicht weglaufen kannst«, fügte Nik hinzu.

Schließlich erschlaffte Utech in Niks Griff. »Ich kenne Leute dort«, sagte er.

»Welche Art Leute?« Nik ließ ihn wieder los.

»Leute, die für die Abfertigung zuständig sind und bei kleineren Sachen wegschauen.«

»Kleinere Sachen wie antike Kunst aus anderen Ländern?«

Utech nickte.

»Was hatte Hemmer geplant?«

»Wir bekamen eine Lieferung aus dem Tschad. Irgendwelche Sachen aus dem Reich Kanem-Bornu oder wie das heißt.«

»Und du hast dafür gesorgt, dass die Sendung ohne Überprüfung ausgehändigt wurde?«

Utech nickte.

»Und Hemmer hat dich dafür bezahlt?«

Wieder ein Nicken.

»Ist gestern irgendetwas Ungewöhnliches passiert?«

»Ja. Hemmer erschien nicht.«

»Wo war er?«

»Ich weiß es nicht.« Utech wirkte ehrlich. »Er hat vorher noch nie eine Lieferung verpasst.«

»Hat er sich bei dir gemeldet?«

»Irgendetwas muss passiert sein«, antwortete er. »Sobald er die Postkarte erhält, kommt er zu mir und klemmt einen Werbeflyer aus München unter den Scheibenwischer meines Autos. Dann weiß ich, dass er die Nachricht erhalten hat.«

»Und dieses Mal?«

»Nichts. Ich hatte echt Schiss, dass ihn die Bullen hochgenommen haben, aber ich musste an den Hafen und meine Leute bezahlen. Sonst hätte ich noch mehr Probleme bekommen.«

»Und wo ist die Lieferung jetzt?«

»Habe die Kiste unter einer Parkbank außerhalb vom Hafen abgelegt. Irgendjemand wird sie schon gefunden haben.« Er hob abwehrend die Hände. »Ich kümmere mich nur um die Sendung«, erklärte er. »Wie Hemmer an die Sachen kommt und was er dann damit macht, weiß ich nicht.«

»Hast du noch eine zweite Möglichkeit, dich mit Hemmer in Verbindung zu setzen? Außer einer Postkarte?«

»Ich habe nur seine Adresse«, erwiderte er kopfschüttelnd. »Keine Telefonnummer. Keine Mail.«

Nik unterdrückte einen Fluch. Seinem Ziel war er keinen Schritt näher gekommen. Er streckte die Hand aus. »Dein Handy.«

»Was wollen Sie mit meinem Handy?«

»Ich rufe einen Kollegen von Interpol an. Dem erzählst du genau die gleiche Geschichte. Und mit etwas Glück kommst du mit einem blauen Auge davon.«

Murrend zog Utech sein Telefon aus der Tasche. Nik wählte Vukasovićs Nummer und reichte das Handy nach einer kurzen Erklärung an Utech zurück. Dieser wiederholte alles für den Interpolmann.

Währenddessen sprach Nik mit Jon. Aber sein Freund wusste auch nicht weiter.

* * *

Nik hatte nicht gut geschlafen. Ihm gingen zu viele Dinge durch den Kopf und ihm fehlte seine Wohnzimmerwand, an der er alle seine Gedanken sortieren konnte.

Schließlich hatte er nach einem kurzen Frühstück das Hotel verlassen und war zum Hafen gelaufen. Es war kalt, windig und es regnete, trotzdem genoss Nik die Ruhe des frühen Morgens. In der starken Brise vermeinte er den Geruch das nahen Meeres zu riechen. Er nahm es sich immer wieder vor, aber er gönnte sich viel zu wenige Momente solcher Entspannung. Gerade im Winter verbrachte er viel zu viel Zeit im Wohnzimmer vor dem Fernseher.

Schließlich holte ihn das Klingeln seines Handys zurück. »Guten Morgen, Jon«, begrüßte er seinen Freund. »Ich hoffe, du hast gute Nachrichten für mich. Die dauernden Rückschläge fangen an, mich zu frustrieren.«

»Die Bewohner des Hauses haben es mir leicht gemacht, sie sind fast alle beim gleichen Provider, sodass ich sie mit wenig Aufwand ausschließen konnte«, erklärte Jon. »Wie dein Freund von Interpol gesagt hat, gab es dort ein Handy, das nicht zu den anderen gepasst hat, alleine wegen der virtuellen Nummer eines britischen Providers.«

»Allenberg kennt sich mit so etwas aus?«

»Das ist nicht wirklich schwer«, erklärte Jon. »Man muss sich online registrieren, wählt ein Land aus und schon hat man eine virtuelle Nummer, mit der die Behörden nichts anfangen können.«

»Ein weiterer Beweis, dass Allenberg in krumme Geschäfte verwickelt ist.«

»Die Hinweise häufen sich«, stimmte Jon zu. »Erst der falsche Name, dann die virtuelle Nummer und Interpol überwacht ihn auch nicht wegen eines Strafzettels.«

»Kannst du ihn finden?«

»Ähnlich wie bei den Handys zuvor hat dieses schon fünf Tage kein Signal mehr gesendet.«

Nik fluchte hörbar. »Also hat er wieder eine neue Nummer?«

»Kann ich nicht mit Gewissheit sagen, nur so viel, dass Allenberg am Tag vor dem letzten Signal von Hamburg wieder zurück nach München ist.«

»Aber sein Auto steht doch noch immer auf dem Parkplatz.«

»Er muss ein anderes Transportmittel genutzt haben.«

»Wo genau in München ist er hin?«

»Da bin ich noch am Eruieren, denn ohne Provider lassen sich solche Daten nur mit viel Aufwand herausfinden. Ich gehe quasi von Sendemast zu Sendemast. Ohne KI-Unterstützung würde ich Wochen dafür benötigen. Ich habe nur einen Treffer am Bahnhof Altona erhalten, dann bin ich die möglichen Zugstrecken weiter über das Dammtor bis nach Hannover und Fulda, wodurch sich die Reise nach München logisch ergeben hat. Dort habe ich auch ein Signal außerhalb des Bahnhofs empfangen und genau dem folge ich gerade.«

»Wie lange benötigst du für ein Ergebnis?«

»Wenn es gut läuft, habe ich heute Abend die Analyse abgeschlossen, aber an deiner Stelle würde ich mich schon auf den Weg zurück machen, denn die Chance ist groß, dass Allenberg sich wieder in der Heimat aufhält.«

Kapitel 7

Das Navi führte Nik zu einer kleinen zweistöckigen Villa in Denning. Obwohl die Sonne noch nicht aufgegangen war, strahlte die Fassade in hellem Weiß. Eine akkurat geschnittene Hecke umgab den Vorgarten, der wegen des Winters etwas karg wirkte, die beiden kleinen Buchen hatten ihre Blätter abgeworfen und der Rasen mit den bräunlichen Schneeresten erschien schmutzig. In der offenen Zufahrt stand ein weißer Mercedes Cabrio, dessen Felgen zu sauber waren, als dass der Besitzer die letzten Wochen damit gefahren sein konnte. Nik ging an dem Auto vorbei zum Eingang.

Man brauchte kein Experte sein, um das Sicherheitsglas der bodentiefen Fenster zu erkennen, und auch die um das Haus angebrachten Kameras entsprachen dem neusten Sicherheitsstandard.

»Wer wohnt hier?« Nik hatte ein kabelloses Headset auf, das mit dem Handy in seiner Tasche gekoppelt war.

»Deniel Zaedow«, antwortete Jon. »Ein Finanzberater, der an einigen mittelständischen Firmen der Region beteiligt ist.«

»Und offensichtlich erfolgreich«, bemerkte Nik mit neidischem Blick auf den 300 SL in der Einfahrt. »Um hier hineinzukommen, benötigt es einen Profi«, erklärte Nik. »Ich kann einfache Schlösser knacken, aber das ist eine andere Liga. Schauen wir doch mal, ob der Hausherr ein Frühaufsteher ist.« Er klingelte und zog seine gefälschte Kripomarke aus der Tasche.

Nik wartete einen Moment, aber es passierte nichts. Kein Hund bellte, keine Schritte ertönten und niemand fragte, was er hier wolle. Er läutete ein weiteres Mal, noch immer kam keine Reaktion.

Nik ging ein paar Schritte die Einfahrt zurück und betrachtete die Fenster. Nirgends ging ein Licht an. »Entweder hat Zaedow einen guten Schlaf oder er ist nicht zu Hause«, sagte er.

»Er hat ein Büro in Gräfelfing, aber ich weiß erst seit gestern Nacht, dass Allenberg sich länger hier aufgehalten hat. Das ist auch der Ort, an dem sein Handy ein letztes Mal gesendet hat. Vor fünf Tagen.«

Nik sah auf seine Uhr. »Es ist kurz vor sieben. In seinem Büro wird noch niemand sein.« Er legte die Hand auf die Haube des Wagens. »Der Motor ist eiskalt und nach den sauberen Felgen zu schließen wurde das Auto schon eine Weile nicht mehr benutzt. Vielleicht ist er verreist.«

»Wäre eine Möglichkeit«, gab Jon zu. »Gehe wieder nach Hause und ich versuche, jemanden im Büro zu erreichen. In zwei Stunden wissen wir mehr.«

Nik betrachtete die Garage. Sie war etwa zweieinhalb Meter hoch. Dahinter konnte er eine große Eiche sehen, daher hatte Zaedow vermutlich noch einen Garten hinter dem Haus.

»Ich will mich erst noch etwas umsehen.«

»Hast du den göttlichen Fingerzeig mit Interpol in Hamburg nicht verstanden?«, fragte Jon. »Du willst wirklich ins Gefängnis.«

»Die Kameras haben mich längst erfasst«, erklärte Nik. »Das macht keinen Unterschied mehr.«

»Es macht sehr wohl einen Unterschied, ob man an einer Tür klingelt und wieder geht oder ob man um das Haus streift. Lass mich in seinem Büro anrufen und nachfragen.«

Nik lief zur Garage, stieg auf den Zaun und zog sich an der Regenrinne hoch auf das Dach. »Bis du dort jemanden erreichst, ist es wieder hell und ich verliere den Vorteil der Dunkelheit.«

»Was bei der heutigen Überwachungstechnik kein Vorteil mehr ist«, erklärte Jon genervt.

Glücklicherweise war das Dach stabil, sodass Nik ohne Probleme zum Garten hinter dem Haus gelangen konnte. Er war kaum zweihundert Quadratmeter groß, doch auch hier konnte man Zaedows Reichtum erahnen. Die Terrasse war mit Marmor ausgelegt, der Rasen um die Eiche war frei von Unkraut und am Zaun entlang zogen sich Rosensträucher, die im Sommer sicherlich prachtvoll anzusehen waren.

Nik ließ sich vorsichtig hinunter und kam neben einem abgedeckten Whirlpool zum Stehen.

»Entweder schläft Zaedow noch oder die Polizei ist in zwei Minuten hier«, sagte Nik mit Blick auf die Kamera unter dem Balkon.

»In letzterem Fall sollte man dich nicht auf seinem Grundstück erwischen«, mahnte Jon.

Nik ging zu der Terrassentür und legte seinen Kopf dagegen. Da die Vorhänge zugezogen waren, konnte er nicht viel erkennen. »Keine Bewegung und kein Licht«, murmelte er. »Vielleicht muss ich mich auf den Balkon schwingen, um etwas zu sehen.«

Jon wollte gerade etwas erwidern, als Nik einen eigenartigen Geruch wahrnahm. »Warte kurz«, unterbrach er seinen Freund.

Er schloss kurz die Augen. Er kannte diesen Geruch, süßlich und beißend. Egal, wie oft man ihn wahrgenommen hatte, man konnte sich nicht daran gewöhnen.

Er ging weiter nach links die Terrasse entlang, bis er an ein kleines Fenster gelangte, das leicht gekippt war. Er atmete tief ein und wandte dann vor Ekel den Kopf ab. Der Gestank kam von innen.

»Ruf Naumann an«, sagte er und schüttelte sich. »In Zaedows Wohnung liegt eine Leiche.«

* * *

Der Gestank in dem Badezimmer war kaum zu ertragen, sodass Naumann, die Hand auf die Nase gepresst, nur einen kurzen Blick hineinwarf. An der Wand neben der Toilette saß ein dicklicher Mann mit einem Loch in der Stirn, in dem sich Maden eingenistet hatten. Das Gesicht war bläulich verfärbt. Das Blut der Wunde hatte sich mit einer schmutzig roten Flüssigkeit aus der Nase verbunden, war über das Kinn gelaufen und hatte schließlich einen bräunlichen Fleck auf den Fliesen gebildet. Die Venen an den Armen der Leiche stachen grünlich heraus, wobei ein Arm unterhalb des Ellenbogens abgetrennt war. Die Augen blickten starr nach vorne und der Kopf lehnte am Toilettenkasten. Zahllose Fliegen schwirrten zornig umher, als fühlten sie sich von der Anwesenheit der Kriminaltechniker und des Rechtsmediziners gestört, der gerade Larven mit einer Pinzette in ein Reagenzglas füllte.

Am hinteren Teil der großen Badewanne ragten zwei beschuhte Füße über den Rand, also gab es noch eine zweite Leiche, doch deren Zustand würde er unter den Umständen nicht selbst begutachten. Der Gestank ließ Naumann würgen, obwohl seine Hand immer noch fest auf die Nase gedrückt war.

Er ging zurück ins Wohnzimmer, wo gnädigerweise die Tür zur Terrasse geöffnet war, damit etwas frische Luft hereinkommen konnte. Er begab sich in eine Ecke, damit die

Kriminaltechniker den 3D-Laserscanner aufstellen konnten, um den Tatort aufzunehmen.

»Ich werde mich nie daran gewöhnen können«, sagte Danilo, als er mit vor Ekel verzogenem Gesicht aus dem Bad kam.

»Wer sind die Toten?«, fragte Naumann. Er hatte sich an die Terrassentür gestellt und atmete erleichtert die kalte Luft ein.

»Der Mann neben der Toilette wird der Hausbesitzer Deniel Zaedow sein«, erklärte sein Kollege. »Er verdiente sein Geld mit Vermögensanlage und war offensichtlich erfolgreich damit.« Danilo deutete in dem Wohnzimmer umher. An der rechten Wand befand sich eine kleine Kinoleinwand mit imposanten Lautsprechern an den Seiten und einem Beamer an der Decke. Die davorstehende Couch bot Platz für mindestens zehn Personen. Auf dem Parkettboden lagen aufwendig geknüpfte Teppiche und der Couchtisch aus dunklem Kastanienholz war mit einer Art Glasschicht überzogen.

»Das ist das Fernsehzimmer«, erklärte Danilo weiter. »Im ersten Stock gibt es noch eine Bibliothek, ein Büro und eine Art Verköstigungszimmer mit einer Bar und einem Schrank voll teurer Spirituosen.«

»Hätte er besser mehr Geld in seine Sicherheit investiert«, bemerkte Naumann.

»Die Kollegen haben mit der Analyse noch nicht angefangen, aber dem ersten Eindruck nach wirkt sicherheitstechnisch alles sehr hochwertig, von den Schließzylindern über die Fenster bis hin zur Überwachungsanlage.«

»Und wie ist der Täter hereingekommen?«

»Einbruchsspuren haben wir noch keine gefunden, also war der Täter entweder sehr gut oder er kannte Zaedow.«

»Ist das zweite Opfer in der Badewanne Gustav Allenberg?«
Danilo nickte.

Naumann unterdrückte ein Stöhnen. »Was ist hier bloß los?«, murmelte er.

Sein Kollege wollte etwas anmerken, als der Rechtsmediziner aus dem Bad kam. Er zog die Kapuze vom Kopf und stellte sich neben Naumann.

»Ein klassischer Doppelmord«, begann er. »Beide Toten haben eine Kugel im Kopf, wobei das Opfer in der Badewanne offensichtlich gefoltert wurde.«

Danilo gab ein abfälliges Geräusch von sich.

»Wegen der fleckigen Grünverfärbung und des Durchschlagens des Hautvenennetzes würde ich den Todeszeitpunkt irgendwo zwischen vier und sechs Tagen vor heute verorten«, fuhr der Rechtsmediziner fort, während er sich die Handschuhe auszog. »Dazu passen auch der bereits eingesetzte Austritt von Fäulnisflüssigkeit aus der Nase und das Stadium der Fliegenlarven.«

»Wann bist du mit der Untersuchung fertig?«, fragte Naumann.

»Den vorläufigen Bericht hast du in zwei Stunden in deinem Posteingang. Aber die Kriminaltechniker werden noch eine Weile den Tatort inspizieren müssen, ehe wir die Leichen zur Rechtsmedizin bringen können. Die Obduktionsergebnisse liegen dann frühestens morgen Abend vor. Die davon abgeleiteten Spuren wie DNS und Fasern sind dabei noch nicht eingerechnet.«

»Der vorläufige Bericht wird genügen, um die entsprechenden Stellen ruhig zu halten und etwas für die Presse zusammenzustellen«, sagte Naumann.

»So etwas habe ich schon lange nicht mehr gesehen«, sagte der Rechtsmediziner und wischte sich über die schweißigen Haare. »Wer immer das getan hat, ist ein eiskalter, skrupelloser Irrer. Wenn die Öffentlichkeit davon erfährt, habt ihr keine ruhige Sekunde mehr, daher würde ich an deiner Stelle alle verfügbaren Kräfte zusammenholen, damit ihr den Täter schleunigst zu fassen bekommt. So jemand sollte nicht frei herumlaufen.«

* * *

Wenn Allenbergs Tod einen Vorteil hatte, dann dass sie binnen weniger Minuten einen Durchsuchungsbeschluss für seine Wohnung erhalten hatten. Die Kollegen von der Kripo Hamburg hatten ihre Ermittlungen abgeschlossen und überließen jetzt ihnen das Feld.

Obwohl Vukasović nur Fotos von Allenbergs Münchner Wohnung gesehen hatte, erkannte er, dass der Unterschlupf seines Alias Laurenz Hemmer dieser doch sehr ähnelte. Auch hier war jeder Zentimeter mit Bücherregalen vollgestellt. Doch selbst diese hatten nicht ausgereicht, denn auch auf dem Boden lagen zahlreiche Wälzer über Kunst und Geschichte. Die Luft war trocken und abgestanden.

»Der Typ war doch nicht richtig im Kopf«, murmelte sein Partner Nikolei, als er aus der Küche kam. »Selbst unter dem Esstisch ist ein Stapel Bücher.«

Vukasović öffnete den Kühlschrank. Darin waren nur vertrocknete Tomaten und ein Stapel Fertiggerichte vom Discounter. »Irgendetwas, das uns weiterbringt?« Er schloss die Tür wieder.

Nikolei schüttelte den Kopf. »Das einzig Ungewöhnliche bleibt die Kamera am Fenster.« Er deutete hinter sich. »Die Kripo hat das Ding bereits eingepackt, aber vom Hersteller zu schließen war es billige Chinaware, die es an jeder Ecke zu kaufen gibt. Von der Auflösung her ungeeignet, um irgendetwas auszuspionieren, vor allem nicht an dieser Stelle.« Er schüttelte ungläubig den Kopf.

»Der Täter wollte nichts ausspionieren, er wollte nur wissen, wann Allenberg wieder zu Hause war«, schloss Vukasović. »Und zwar ohne dass wir davon erfahren haben.«

»Der Täter wusste von uns?«

»Schwer zu sagen«, gab Vukasović zu. »Aber unabhängig davon ist das eine bessere Methode, als in das Haus einzudringen und eine Kamera vor der Wohnung zu installieren, denn der Gang ist kahl und leer, was das Verstecken schwer gemacht hätte.«

»Das haben wir selbst gemerkt, deshalb haben wir uns einen dicken Fußabstreifer geholt und die Kamera damit getarnt«, erklärte Nikolei.

»Die Küche liegt nach hinten zu den Parkplätzen, wo auch die Müllbunker sind.« Vukasović öffnete das Fenster und sah hinaus. Etwas rechts von ihnen stand ein schwarzer Müllcontainer. »Den kann man ohne Probleme näher an das Haus schieben und wenn man sportlich ist, kommt man lange genug an das Fenster, um eine Kamera anzukleben.«

»Aber Allenberg wurde in München erschossen. War es derselbe Täter? Oder waren es zwei verschiedene?«

»Ich weiß es nicht«, gab Vukasović zu. »Wir werden auf die Kripo München warten müssen. Denn obwohl wir jetzt Zugang zu Allenbergs Wohnung erhalten haben, sind wir keinen Schritt weitergekommen.«

* * *

Dass Balthasar nicht nur mit einer großen Tasse Kräutertee, sondern auch mit einer Schüssel Brezeln ins Wohnzimmer kam, zeigte, dass die Besprechung heute Abend lang dauern würde. Auch Kara flog herbei und nahm auf der Couchlehne Platz. Wie immer sah der Graupapagei gespannt in Richtung

Freisprechanlage, als freue er sich auf die neuesten Informationen, die Jon bald präsentieren würde.

Nik stopfte sich noch die Reste seines Frikadellenbrötchens in den Mund, bevor er den Beamer anschaltete. Wie auf ein geheimes Zeichen hin klingelte das Telefon.

»Ich hoffe, du hast etwas Neues«, sagte Nik kauend, als er das Gespräch annahm und auf die Freisprechanlage schaltete. Wie immer verzichtete er auf eine Begrüßung.

»Ich wünsche euch auch einen schönen Abend«, erwiderte der Computerexperte. »Und ja. Wie überall zu lesen ist, gibt es einiges Neues.«

»Doppelmord in München«, sagte Balthasar mit dramatischem Unterton. »So lautet zumindest die Schlagzeile der Abendzeitung.«

»Die Obduktion ist noch nicht abgeschlossen, aber es ist offensichtlich, dass es ein Doppelmord war.« Das Bild des toten Zaedow erschien links auf der Wand. Daneben eine Aufnahme von Allenberg in der Badewanne.

»Ein klassischer Kopfschuss«, erklärte Balthasar und deutete auf die Aufnahme von Zaedow. »Die fehlende Stanzmarke und die Pulvereinsprengungen zeigen, dass der Täter die Waffe nicht aufgesetzt hat. Aber die Entfernung war gering. Sind das hinter dem Kopf Teile des Gehirns an der Wand?«, fragte er noch. »Das lässt sich bei der Kameraperspektive nicht gut erkennen.«

»Sind es«, bestätigte Jon. »Der Hausherr wurde im Bad in dieser Position erschossen. Bei Allenberg sieht die Sache allerdings anders aus.«

Der Tote lag in der Badewanne, die Arme an die Brust gedrückt. Auch ihm fehlte ein Unterarm. Die verbliebene Hand war zur Faust geballt und der Mund in einem letzten Schrei geöffnet. Die Augen waren zusammengepresst, als hätte der Staatsanwalt vor seinem Tod große Schmerzen erlitten. Aus dem linken Auge war Flüssigkeit über die Wange gelaufen.

Das blutgetränkte Hemd war an der Vorderseite zerrissen und ließ mehrere Schnitte auf der Brust erkennen. Ähnlich wie bei Zaedow hatte er ein großes Loch in der Stirn.

Balthasar erhob sich von der Couch und trat mit der Tasse in der Hand näher an das Bild heran. Er deutete auf den Hals und die Schulter. »Die Grünverfärbung ist der von Zaedow ähnlich, ebenso wie die Hautvenennetzung. Bei ihm gab es noch keinen Austritt von Fäulnisflüssigkeit, trotzdem dürften beide etwa zum gleichen Zeitpunkt getötet worden sein. Aber das wird die Obduktion ergeben.«

»Die Schnitte an der Brust sind Folterspuren?«

»Von einem sehr scharfen Messer«, stimmte der Pathologe zu. »Die Schnittwunden sind geradlinig und die Wundränder glatt, daher hat der Täter das Messer schnell über die Haut gezogen. Bei einer sägenden Bewegung wäre der Rand gezackt. Die Schnitte sind nicht tief, dafür ungewöhnlich lang, was darauf schließen lässt, dass der Täter Allenberg Schmerzen zufügen wollte, ohne ihn ernsthaft zu verletzen.«

»Warum macht man so etwas?«, fragte Jon.

»Aus Sadismus oder im Rahmen einer Befragung«, antwortete Balthasar. »Wobei Schnitte über die Brust bezüglich Schmerzen harmlos sind«, führte er weiter aus. »Da gibt es schlimmere … Verfahren, die viel qualvoller sind.«

»Das war der Grund, warum der Täter Allenberg gesucht hat«, schloss Nik. »Er wollte etwas von ihm wissen, was er in den Unterlagen der Staatsanwaltschaft nicht gefunden hat.«

»Aber wie passt das andere Opfer dazu?« Balthasar setzte sich wieder auf die Couch. »Der Name Zaedow war mir bis heute Morgen noch unbekannt.«

»Das fragt sich die Kripo auch«, antwortete Jon. »Wie Allenberg ist Zaedow ein Freund von Kunst und Geschichte. Allenberg stand in Zaedows Telefonliste, wenn auch nur mit einer alten Nummer. Vor fünf Tagen erhielt Zaedow morgens einen Anruf von jener Nummer, die uns von Allenbergs Wohnung in Hamburg zurück nach München geführt hat. Dieses Telefonat dauerte weniger als zwei Minuten, aber wenn wir den ungefähren Todeszeitpunkt berücksichtigen, könnten die beiden Männer am Abend desselben Tags erschossen worden sein.«

»Fünf Tage«, murmelte Nik. »Wir holen den Vorsprung des Täters nicht auf.«

»Gibt es irgendeinen Hinweis, was der Täter von Allenberg wollte? Oder was er als Nächstes vorhat?«, wollte Balthasar wissen.

»Die Kriminaltechnik ist noch im Haus und die Obduktionen laufen«, erklärte Jon. »Aber in den vorläufigen Berichten wird kein Wort darüber verloren. Nicht einmal spekuliert.«

»Wenn ich mir die Schnittwunden auf Allenbergs Brust ansehe, hat der Täter, was er wissen wollte«, sagte Nik. »Diese Folter hält niemand lange durch.«

»Betrachte auch sein rechtes Auge.« Balthasar zeigte auf das Bild. »Was dort herausgelaufen ist, ist wahrscheinlich eine Mischung aus Blut und Glaskörperflüssigkeit.«

»Kranker Mistkerl«, murmelte Nik.

»Wie hat der Täter Allenberg gefunden?«, wollte der Pathologe wissen. »Dass er in Hamburg unter einem falschen Namen lebte, wussten nur die wenigsten. Wenn wir nicht über den Kriposerver von seinem Auto in Tornesch erfahren hätten, hätte Jon nicht die Bildersuche gestartet.«

»Der aufgebrochene Safe und die beiden Bilder in Allenbergs Wohnung in München«, erklärte Nik. »Wir wissen nicht, was im Safe und auf den Bildern war, aber wenn es einen Hinweis auf Hamburg, Allenbergs falschen Namen oder seine Wohnung gegeben hat, wird das dem Täter genügt haben. Schließlich hatte er genug Zeit, bis wir ihm auf die Spur gekommen sind.«

»Der Server wurde am Samstag gehackt«, erläuterte Jon. »An diesem Wochenende wird der Täter in Allenbergs Münchner Wohnung eingebrochen sein. Dort hat er den Staatsanwalt nicht angetroffen, aber Hinweise gesammelt.«

»Wir sind am Mittwoch erst auf Allenberg gekommen und erst montags war ich in Hamburg«, ergänzte Nik. »Das ist eine Menge Zeit.«

»Und deinen neuen Freunden von Interpol ist nichts aufgefallen?«, wollte Balthasar wissen. »Schließlich war der Täter in Hamburg und hat eine Kamera an einem Fenster angebracht.«

»Der Täter hatte entweder sehr viel Glück oder er hat einen Riecher für Kripobeamte«, sagte Nik. »Ich tippe auf Ersteres.«

»Das musst du mir erklären.« Balthasar nippte am Tee und nahm sich danach eine Brezel aus der Schüssel.

»Die beiden Interpol-Beamten haben es clever gemacht«, begann Nik. »Der Flur war leer, daher haben sie eine Kamera an ihrem Fußabstreifer befestigt, die man nur bei sehr genauem Suchen erkennen konnte. Wenn man jemanden wie Allenberg beobachtet, der sehr vorsichtig agiert und sogar einen Tarnnamen hat, muss man die maximale Paranoia dieser Leute einberechnen. Mit anderen Worten, unser Staatsanwalt hätte eine Kamera bemerkt, wenn sie in der Nähe seiner Wohnung angebracht worden wäre.«

»Das klingt schlüssig«, bemerkte Balthasar.

»Da sich der Täter bisher klug und umsichtig gezeigt hat, wird er die ungünstigen Bedingungen für eine Kamera bemerkt haben«, fuhr Nik fort. »Daher hat er eine Linse am Küchenfenster angebracht. Somit konnte er sehen, ob Allenberg zu Hause war oder wann er das Haus betreten hat. Die beiden von Interpol waren nur auf die Eingangstür der Wohnung konzentriert, wo ihnen der Täter nicht aufgefallen ist.«

»Oder er hat die Interpol-Beamten bemerkt und hat seine Befragung von Hamburg nach München verlegt«, schloss Balthasar.

»Dass ihm die Beamten aufgefallen sind, wäre eine Möglichkeit«, gab Nik seinem Mitbewohner recht. »Aber Vukasović hat mir mitgeteilt, dass Allenberg das letzte Mal am Sonntag in seiner Hamburger Wohnung gewesen ist, einen Tag nachdem die Bombe in der Staatsanwaltschaft hochgegangen ist. Wenn der Täter am Sonntagabend oder am nächsten Tag dort angekommen ist, könnte er die Geduld verloren haben, denn es konnte nur eine Frage der Zeit sein, bis die Kripo ihm auf die Spur kam.«

»Und warum hat er Allenberg nach München gelockt?«, wollte Balthasar wissen. »Warum hat er ihn nicht in Hamburg gefasst? Da gibt es auch dunkle Ecken.«

»Mit einem Mord durchzukommen ist nicht leicht«, erklärte Nik. »Kein Mörder bei Trost würde das gerne in einer fremden Stadt machen. Daher war die Idee, Allenberg nach München zu locken, nachvollziehbar.«

»Er hätte ihn auch in seine Wohnung in Hamburg rufen können. Die Tatsache berücksichtigend, dass er nichts von Interpol in der Wohnung nebendran gewusst hat«, fügte Balthasar noch hinzu.

»Aber mit welcher Begründung?«, fragte Nik. »Da fallen mir nur fadenscheinige Dinge wie Brand oder Wasserrohrbruch ein. Aber einen Freund aus München als Grund zu nehmen, ist unauffällig. Mit der Pistole an der Stirn wird Zaedow genau gewusst haben, wie er Allenberg zu sich nach Hause locken konnte.«

»Mistkerl«, murmelte Balthasar und nahm sich wieder eine Brezel.

»Leider ein sehr kluger Mistkerl mit unverändert großem Vorsprung«, ergänzte Nik.

»Kehren wir wieder ins Hier und Jetzt zurück«, sagte Balthasar. »Haben sich bei den Morden an Allenberg und Zaedow Spuren gefunden?«

»Aktuell nichts«, sagte Jon.

»Was ist mit der Überwachungsanlage?«, fragte Nik. »Die gehört zu den modernsten auf dem Markt.«

»Alles gelöscht.«

Nik fluchte.

»Geht das so leicht?«, wunderte sich Balthasar. »Sollten solche Anlagen nicht genau dagegen geschützt sein?«

»Sind sie, es sei denn, jemand bricht ein, hält dem Hausbesitzer eine Pistole an den Kopf und fragt ihn nach dem Passwort.«

Dieses Mal war es an Balthasar, zu fluchen, wobei seine Wortwahl weniger vulgär als die seines Mitbewohners war.

»Der Mörder hat außerdem die Kameras ausgeschaltet, sodass er das Haus verlassen konnte, ohne erfasst zu werden«, erklärte Jon weiter. »Die Kripo hat mit der Befragung der Nachbarn begonnen, aber erfahrungsgemäß werden mit jedem verstrichenen Tag die Erinnerungen ungenauer.«

»Eine Beschreibung des Täters wird uns wenig nützen, denn sein echtes Gesicht zeigt er bestimmt nicht«, sagte Nik. »Ein Taxi hat er nicht genommen, und sollte er mit dem Auto unterwegs gewesen sein, hat er es nicht in der Nähe geparkt. Für einen Hinweis müsste uns schon ein großer Zufall zu Hilfe kommen.«

»Wir müssen wieder warten«, schloss Balthasar.

»Stand heute gibt es keine weitere Spur, der wir folgen können«, stimmte Jon zu.

»Ich vergrabe mich in dem vorläufigen Bericht und warte, was in den nächsten vierundzwanzig Stunden noch alles hereinkommt«, erklärte Nik.

»Vielleicht ergibt sich auch bei der Obduktion etwas Interessantes«, ergänzte Balthasar.

»Dann schließen wir uns morgen um diese Zeit wieder kurz«, fasste Jon zusammen. »Und besprechen den aktuellen Stand der Ermittlungen.«

* * *

Naumann schloss die Tür zu seinem Büro und ließ sich auf seinen Stuhl sinken. Es war ein schwieriger Tag gewesen, der größtenteils aus Telefonaten mit Presse, Würdenträgern oder Politikern bestand, die zu viel schlechte Kriminalliteratur lasen. Denn eine andere Erklärung hatte der Kripochef nicht, warum diese Leute glaubten, dass ein Doppelmord solcher Art am nächsten Tag aufgeklärt wäre und die Täter im Gefängnis saßen.

Als würde es das Karma heute besonders schlecht meinen, klingelte sein Handy. Das Display zeigte Nik Pohl an.

»Guten Abend, Nik«, sagte er müde. »Ich mache es kurz. Es gibt keine neue Spur zu unserem Killer.«

»Danke für die Info, aber etwas genauer hätte ich es schon gerne.«

Naumann stöhnte. Vor Kurzem wäre es noch undenkbar gewesen, dass sie mehr als ein paar allgemeine Floskeln austauschten, aber Nik hatte sich als wichtiger Treiber des Falls herausgestellt. Wieder einmal, was dem Kripochef überhaupt nicht gefiel, nutzte Nik Methoden, die alles andere als legal waren. »Die Durchsuchung des Badezimmers hat keine neuen Spuren ergeben. Vor allem nichts von unserem unbekannten Mörder. Die Obduktion hat nur das bestätigt, was wir schon wussten, und da der Täter die Festplatte der Überwachungsanlage ausgebaut hat, haben unsere IT-Forensiker genau nichts, was sie wiederherstellen können.«

»Wer ist der Kerl? Batman?«

»Nur ein Profi, der viel zu viel Vorsprung hat und unter den Umständen keinen Fehler begehen wird.« Naumann rieb sich über das Gesicht. »Bis morgen früh muss ich einen Bericht verfassen, der uns nicht wie Vollidioten aussehen lässt, aber ich habe keine Ahnung, wie ich das machen soll. Die Presse wird kein gutes Haar an uns lassen.«

»Ich kann dir leider auch nicht weiterhelfen.« Niks Bedauern klang echt. »Ich stecke ebenso in der Sackgasse. Einzig das Motiv scheint klar zu sein. Es geht um einen Fall, den Allenberg zu seiner Zeit als Staatsanwalt verhandelt hat.«

»Die sind alle schon viele Jahre her und auf die eine oder andere Weise abgeschlossen«, wandte Naumann ein. »Was könnte so wichtig sein, dass jemand Teile der Staatsanwaltschaft in die Luft sprengt und vier Leute ermordet?«

»Das frage ich mich schon den ganzen Tag ohne Antwort«, sagte Nik. »Wie geht es jetzt weiter?«

»Die Ermittlungen sind noch nicht abgeschlossen und wir suchen jeden Zentimeter in Zaedows Wohnung ab, aber ich bin nicht optimistisch, dass wir noch etwas finden. Unser Gegner ist zu clever.« Naumann griff nach der Kaffeetasse auf seinem Schreibtisch und trank einen Schluck. »Die Gerichtsmedizin hat die Leiche freigegeben, sodass die Verwandten und Freunde Allenberg begraben können. Vielleicht passiert da etwas.«

»Überprüft ihr die Gäste der Trauerfeier?«

»Jeden Einzelnen, aber wir haben so wenige Informationen zu dem Täter, dass er ein gesuchter Verbrecher sein müsste, damit unser System anschlägt. Mit der Vorstellung tue ich mich aber schwer.« Eine Zeit lang war es still in der Leitung, sodass Naumann nicht wusste, ob sein ehemaliger Kollege noch am Apparat war.

»Vielen Dank für die offenen Worte«, sagte Nik schließlich. »Wenn ich noch eine Idee habe, melde ich mich.«

* * *

Als Nik den Anruf von Jon angenommen hatte, ließ er sich auf die Couch fallen und schloss kurz die Augen. »Nichts«, sagte er. »Keine Spuren, keine Hinweise, denen wir folgen können, oder sonstige Indizien, die uns weiterführen würden.«

»Auch die Obduktion hat unsere Vermutungen nur bestätigt, ohne weitere Erkenntnisse zu liefen.« Balthasar trug einen türkisfarbenen Bademantel, der sichtlich über seinem Bauch spannte. Auf sein Gesicht war eine weiße Masse aufgetragen, die Nik an Spachtelmasse erinnerte. In der Hand hielt er eine große Tasse mit dampfendem Kräutertee. Kara hatte es sich auf seiner linken Schulter bequem gemacht und kaute an einer Nuss. »Wie wir vermutet haben, wurde Zaedow sofort erschossen und Allenberg vor seinem Tod gefoltert, wenn auch eher plump.«

»Was meinst du mit plump?«, wandte sich Nik an seinen Mitbewohner.

»Menschen zu foltern ist nicht schwer«, begann der Pathologe. »Man kann ihnen Schnittwunden verpassen, Knochen mit einem Hammer kaputt schlagen und Ähnliches. Aber erfahrene Folterer kennen Schmerzpunkte und andere Stellen, wo sie mit wenig Aufwand und noch weniger Blut selbst den stärksten Mann zum Reden bringen. Dazu muss man niemandem das Auge ausstechen.« Er trank einen Schluck Tee. »Ich habe keine Ahnung, ob das noch relevant sein könnte, aber Foltern gehört nicht zu seinen Stärken.«

»Was ist mit den abgetrennten Armen?«, fragte Jon.

»Postmortal«, antwortete Balthasar. »Von den Wundrändern zu schließen war das Tatwerkzeug wahrscheinlich eine Stichsäge.«

Nik schüttelte den Kopf. »Wozu trennt man seinen toten Opfern einen Arm ab?«

»Ich kann dir keine logische Erklärung dazu liefern«, erwiderte sein Mitbewohner. »Das Abtrennen von Händen dient dazu, die Identität des Opfers zu verschleiern, denn man kann dann keine Fingerabdrücke mehr nehmen. Aber erstens hat der Täter nur eine Extremität von Zaedow und Allenberg abgesägt, was unter den gegebenen Umständen keinen Sinn ergibt, schließlich war es offensichtlich, wer die Opfer waren, selbst ohne Arme. Außerdem wären die Fingerkuppen oder die Hand ausreichend gewesen, nicht nur der ganze Arm.«

»Mit jedem Tag werden die offenen Fragen mehr.« Nik verschränkte die Arme hinter dem Kopf und starrte zur Decke. »Wir stecken tiefer in einer Sackgasse als je zuvor.«

»Die Lösung liegt bei Allenberg«, sagte Jon.

»Der bedauerlicherweise tot ist«, bemerkte Nik. »Und der sich nach seinem Weggang von der Staatsanwaltschaft sehr verändert zu haben scheint.«

»Wurde nicht Allenbergs Umfeld bereits befragt?«, wollte Balthasar wissen.

»Seine Ex-Frauen und ehemalige Kollegen«, bestätigte Jon. »Aber da lässt sich nichts herauslesen, was wir nicht schon wissen. Allenberg war gewissenhaft, pedantisch, hat sich mit seiner Pensionierung völlig von seinem alten Umfeld entfernt und seitdem nie mehr die Staatsanwaltschaft betreten.«

»Wenn man die Interviews liest und hört, scheint das auch niemand zu bedauern«, erwähnte Nik. »Er war ein guter Staatsanwalt, aber wohl auch schwierig. Von seinen Mitarbeitern verlangte er den gleichen Einsatz wie von sich selbst, also auch am Wochenende und an Feiertagen, was ihm immer wieder Ärger mit dem Betriebsrat eingebracht hat.«

»Ich habe die Befragungen auch durchgearbeitet und trotzdem habe ich kein richtiges Bild von Allenberg vor mir«, sagte Jon.

»Es ist interessanter, was man zwischen den Zeilen der Interviews entdecken kann«, sagte Nik.

»Was meinst du?«, hakte Jon nach.

»Bei Staatsanwälten und Richtern findet man ab und an noch persönliche Elemente, seien es hitzige Diskussionen oder auch Aussagen, wie er sich zum Beispiel bei Weihnachtsfeiern verhalten hat«, erklärte Nik weiter. »Das ist bei seinem ehemaligen Stab überhaupt nicht der Fall. Diese Leute beantworten die Fragen nur so weit, wie sie müssen.«

Jon schien etwas zu tippen. »Du hast recht. Wenn ich mir die Aufzeichnungen der unmittelbaren Mitarbeiter von Allenberg ansehe, dann sind sie zeitlich sehr kurz.«

»Haben sie etwas zu verbergen?«, fragte Balthasar.

»Das glaube ich nicht«, widersprach Nik. »Ich vermute eher, dass sie nicht schlecht über ihren ermordeten Ex-Chef sprechen wollten.«

»Nehmen wir an, dass Allenberg kein netter Mensch war«, sagte Balthasar. »Inwieweit würde uns das nützen, wenn wir beispielsweise erfahren, dass er seine Leute angeschrien oder gegenüber Mitarbeiterinnen sexistische Witze erzählt hat?«

»Weiß ich nicht«, gab Nik zu.

»Wollen wir noch einmal mit einem ehemaligen Angestellten reden?«

»Dazu fehlt uns die Legitimation«, antwortete Nik kopfschüttelnd. »Und das sind Leute aus der Staatsanwaltschaft. Die kennen sowohl mich als auch ihre Rechte. Wenn sie gegenüber der Kripo verschlossen waren, werden sie mir noch nicht einmal Hallo sagen.«

»Ich kenne vielleicht jemanden.« Balthasar nippte an seinem Tee.

»Du hast Verbindungen zur Staatsanwaltschaft?«, wunderte sich Nik.

»Nein, aber zur Rechtsmedizin«, korrigierte Balthasar. »Dr. Pierre Gaillard.«

»Von dem habe ich gehört, habe aber nie mit ihm zu tun gehabt.«

»Pierre ist kein Mann, der sich mit einfachen Kripobeamten abgibt. Das hat er immer anderen überlassen«, sagte Balthasar mit hochgezogenen Augenbrauen. »Obwohl er fast nur noch Vorlesungen macht, war er zu seiner aktiven Zeit einer der besten seines Fachs und wenn ich ihn richtig bauchpinsele, dann habe ich einen Termin bei ihm.«

»Und er verrät dir alles, worüber Allenbergs Kollegen geschwiegen haben?«, erwiderte Nik ungläubig.

»Pierre ist an Eitelkeit nicht zu übertreffen«, antwortete Balthasar. »Er nutzt jede Gelegenheit, sich reden zu hören. Den Rest machen die Macarons.«

»Die Macarons?«, wunderte sich Jon.

»Vertraut mir einfach«, sagte Balthasar. »Dann wissen wir bald mehr über Allenberg.«

* * *

Schon zu Studienzeiten hatte Pierre seine Nase höher als die anderen getragen. Das hatte sicherlich auch mit seiner stattlichen Größe zu tun, obwohl er wegen seiner hageren Gestalt und seiner blassen Haut immer etwas kränklich wirkte. Seine Augenbrauen waren zu einem dünnen Strich gezupft und die Wimpern gefärbt. Die dichten schwarzen Haare waren aufwendig geföhnt und sein Oberlippenbart an den Enden gezwirbelt, wodurch er eher den Eindruck eines verrückten Professors als den eines seriösen Wissenschaftlers machte. Er trug einen frisch gebügelten weißen Arztkittel über Hemd und Anzughose.

»Schön, dich wiederzusehen.« Balthasar schüttelte ihm die Hand. In seiner Linken hatte er eine Schachtel mit hellroten Macarons aus der besten Pâtisserie der Stadt. Wie er vermutet hatte, ging Pierres Blick sofort zu dem Gebäck, nur kurz, aber lange genug, um Balthasar zu bestätigen, dass er mit seinem Bestechungsversuch richtiglag.

Sein Studienfreund führte ihn in sein Büro, wo auf einem Tisch schon zwei Tassen Kaffee warteten. Der Raum wurde offenbar weniger zum Arbeiten genutzt, dazu war der Schreibtisch viel zu aufgeräumt und die Bücher mit den dicken Rücken dienten wohl eher zum Angeben als zum Nachblättern. An der Wand hinter dem Schreibtisch hingen unterschiedliche Zertifikate und Auszeichnungen, alle eingerahmt, das Glas frei von Staub und in fast mathematischer Präzision angeordnet.

Balthasar nahm Platz, öffnete die Schachtel und schob sie näher an seinen Studienkollegen heran.

»Gustav Allenberg«, murmelte Pierre und nahm ein Macaron. »Wie bist du in diese Ermittlungen hineingeraten?« Pierre hatte einen leichten französischen Akzent. Obwohl sein Vater Franzose war, stammte seine Mutter aus Oberbayern und er hatte auch die meiste Zeit seines Lebens dort verbracht, daher fragte sich Balthasar, wie er zu diesem Akzent kommen konnte. Wahrscheinlich war es nur Show, um distinguierter zu wirken.

»Ich berate die Kripo in manchen Fällen«, log Balthasar und nippte an seinem Kaffee.

»Als Pathologe?«

»Ich habe viele Talente.«

»Was möchtest du über den Staatsanwalt wissen?«

»Ich versuche zu verstehen, wie er tickte«, übernahm Balthasar einen von Niks bevorzugten Ausdrücken. »Und hoffe, dadurch dem Mörder näher zu kommen.«

»Der Täter ist unbekannt?« Pierre versuchte, die Frage beiläufig klingen zu lassen, aber er presste leicht die Lippen aufeinander, eine Geste, die er immer dann machte, wenn er angespannt war.

»Momentan noch.« Balthasar stellte seine Tasse wieder ab. »Wie oft hattest du mit Allenberg zu tun?«

»Vier oder fünf Mal. Das ist aber schon einige Jahre her.«

»Waren es Fälle im Milieu des organisierten Verbrechens?«

Pierre nickte. »Die Opfer sind entweder erschossen oder auf eine andere Art hingerichtet worden.«

»Eine andere Art?«

Der Rechtsmediziner fuhr sich mit dem Finger über den Hals.

»Wie war die Zusammenarbeit mit Allenberg?«

Pierre hatte nach einem weiteren Macaron gegriffen und verharrte jetzt in der Bewegung. »Anstrengend«, sagte er schließlich. »Wie du weißt, sind meine Berichte von äußerster Genauigkeit.«

Balthasar nickte, obwohl er keine Ahnung hatte, wie gut Pierres Berichte waren. Vor allem glaubte er nicht, dass nur ein Wort von ihm persönlich geschrieben worden war, denn dafür hatte er seine Assistenten.

»Doch egal, wie ausführlich ich einen Sachverhalt ausgeführt habe, er wollte immer noch mehr Details.« Seufzend steckte er sich das Gebäck in den Mund.

»Hatte er das Fachwissen dazu?«

»Er war zwar kein Arzt«, stellte Pierre kauend klar. »Aber für einen Laien kannte er sich medizinisch besser aus als diese Kripobeamten, die einem ständig über die Schulter schauen.« Das Wort »Kripobeamten« versah er dabei mit einem verächtlichen Unterton. »Immerhin kritzeln die wenigstens nicht so viel«, fügte er noch hinzu.

»Kritzeln?«

»Allenberg war ständig am Schreiben.« Pierre fuchtelte hektisch mit der Hand. »Hier ein Wort, dort einen Pfeil, dann

206

eine Bemerkung und einen Verweis.« Er schlug die Hände zusammen und wandte den Kopf zur Decke. »Mon dieu! Die Akten waren ein einziges Chaos. Wie kann man so arbeiten?«

»Allenberg hat das immer gemacht?«

»Jedes Mal«, antwortete Pierre. »Manchmal hat er sogar selbst noch Fotos geschossen.«

»Er hat Fotos gemacht?«

Der Rechtsmediziner nickte. »Für seine Unterlagen.«

»Seine Unterlagen?« Balthasar betonte das erste Wort.

Ein weiteres Nicken. »Dass er nicht mit einem Aktenwagen angerückt ist, war ein Wunder.« Er nahm wieder ein Macaron. »Allenberg kam immer mit einer großen Ledertasche unter dem Arm. Dann hat er alles ausgepackt und angeordnet, als könnte er nur mit einem speziellen System arbeiten. Mein Büro sah dann aus, als wäre eine Papierbombe eingeschlagen.« Er steckte sich kopfschüttelnd das Macaron in den Mund, als müsste er die Erinnerung daran mit dieser Süßigkeit erträglicher machen. »Einmal hatte er sogar eine Metallkiste voller Akten bei sich.«

»Eine Metallkiste?«

»Damals ging es um einen Auftragsmord«, erklärte Pierre. »Eine Menge Leute waren sehr nervös, daher hatte er seine Unterlagen in einer Kiste verstaut, die man abschließen konnte. Mit dem Daumen.« Er hob den Finger hoch.

»Nicht mit einem Schlüssel?«, fragte Balthasar nach.

Pierre schüttelte den Kopf und hielt den Daumen hoch. »Neumodischer Quatsch«, murmelte er.

Balthasar stand auf. »Vielen Dank für deine Zeit, Pierre«, verabschiedete er sich. »Wenn der Fall abgeschlossen ist, komme ich mit etwas mehr Zeit vorbei.«

Sein Studienkollege schien über das schnelle Ende des Gesprächs verwundert zu sein, aber schließlich nickte er ihm zu. »Au revoir.«

Auf dem Weg zu seinem Auto nahm Balthasar das Handy aus der Brusttasche, das er zuvor auf Freisprechen gestellt hatte.

»Habt ihr das gehört?«, fragte er.

»Haben wir«, antwortete Nik. »Das erklärt einiges.«

»Gute Arbeit«, fügte Jon noch hinzu.

»Ich bin in dreißig Minuten zu Hause«, sagte Balthasar. »Dann nutzen wir diese Information, um weiterzukommen.«

* * *

»Dieser clevere Mistkerl«, sagte Nik anerkennend, als Balthasar zur Tür hereingekommen war. »Wir haben uns tagelang den Kopf zerbrochen, warum er den Opfern den Arm abgeschnitten hat, dabei ging es ihm nur um Allenbergs Daumen.«

»Eine gerissene Art, das zu tarnen«, ertönte Jons Stimme aus der Freisprechanlage.

»Ich habe die Berichte nicht so ausführlich gelesen wie Nik.« Balthasar nahm auf der Couch Platz. »Aber ich kann mich im Inventar und bei der Hausdurchsuchung an keine Metallboxen erinnern, die mit einem Daumenabdruck zu sichern waren.«

»Die gab es weder in München noch in Hamburg«, bestätigte Jon.

»Es wurden nicht einmal Akten zu alten Fällen gefunden«, ergänzte Nik. »Kein Blatt Papier.«

»Aber wo sind sie hin?«, wollte der Pathologe wissen. »Wenn der Täter sie mitgenommen hätte, wäre die Lücke in irgendeinem Schrank oder Regal aufgefallen. Ähnlich wie bei den Bildern.«

»Die wahrscheinlichste Möglichkeit ist, dass Allenberg sie mit der Pensionierung entsorgt hat«, sagte Jon. »Das würde zu einem gewissenhaften Mann passen.«

»Das mag logisch erscheinen, aber wenn Allenberg keine Akten mehr gehabt hätte, hätte sich der Täter nicht die Mühe machen müssen, den Opfern die Arme abzuschneiden«, warf Nik ein. »Unter der Folter wird Allenberg davon erzählt haben. Aus diesem Grund hat der Täter den Daumen mitgenommen.«

»Also gibt es noch einen dritten Ort«, schloss Balthasar. »Von dem weder wir noch die Kripo wissen.«

»Die Besitztümer von Allenberg wurden bereits überprüft«, erklärte Jon. »Außer der Wohnung in München hatte er kein weiteres Eigentum.«

»Wobei er in Hamburg sehr kreativ mit dem Verschleiern war«, bemerkte Balthasar. »Warum kein weiteres Mal in Köln oder Berlin?«

»Kein abwegiger Gedanke, aber über seine Bankverbindungen ließ sich nichts ableiten. Auch in den Grundbüchern ist er nicht als Besitzer eingetragen«, sagte Jon. »Wir können uns noch mal die GPS-Daten seiner alten Handys ansehen, aber abgesehen von der Wohnung in Hamburg waren da keine Auffälligkeiten dabei.«

»Fangen wir andersherum an«, schlug Nik vor. »Nach welchem Ort suchen wir?«

»Das Aktenversteck muss ruhig und abgelegen sein«, begann Balthasar. »Kein Schließfach am Bahnhof, bei dem er beobachtet werden kann.«

»Wenn es nur ein Ort zur Aufbewahrung sein muss, wäre der Bahnhof nicht völlig abwegig, denn dort sind die Unterlagen sicher«, warf Jon ein.

»Korrekt, wenn er die Akten nur gesammelt hätte«, erklärte Nik. »Aber ich erinnere mich an die Befragung einer Mitarbeiterin, die zu seinem Charakter etwas Interessantes gesagt hat.« Er schloss die Augen. »Eine Frau. Ramona und irgendwas mit Q im Nachnamen.«

»Ramona Quase war seine Assistentin bis zu seiner Pensionierung«, sagte Jon nach einem Moment. »Ich habe ein Gespräch mit ihr auf der Festplatte.«

»Spiel das Interview doch mal ab«, bat Nik. »Dort wird sie von dem Beamten zu verlorenen Fällen befragt.«

»Einen Moment«, sagte Jon.

Es dauerte eine Minute, dann begann die Aufnahme zu laufen. »Frau Quase«, hörte man die Stimme eines Mannes. »Wie war Herr Allenberg, wenn er nicht die geforderte Verurteilung erreicht hatte? Oder wenn es zu keiner Verurteilung kam? Akzeptierte er das mit einer professionellen Distanz oder nahm er es persönlich?«

»Er hatte dafür kein Verständnis«, antwortete eine Frau. »Direkt nach dem Urteil begann er uns zu erläutern, warum der Richter falschgelegen hatte und wie wir Revision einlegen würden. Diese Fälle wanderten dann in eine Art Wiedervorlage, die wir regelmäßig nachbearbeiten mussten, in der Hoffnung, ein neues Indiz oder einen Beweis zu finden, der den Sachverhalt ändern konnte.« Sie seufzte leise. »Wir hatten mit den aktuellen Fällen schon sehr viel Arbeit, aber diese Wiedervorlage zwang uns zu Überstunden in unmenschlichem Ausmaß.«

»Um wie viele Fälle handelt es sich?«

»Ich habe sie nicht gezählt.« Man konnte den Frust in der Stimme der Frau hören. »Aber bei meinem Eintritt in die Abteilung waren es mehr als zehn und jedes Jahr sind wieder neue hinzugekommen.«

»Hatte Herr Allenberg ein System, wann er einen alten Fall wieder hervorholte?«, fragte der Mann.

»Er behielt die wesentlichen Punkte im Kopf und sobald er eine Idee hatte, wie eine Neuaufnahme gelingen konnte, kam er am nächsten Morgen mit seinen kommentierten Akten ins Büro. Schon vor dem ersten Kaffee sprach er mit uns die Aspekte durch. Das wurde meist chaotisch. Es war schwer, seinen Gedanken zu folgen und seine Anmerkungen auf den Aktenkopien zu lesen.«

»Stopp!«, sagte Nik. »Habt ihr es gehört?«

Jon hielt die Aufnahme an.

»Er kam morgens mit kommentierten Akten ins Büro«, antwortete Balthasar.

»Und es waren Kopien«, ergänzte Jon. »Also hat Allenberg in seiner aktiven Zeit als Staatsanwalt Unterlagen zu Hause gehabt.«

»Wenn man sich die Befragung von Quase anhört, dann scheint er besessen gewesen zu sein«, sagte Nik.

»Was auch seine Frauen in Bezug auf seine Arbeit von ihm behauptet haben«, fügte Jon hinzu.

»Daher hat Allenberg am letzten Arbeitstag die verlorenen Fälle nicht einfach im Büro gelassen und ist in das Lotterleben eines Pensionärs versunken«, merkte Nik an. »Er hat sie mitgenommen.«

»Also zurück zur Bürosuche«, sagte Balthasar.

»Ein ruhiger Ort, an dem Aktenkartons nicht auffallen und an dem Allenberg alleine ist«, sagte Nik.

»Ein Freund wie Deniel Zaedow, der ihm sein Büro zur Verfügung stellt?«, schlug Balthasar vor.

»Eine gute Idee, aber Kopien von alten Fällen für den Privatgebrauch aufbewahren, darf nicht einmal ein pensionierter Staatsanwalt«, sagte Nik. »Ich halte es für unwahrscheinlich, dass Allenberg jemanden mit hineingezogen hat.«

»Dann vielleicht im Rahmen seines vielfältigen Engagements«, sagte Balthasar. »Ich helfe manchmal bei der Orga des CSD in München mit und gerade in den Tagen zuvor sind eine Menge Leute mit einer Menge Dingen beschäftigt. Da würden drei Kartons mit Akten in den Räumlichkeiten nicht auffallen und einen Schlüssel zu bekommen ist auch nicht schwer. Wenn ich über Ausdrucke vertieft wäre, würde niemand vermuten, dass ich etwas anderes mache als Arbeit für den CSD.«

»Welches Engagement haben wir bei Allenberg?«, wandte sich Nik an Jon.

»Eine Menge Mitgliedschaften in Vereinen, Gemeinschaften und Stiftungen«, antwortete Jon. »Über zehn in und um München.«

»Eine Mitgliedschaft oder eine Spende ist zu wenig«, sagte Nik. »Es muss eine stärkere Verpflichtung sein.«

»Er war Finanzvorstand bei einem Geschichtsverein in Sendling«, erwähnte Jon nach einem Moment.

»Könnte passen«, bemerkte Balthasar.

»Dort wurde aber schon ermittelt«, sagte Jon. »Die anderen Vorstandsmitglieder wurden befragt und auch sein Arbeitsplatz wurde durchsucht. Wenn sich Akten oder mit Daumenabdruck gesicherte Metallkisten gefunden hätten, wäre das im Bericht erwähnt worden.«

»Sonst noch eine vergleichbare Aktivität?«, fragte Nik.

»Nein«, antwortete Jon.

»Dann muss es dort sein.«

»Aber die Kripo hat schon nachgesehen«, wandte Balthasar ein.

»Jedoch nicht mit dem Wissen, das wir momentan haben«, widersprach Nik. »Sie werden nach Hinweisen für Allenbergs Verschwinden gesucht haben, nicht nach alten Akten.«

»Ich habe die Namen und die Kontaktdaten der anderen Vorstandsmitglieder vorliegen«, sagte Jon.

»Dann stelle mich zum ersten Vorsitzenden durch«, bat Nik. »Er wird sich nicht an einer Nachfrage seitens der Kripo stören.«

* * *

»Vernon von Blauensee«, meldete sich ein Mann mit nasaler Stimme.

»Guten Tag, Herr von Blauensee«, sagte Nik. »Mein Name ist Pohl, von der Kripo München.«

»Guten Tag, Herr Pohl«, begrüßte er ihn höflich. »Darf ich davon ausgehen, dass Ihr Anruf in Bezug zu Gustavs Ermordung steht?«

»Dürfen Sie.« Nik unterdrückte ein Grinsen, erinnerte ihn die gestelzte Art des Redens doch an seinen Mitbewohner. Er wunderte sich, dass Balthasar den Vorstand des Geschichtsvereins nicht kannte. »Haben Sie einen Moment Zeit für mich?«

»Natürlich.« Nik vernahm ein leises Schlürfen, als würde von Blauensee einen Schluck heißen Kaffee oder Tee trinken.

»Meine Kollegen haben den Arbeitsplatz von Herrn Allenberg im Geschichtsverein bereits besucht, aber wir vermissen noch immer Unterlagen, an denen er nach seiner Pensionierung gearbeitet hat. Könnte er das bei Ihnen im Verein gemacht haben?«

»Nun, undenkbar ist das nicht, aber ich habe Gustav nie aktiv arbeiten sehen. Er wollte immer seine Ruhe, daher hat er die Finanzen erstellt, wenn er alleine war.«

»War Herr Allenberg gewissenhaft?«

»Äußerst gewissenhaft«, erwiderte von Blauensee. »In seinen vielen Jahren als Finanzvorstand gab es keine einzige Beanstandung.«

»Hatte Herr Allenberg einen Schlüssel für die Räumlichkeiten?«

»Jeder Vorstand hat einen solchen.«

»Einen Moment«, bat Nik und schaltete auf Stumm. »Jon, gab es im Inventar von Allenberg einen Schlüssel für den Geschichtsverein?«

»Nein«, antwortete dieser. »Insgesamt wurden neun verschiedene Schlüssel in München und Hamburg gefunden und alle konnten entweder den Wohnungen oder dem Auto zugeordnet werden.«

»Also hat der Täter diesen möglicherweise an sich genommen«, vermutete Balthasar.

Nik hob die Stummschaltung wieder auf. »Herr von Blauensee«, begann er. »Wurde in den letzten Tagen in den Verein eingebrochen? Oder gab es dort ungewöhnlichen Besuch?«

»Ich war schon eine Woche nicht mehr im Geschichtsverein und ich habe weder von einem Einbruch noch von ungewöhnlichem Besuch gehört. Aber wenn es Ihren Ermittlungen dient, dann schließe ich Ihnen die Räumlichkeiten auf und Sie können sich selbst ein Bild davon machen.«

»Das wäre von großer Hilfe«, sagte Nik.

»Ich bin in einer Stunde dort.« Von Blauensee verabschiedete sich und beendete das Gespräch.

»Schick mir die Adresse des Geschichtsvereins auf mein Handy.« Nik stand von der Couch auf. »Vielleicht gibt es dort ein Versteck, das die Kripo beim ersten Besuch übersehen hat.«

* * *

Der Raum war so, wie man sich das Büro eines Geschichtsvereins vorstellte. Ein Altbau mit einer hohen Stuckdecke, Perserteppichen auf dem Boden, das Zimmer erleuchtet von einem Kristalllüster. Die Schreibtische waren Handarbeit und die Bürostühle mit ihren dicken Polstern glichen gemütlichen Sesseln. Mit den zahllosen alten Büchern in den Regalen wirkte dieser Ort etwas aus der Zeit gefallen. Nirgends fand sich ein Fernseher oder ein Computermonitor.

Vernon von Blauensee passte gut in dieses Ambiente, mit Anzug, weißem Hemd und Weste und einem plüschigen Schal um den Hals geschlungen. Seine Lackschuhe glänzten mit dem silbernen Knauf seines Gehstocks um die Wette. Nik hätte sich nicht gewundert, wenn er dazu noch ein Monokel getragen hätte.

»Guten Tag, Herr Pohl«, begrüßte er ihn und deutete auf einen kleinen Tisch mit zwei gepolsterten Stühlen. Von Blauensee schenkte ihnen Tee ein und reichte Nik eine Porzellantasse, nachdem er Platz genommen hatte. Dann deutete er auf einen Teller mit Ingwerkeksen, wie sie auch Balthasar so gerne aß.

»Vielen Dank für Ihre freundliche Begrüßung.« Nik nippte an dem Tee. Er hätte sich gewünscht, bei jeder Befragung so wohlwollend behandelt zu werden wie hier.

»Gustav Allenberg war ein sehr geschätzter Kollege«, sagte von Blauensee mit einem Nicken. »Der Kripo zu helfen, seinen Mörder zu finden, ist meine Bürgerpflicht.«

»Wir vermuten, dass der Mörder von Herrn Allenberg etwas gesucht hat.« Der Mann klang aufrichtig, daher versuchte es Nik mit der Wahrheit. »Es handelt sich um Akten aus seiner Zeit bei der Staatsanwaltschaft, von denen wir in der Wohnung keine gefunden haben. Aus diesem Grund bin ich hier.«

»Gustav hat Akten aus seiner aktiven Zeit aufbewahrt?«, wunderte sich von Blauensee. »Warum sollte er das getan haben?«

»Weil ihn die verlorenen Fälle nie losgelassen haben«, vermutete Nik.

Der Mann nippte nachdenklich am Tee. »Ich verstehe«, sagte er schließlich.

»Dieser Ort ist der einzige uns bekannte, an dem sich Herr Allenberg länger außerhalb seiner Wohnung aufgehalten hat und ungestört hätte arbeiten können.«

»Vielleicht ist das die Erklärung«, murmelte von Blauensee.

»Die Erklärung für was?«

Er stellte die Tasse auf den Tisch. »Wie ich Ihnen bereits gesagt habe, war Gustav ein sehr gewissenhafter Mann, der seine Arbeit tadellos verrichtet hat«, begann er. »Aber die

Finanzen unseres Geschichtsvereins sind übersichtlich. Wir ziehen einmal im Jahr unsere Beiträge ein. Dazu kommen noch einige Spenden. Größere Ausgaben haben wir nur bei unserem Empfang im Oktober und beim Druck unseres Jahresheftes. In Anbetracht dieses verhältnismäßig geringen Aufwands hat Gustav immer übermäßig viel gearbeitet.«

»Übermäßig?«

»Er war oft hier, meist am frühen Morgen, und hat Abrechnungen erstellt. Zumindest jedes Mal, wenn ich ihn dabei beobachtet habe«, fügte von Blauensee hinzu.

»Und die Zeit hätte es nicht benötigt, nur für die Abrechnung des Vereins?«

»Nicht für einen intelligenten Mann, wie Gustav einer war. Nicht einmal annähernd.«

»Also könnte er auch etwas anderes gemacht haben?«

Von Blauensee nickte und stand auf. »Aber was?« Er deutete auf die zahllosen Bücherregale. »Ich habe ihn nie etwas mitbringen oder mitnehmen sehen, außer vielleicht einen Notizblock und ein paar Belege. Sicherlich keine Akten.«

»Hinter den Büchern lassen sich Dinge verstecken.« Nik stellte seine Tasse auf den Tisch und stand ebenfalls auf.

»Ein paar Dokumente sicherlich, aber Mappen oder Kartons mit Akten?« Er schüttelte den Kopf.

»Tatsächlich suchen wir sogar kleine Metallcontainer.«

»Unmöglich«, murmelte von Blauensee, während er sich weiter umsah.

»Können Sie mir zeigen, wo Herrn Allenbergs Platz war?«

Der Mann ging zu einem kleinen Schreibtisch aus dunklem Kirschholz. Er war glatt poliert, mit einer Schreibunterlage aus Leder und einem Stifthalter, in dem sich drei silberfarbene Kugelschreiber befanden. Nik zog die einzige Schublade heraus. Darin lagen zwei Schreibblöcke und ein Kabel.

»Hier hat Gustav seinen Laptop aufbewahrt«, erklärte von Blauensee. »Den haben Ihre Kollegen schon mitgenommen.«

Nik erinnerte sich an den Bericht, in dem der Laptop erwähnt wurde. Doch außer den Abrechnungen schien Allenberg damit nichts gemacht zu haben. Selbst aus dem Browserverlauf war nichts abzulesen gewesen.

Nik nahm die Blöcke und das Kabel heraus. Dann zog er die Schublade weiter zu sich und tastete von unten an den Schreibtisch. Außer Holz spürte er nichts.

Schließlich zog er die Schublade ganz heraus. Auf ihrer Rückseite war ein Magnet angebracht, groß genug, um einen Schlüssel anzuhaften.

»Das gehört nicht zum ursprünglichen Schreibtisch«, bemerkte von Blauensee überrascht. »Aber es ist groß genug, um einen Schlüssel zu verstecken«, schien er Niks Gedanken zu erraten.

»Herr Allenberg hatte doch einen Schlüssel?«

»Mit dem er den Haupteingang und das Büro öffnen konnte.«

»Gibt es hier noch weitere Räumlichkeiten, für die man einen anderen Schlüssel benötigt?«

»Nur den Keller«, antwortete er nach einem Moment des Nachdenkens.

»Kann Herr Allenberg dort Akten versteckt haben?«

»Unten sieht es ähnlich aus wie hier«, erklärte von Blauensee. »Viele Regale mit Büchern und Ordner mit Belegen oder Bilanzen, die wir zehn Jahre aufbewahren müssen. Ich bin nur wenig dort, aber lassen Sie uns nachsehen.« Er zog seinen Schlüsselbund aus der Tasche. »Eigentlich ist das der einzige Schlüssel für den Keller.« Er deutete auf einen Schlüssel mit langem Halm und einfachem Bart.

Er war von alter Machart. Nik vermutete, dass diese Art seit mindestens fünfzig Jahren nicht mehr hergestellt wurde.

»Dieser Schlüssel lässt sich sehr leicht kopieren. Da genügen ein Wachsabdruck und etwas flüssiges Metall.«

»Lassen Sie uns nachsehen«, sagte von Blauensee. Dann ging er, gefolgt von Nik, zum Keller.

* * *

Die Glühbirne war ebenfalls von alter Machart, sodass es einen Moment dauerte, bis genug Licht im Raum war. Der Boden war mit Fliesen ausgelegt und die Luft erstaunlich frisch für einen fensterlosen Keller. Auch hier standen Regale voller Bücher an den Wänden, dazwischen Aktenordner und Kartons, auf denen mit großen Lettern »Rechnungen« geschrieben stand. Nik zog seine Handschuhe an und nahm eine der Kisten heraus. Tatsächlich wurden darin Kassenzettel, Handwerkerrechnungen und andere Bons aufbewahrt. Alles aus dem Jahr 2019.

Nik ging Kiste um Kiste durch, aber nirgends fand er Unterlagen aus der Staatsanwaltschaft.

»Ich habe keine Ahnung, wo man hier Akten verstecken könnte«, sagte von Blauensee.

Nik betrachtete den Boden, nirgends zeigte er Schleifspuren, also waren die wahrscheinlich ohnehin fest an den Wänden verschraubten Regale nicht bewegt worden. Er schloss kurz die Augen und versuchte, sich in Allenberg hineinzuversetzen. Das Versteck konnte nicht zu kompliziert sein. Der Boden war unwahrscheinlich, weil man für einen Karton ein großes Loch hätte graben müssen, daher blieb eigentlich nur das Bücherregal. Das Versteck war vermutlich nicht in Kopfhöhe, damit niemand zufällig darauf stoßen konnte, also entweder in Bodennähe oder weit oben. Allenbergs Körpergröße berücksichtigend eher ganz oben. Die Regale waren nicht so hoch wie im Erdgeschoss, aber für die oberste Reihe musste sich Nik auf die Zehen stellen.

Allenberg war sogar ein Stück größer als er gewesen, während von Blauensee gerade einmal 1,70 Meter maß.

Nik fuhr mit den Fingern an den Rücken der oberen Bücher entlang. Die meisten waren mit Leder gebunden, aber eine Reihe fühlte sich anders an. Es waren ungefähr dreißig Werke, in einem dunklen Rot gehalten.

»Was sind das für Bücher?«

Von Blauensee kam näher und betrachtete den Einband. »Keine Ahnung«, sagte er nach einem Moment. »Sie sind nicht beschriftet.«

Nik sprang ein Stück hoch, packte eines der Bücher am oberen Rand und zog es zu sich. Doch statt eines Buchs fielen ihm die ganzen dreißig entgegen.

Erschrocken wichen er und von Blauensee zurück, bis Nik bemerkte, dass es nur ein Pappaufsteller war, innen hohl, eigentlich für Dekorationszwecke gedacht. Dahinter standen drei Kartons. Daneben ein Metallkasten, der jedoch nur die Hälfte der Regalhöhe einnahm.

Von Blauensee ging zur Eingangstür und nahm eine kleine Trittleiter von einem Haken an der Wand. Nik stellte sich darauf und beleuchtete den Metallkasten mit seinem Handy. Es befanden sich Kratzer darauf, aber kein Staub. Statt des üblichen Schlosses war es mit einem kleinen Touchpad ausgestattet, groß genug für den Daumen.

»Ist es das, was Sie suchen?«, fragte von Blauensee.

»Das ist es«, bestätigte Nik. »Aber wir sind zu spät.«

* * *

Als Nik Naumann anrief, hörte Jon über die Freisprechanlage zu. Balthasar hatte mit einer Tasse Tee in der Hand auf der Couch Platz genommen. Kara saß auf der Lehne und pickte Nüsse aus einer Schale.

»Hallo, Pohl«, meldete sich der Kripochef.

»Ich habe Allenbergs Aktenversteck gefunden«, begann Nik ohne Begrüßung. »Im Geschichtsverein, in dem er Finanzvorstand war.« Er gab Naumann eine kurze Zusammenfassung.

»Clever«, bemerkte der Kripochef.

»Leider zu spät«, sagte Nik. »Der Täter war uns wieder voraus.«

»Wie kommst du darauf?«.

»Ich schicke dir noch ein Bild, aber eine der beiden Metallkisten fehlt«, erklärte er. »Auf der vorhandenen Kiste sind scharfe Kratzer, aber kein Staub. Also hat etwas Metallisches darauf gestanden, das beim Herunterziehen die Einkerbungen verursacht hat. Außerdem fehlt der Schlüssel zu dem Raum, den Allenberg für sich anfertigen lassen hat.«

»Also war der Täter im Geschichtsverein.«

»Den Schlüssel hatte er von Allenberg, ebenso wie die Information, wo die Akten versteckt sind.«

»Gibt es in dem Gebäude Sicherheitsvorkehrungen?«

»Nur Brandmelder«, erklärte Nik. »Die Schlösser und Türen sind okay, aber da der Täter die Schlüssel hatte, war das kein Hindernis. Und Kameras sind nicht installiert.«

»Wahrscheinlich können wir uns eine Untersuchung durch das KTI sparen«, bemerkte Naumann.

»Allenbergs Mörder hat nicht einmal Spuren an einem Tatort mit zwei Leichen hinterlassen, denen er die Arme abgeschnitten hat. Da wird er bei einer so vergleichsweise leichten Sache erst recht keinen Fehler gemacht haben.«

»Ich schicke die Kollegen trotzdem raus.«

»Vielleicht lässt sich durch eine Art Ausschlussverfahren feststellen, welche Akten der Täter hat mitgehen lassen«, sagte Nik. »Ansonsten gehen mir die Ideen aus.«

»Vielleicht landen die Kriminaltechniker einen Glückstreffer«, sagte Naumann. »Übrigens ist am Montag Allenbergs Begräbnis. Vielleicht will der Täter bei der Feier dabei sein. Allerdings wird nicht einmal eine Fliege hineinkommen, ohne dass wir es bemerken.«

* * *

»Naumann hat Ernst gemacht«, sagte Nik, der mit Jon über das Handy verbunden war. »Schon auf dem Weg vom Parkplatz zur Trauerhalle bin ich an zehn Polizisten vorbeigekommen. Dann an noch mal so vielen in Zivil auf dem Weg hierher.«

Nik stand ein Stück von dem Pulk an Menschen entfernt, die sich vor den Säulen der Aussegnungshalle versammelt hatten. Darunter zahlreiche Staatsanwälte, aber auch Richter und die Spitze der Münchner Politik. Die Ermordung des Staatsanwalts hatte hohe Wellen geschlagen, nicht zuletzt wegen der Brutalität der Tat.

»Was auch an der anwesenden Prominenz liegen dürfte«, erwiderte Jon. »Ich kenne die Artikel aus den Fachzeitschriften über Täter, die zum Tatort zurückkehren oder zum Begräbnis ihrer Opfer. Aber in unserem Fall muss man schon ein verzweifelter Optimist sein, um das zu hoffen.«

»Das kommt häufiger vor, als man glaubt.«

»Bei verrückten Mördern oder Tätern, bei denen es eine persönliche Komponente gibt, kann ich mir das vorstellen, aber die sehe ich hier nicht. Der Killer ist ein Musterprofi, gehört wahrscheinlich zum organisierten Verbrechen oder wurde davon beauftragt. So einen dummen Fehler würde er nicht machen.«

»Wir haben nichts Besseres«, gab Nik zu. »Es gibt keine verwertbaren Spuren am Tatort oder in Allenbergs Hamburger Wohnung. Selbst die Spur der am Fenster gefundenen Kamera endete bei einem Verkäufer in China.«

»Die gute Nachricht ist immerhin, dass der Täter seitdem nicht mehr aktiv war«, wandte Jon ein. »Der Fund der Leichen ist nun schon fünf Tage her. Der Mord noch länger.«

»Ich weiß nicht, ob das ein gutes Zeichen ist«, erwiderte Nik. »Vielleicht benötigt der Täter für den nächsten Schritt nur länger.«

»Oder Allenberg hat ihm gesagt, was er wissen wollte.«

Es kam Bewegung in die Menschenansammlung vor der Trauerhalle. Die Gäste begaben sich nach drinnen. Naumanns in Zivil gekleidete Mitarbeiter verteilten sich auf dem Vorplatz und an den Säulen, um sie zu beobachten. Andere folgten ihrem Chef hinein. Es war nur eine Tür offen, daher bildete sich eine zehn Meter lange Schlange. Nik wurde mehr geschoben, als dass er ging. Rechts von ihm war ein älterer Mann mit Stock, der keuchte, als würde er gerade einen Asthmaanfall bekommen. Links eine Frau mit dunklem Hut, dessen schwarzer Schleier über das Gesicht reichte. Nik versuchte, die Schultern einzuziehen, und verschränkte die Arme vor der Brust, aber er schaffte es nicht hineinzugelangen, ohne dass der Mann ihn anhustete und die Frau ihn an der Hüfte anstieß.

In der Aussegnungshalle waren die meisten Plätze schon belegt. Auf den Stühlen vorne saßen die Weggefährten von Allenberg, daneben Naumann und der Vertreter des Oberbürgermeisters. Dazwischen mehrere Frauen, wahrscheinlich die Ex-Gattinnen, die Nik jedoch nur von Bildern kannte. Zwei von ihnen trugen auch Schleier. Nik nahm in der hinteren Reihe am Rand Platz, wo wegen des Andrangs weitere Stühle aufgestellt wurden.

Neben dem Altar stand der Sarg mit Allenberg, aufgebahrt inmitten von Blumengestecken und Kränzen. Brennende weiße Kerzen rahmten alles ein und schenkten an diesem trüben Tag etwas Licht, waren die Lampen im Raum doch nicht hell genug.

Als der Priester erschien, wurde es still. Er begann über Allenbergs Leben zu erzählen, seinen Dienst als Staatsanwalt und seine Begeisterung für antike Kunst.

»Wenn der wüsste«, murmelte Nik. Wie er befürchtet hatte, wurde es eine lange Zeremonie. Es sprach nicht nur der Priester, sondern auch ein ehemaliger Kollege, der Vertreter des Bürgermeisters und eine seiner Ex-Frauen. Dazwischen gab es immer wieder Musik. Nik erkannte Bachs »Jesus bleibet meine Freude« und Händels »Largo«. Die Zeremonie wirkte auf ihn eher sachlich, gut inszeniert, wie ein Empfang der Stadt. Nik sah niemanden weinen und keiner der Anwesenden schien in Gram versunken. Auch für seine Ex-Frauen schien es eher eine Pflichtveranstaltung zu sein. Auf keinem der Kränze stand »In Liebe« oder »Wir werden dich niemals vergessen«.

Als sich ein Vorstandsmitglied des Münchner Kunstvereins erhob, griff Nik in die linke Tasche seines Jacketts, um sein Handy herauszuholen. Eine weitere Rede voller Floskeln hätte er nicht mehr ertragen, ohne einzuschlafen, also konnte er auch durch die neusten Nachrichten browsen. So weit hinten würde das kaum jemandem auffallen.

Als er sein Telefon vorsichtig herauszog, fiel ein Notizzettel zu Boden. Er hob ihn auf und las die kurze Nachricht:

>*Sie wollen ein Motiv, Herr Pohl«,* stand darauf geschrieben. »*Das lässt sich bei einem Abendessen besprechen.«*

Darunter der Name eines Restaurants, eine Uhrzeit und:

PS: Bitte ohne Kripo.

Es kostete Nik all seine Disziplin, nicht sofort aufzuspringen. Er erhob sich bedächtig, als der Mann von der Kunsthalle nach vorne ging. Dann bewegte er sich am Rand der Aussegnungshalle bis zum Ausgang weiter. Einer seiner ehemaligen Kollegen sah ihn verwundert an, war es doch unhöflich, während einer Trauerfeier zu gehen.

»Hi, Danilo«, flüsterte er und ging weiter. Draußen entfernte er sich ein paar Schritte vom Ausgang und stellte sich an den Brunnen auf der rechten Seite der Halle.

»Bist du noch da?«, zischte er.

Es raschelte kurz. »Ja«, meldete sich Jon. »Was ist?«

»Ich habe einen Zettel in meiner Tasche gefunden«, sagte Nik. »Mit einer Nachricht vom Täter.«

»Du hast was?« Es knarzte, als würde Jon sein Headset richten. »Eine Nachricht vom Täter?«

»›Sie wollen ein Motiv, Herr Pohl‹, steht da drauf. ›Das lässt sich bei einem Abendessen besprechen. Bitte ohne Kripo.‹ Dazu noch ein Restaurant.«

»Und wer hat dir den Zettel zugesteckt?«

Nik schloss kurz die Augen. »Das ist nicht während der Trauerfeier passiert«, sagte er. »Ich saß am Gang, daher war an meiner linken Seite niemand. Auf dem Weg vom Parkplatz zur Trauerhalle habe ich nur einen alten Kollegen getroffen, der seit einem Jahr in Pension ist. Der war es sicherlich auch nicht.« Er öffnete die Augen. »Die Frau«, entfuhr es ihm schließlich.

»Welche Frau?«

»Der Besucherandrang war groß und als die Türen geöffnet wurden, drängten sich die Leute regelrecht in die Aussegnungshalle«, erklärte Nik. »Rechts von mir war ein Mann mit einem Asthmaproblem, links schob sich eine Frau mit hinein. Wegen ihres Schleiers konnte ich ihr Gesicht nicht sehen.« Er schloss noch einmal kurz die Augen. »Verdammt! Ich erinnere mich nicht einmal an ihre Haarfarbe.«

»Unser Killer ist eine Frau?«

»Du wärst überrascht, wie viele Mörder weiblich sind. Aber vielleicht war sie nur eine unfreiwillige Helferin, wie Alisa Idinger. Oder es ist jemand ganz anderes.« Er drehte sich zur Trauerhalle um. »So oder so werde ich den Friedhof nicht verlassen, bis ich die Frau gefunden habe.«

»Willst du Naumann informieren?«

»Dazu ist es zu früh«, sagte Nik nach einem Moment des Überlegens. »Vielleicht stammt die Nachricht von einem Spinner. Außerdem hat sich der Killer als äußerst klug herausgestellt, sodass er eine Überwachung durch die Kripo vielleicht bemerkt. Da bin ich alleine besser dran.«

»Was hat der Täter vor? Warum will er sich mit dir treffen?«

»Darüber mache ich mir später Gedanken.« Nik sah auf seine Uhr. »Acht Stunden und sieben Minuten bis zum Essen mit dem vermeintlichen Mörder.« Er machte sich auf den Weg zurück in die Trauerhalle. »Ich versuche, die Frau wiederzufinden, während du dir Gedanken machst, wie du mich verwanzt, damit uns kein Wort bei diesem Treffen entgeht. Diese Gelegenheit müssen wir nutzen.«

Kapitel 8

Nik hatte ein hellblaues Hemd angezogen, darüber sein dunkles Jackett, dazu beige Chinos und schwarze Budapester, schließlich wollte er in dem Restaurant nicht negativ auffallen. Statt seiner Lederjacke trug er eine dick gefütterte Winterjacke, in der er seine Pistole leichter verbergen konnte. Zwei Stunden vor dem Treffen war er einmal durchgelaufen und hatte sich jede mögliche Fluchtroute eingeprägt, von den Hinterausgängen im Brandfall bis zum Weg zur Küche. Eigentlich war ihm alles sehr vertraut, kam er immer wieder gerne hierher, aber er hatte das Restaurant nie unter dem Gesichtspunkt eines Einsatzes betrachtet.

Nach seinem Rundgang war er auf die andere Seite des Marienplatzes gegangen und hatte in einem Café einen Kaffee bestellt. Dabei hatte er seine Kamera so auf den Tisch gelegt, dass er von jedem der Gäste und Angestellten des gegenüberliegenden Restaurants Fotos machen konnte. Anfang März war die Anzahl der Touristen überschaubar, dennoch liefen immer wieder Leute vor die Linse, was ihm die Arbeit erschwerte.

»Ich weiß, dass ich das vor einer Stunde schon einmal erwähnt habe, aber ich halte das für eine dumme Idee«, vernahm er Jons Stimme aus seinem kleinen Kopfhörer. »Du brauchst jemanden, der dir den Rücken freihält, denn du hast keine Ahnung, was dich erwartet.«

»Das ist ein über die Grenzen von München hinaus bekanntes Restaurant. Urbayrisch. Dort wird der Täter kein Massaker veranstalten.«

»Warum nicht? Wir haben bisher vier Leichen und eine Bombe in der Staatsanwaltschaft. Das klingt nicht nach einem Chorknaben. Oder Chormädchen, wenn es tatsächlich eine Frau sein sollte.«

»Weil es keinen Sinn ergibt.« Nik schoss ein Foto von einer Gruppe japanischer Touristen. Er konnte sich nicht vorstellen, dass sein Essenspartner darunter war, aber man wusste ja nie. »Und das in mehrerlei Hinsicht.«

»Wir haben ja noch Zeit bis 19 Uhr«, sagte Jon. »Daher freue ich mich über eine Erklärung.«

»Die Nachricht in meiner Tasche macht deutlich, dass der Täter mich kennt und dass er weiß, dass ich in die Ermittlungen einbezogen bin. Wenn er mich hätte töten wollen, hätte er mich verfolgen und es an einem ruhigen Ort zu Ende bringen können. Und wenn man das Restaurant betrachtet, sind alle Orte in München ruhiger als dieser.« Er schoss wieder ein Foto. »Außerdem hat der Mörder bisher keine Spuren hinterlassen, nicht einmal auf der Nachricht, die er mir zugesteckt hat. Und beim Stand der Ermittlungen muss uns ein glücklicher Zufall zu Hilfe kommen, damit wir ihn fassen können.«

»Warum trifft er sich dann mit dir? An einem so exponierten Ort?«

»Weil er etwas von mir will.« Nik senkte die Kamera und beobachtete ein Großtaxi, das in der Nähe des Restaurants hielt. Wieder stiegen eine Handvoll Touristen aus, aber da das Auto direkt vor dem Eingang geparkt hatte, konnte er keine Fotos machen. »Verdammt, wie kommt denn die Karre auf den Platz?«, murmelte er.

»Was will der Täter von dir?«, fragte Jon interessiert. »Und warum hat er dich dann nicht angerufen oder dir eine Mail geschrieben?«

Gerade als Nik seinen Platz verlassen wollte, um besser zu sehen, fuhr das Taxi weiter. Ein Teil der Touristengruppe schien schon drin zu sein, aber von einigen konnte er noch ein Foto machen. »Ich habe keine Ahnung, wie ich dem Mörder nützlich sein könnte. Weder bin ich mit den Opfern persönlich bekannt noch war ich an Fällen gegen das organisierte Verbrechen beteiligt. Aber wir werden sehen.«

»Das ist eine dumme Idee«, sagte Jon ein weiteres Mal.

»Ich habe eine Pistole in meiner Jacke und ein Messer in der Hosentasche. Über das Mikrofon an meinem Revers kannst du alles mithören und du hast sogar eine kleine Linse an der Knopfleiste meines Hemdes angebracht, über die du mitsehen kannst. Zusammen mit dem zentralen und sehr exponierten Ort fehlt mir die Fantasie, was der Täter tun könnte.«

»Mir fallen viele Möglichkeiten ein, wie er unser Sicherheitssystem umgehen kann. Aber du hast dich geweigert, mehr Technik einzusetzen.«

»Dieses Treffen ist nicht nur ein Risiko, es ist vor allem eine Chance«, erklärte Nik. »Und einen erfahrenen Killer würde ein Übermaß an Überwachung abschrecken. Dann haben wir gar nichts.«

»Trotzdem eine dumme Idee«, murmelte Jon mehr zu sich. »Es ist zwei Minuten vor sieben. Willst du nicht hinein?«

»Ich will es dem Täter nicht zu leicht machen. Ein paar Minuten warten wird seine Nervosität steigern. Außerdem will ich mir nicht anmerken lassen, dass es unsere einzige Spur ist.«

»Wenn man die Ermittlungen genau verfolgt, kann man nur zu diesem Schluss kommen«, warf Jon ein.

»Fünf Minuten.« Nik sah auf seine Uhr. Dann schoss er noch Fotos von einem Ehepaar auf dem Weg ins Restaurant. »Dann gehe ich hinein.«

* * *

Obwohl das Restaurant zu Niks bevorzugten Orten in München gehörte, kam keine Vorfreude auf sein geliebtes bayrisches Himmelsglück mit Schwammerlragout und Kartoffelpüree auf. Alkohol würde er heute Abend nicht trinken, obwohl er das naturtrübe Kellerbier so schätzte. Er war nicht zum Spaß hier.

»Hörst du mich noch?«, murmelte er, als er die Treppen hinunterstieg.

»Alles gut. Ich habe die Kellerlage des Restaurants berücksichtigt«, hörte er Jons Stimme in unverändert guter Qualität. »Mir machen eher die ganzen Nebengeräusche Sorgen.«

Nik ging bis zum Info- und Reservierungsstand. »Willkommen zurück, Herr Pohl«, sagte die Frau freundlich und winkte einen Angestellten zu sich. »Sie werden schon erwartet.«

Nik ballte vor Anspannung die Fäuste, als er von dem Kellner durch den Speisesaal geführt wurde. Die meisten Tische waren belegt, bedauerlicherweise überwiegend von Touristengruppen, die sehr laut waren und sich wie kleine Kinder im Spielzeugladen aufführten. Sie liefen umher, machten Fotos von den bemalten

Fenstern, den Säulen oder den Gemälden an der Wand. In all dem Chaos bewegten sich die Bedienungen mit einer Ruhe und Selbstsicherheit durch die Gäste, als wären ihnen die Teller und Tablets an die Hände geklebt. Der Duft des Essens ließ seinen Magen knurren, obwohl er im Café ausreichend Kuchen gegessen hatte, damit er nicht von seinem Hunger abgelenkt wurde.

Der Mann blieb in der Mitte des Raums stehen und deutete auf einen Tisch, an dem eine Frau bereits Platz genommen hatte. Sie saß mit gefalteten Händen und durchgestrecktem Rücken auf der Bank. Nik schätzte sie auf Anfang dreißig, mit langen schwarzen Haaren, die zu einem komplizierten Muster auf dem Kopf geflochten waren. Ihr Gesicht war ebenmäßig und schön, aber Nik erkannte viel Schminke, wahrscheinlich um markante Stellen zu verändern, damit sie schwerer zu identifizieren war. Dazu passte auch die getönte Brille auf ihrer schmalen Nase. Sie trug ein schwarzes Kleid, das bis zum Hals geschlossen war, sich aber eng an ihren sportlichen Körper legte. Mit den schmalen Lippen und den hohen Wangenknochen war sie eigentlich eine Frau, mit der sich jeder Mann gerne verabredet hätte, aber ihr Blick war abschätzend, wie der eines Preisboxers, der vor dem Kampf überlegte, wo er den ersten Schlag anbringen konnte.

»Guten Abend, Herr Pohl.« Ihre Stimme war warm und angenehm. »Schön, dass Sie es einrichten konnten.« Sie deutete auf den Stuhl ihr gegenüber.

»Sind Sie die Person, die für alles verantwortlich ist, oder sind Sie nur eine Handlangerin, wie es Alisa Idinger war?« Er nahm Platz.

»Herr Pohl, wollen wir es nicht langsam angehen lassen?«, fragte sie tadelnd.

»Bei vier Toten und einer Bombe in der Staatsanwaltschaft sehe ich keinen Grund dafür.«

»Der Grund ist, dass Sie keine Spur haben«, bemerkte sie mit ruhiger Stimme. »Und mit Sie meine ich Sie persönlich, die Kripo München und wer sonst noch alles involviert ist. Nicht einmal die Presse hat eine Ahnung, was passiert, daher sollten Sie heute nach meinen Regeln spielen.« Sie griff mit der rechten Hand nach einem Glas Wasser. Dabei verzog sie kurz den Mund, als hätte sie Schmerzen in der Seite. Es war nur ein winziger Moment, aber da Niks Sinne bis zum Äußersten gespannt waren, hatte er es bemerkt. Sollte es zu einer körperlichen Auseinandersetzung kommen, wusste er jetzt, an welcher Stelle er angreifen würde.

»Dann erklären Sie mir Ihre Regeln. Weswegen trifft sich ein Profikiller mit einem ehemaligen Kripobeamten?«

»Ich brauche Ihre Hilfe.«

Nik hätte vor Überraschung beinahe losgelacht. »Das kann nicht Ihr Ernst sein«, fuhr er auf. »Sie glauben, dass ich für eine Profikillerin arbeite?«, fügte er leiser hinzu, als zwei Frauen vom Nachbartisch sich zu ihm umgedreht hatten. »Halten Sie mich für käuflich?«

»Geld spielt in Ihrem Leben keine Rolle. Aber wie jeder Mensch haben Sie Schwachpunkte.«

»Sie meinen solche Dinge wie Kaiserschmarrn mit Pflaumenkompott?«

Sie zeigte kurz ein geschäftiges Lächeln. Dann hob sie eine große Tasche eines italienischen Designers vom Boden auf, stellte sie auf der Tischplatte ab und kramte darin herum, ohne den Blick von Nik zu lassen. »Genehmigen wir uns doch etwas Privatsphäre.«

Es knackte kurz in Niks Ohr. Manche Leute um ihn herum hoben die Handys in die Luft, um besseren Empfang zu bekommen. Andere tippten hektisch auf dem Display herum.

Nik versuchte, sich nichts anmerken zu lassen, aber das war genau das, wovor ihn Jon gewarnt hatte. Seine

Absicherungen waren zu schwach. Sein Freund hatte immer wieder vorgeschlagen, dass er einen erfahrenen Leibwächter mit ins Restaurant einschmuggeln sollte, der seinen Rücken deckte, aber das hatte Nik aus Angst vor einem Scheitern abgelehnt, um das Treffen nicht zu gefährden.

Noch war nichts passiert, redete er sich ein. Er hatte noch immer seine Pistole und sein Messer. Außerdem war die Frau einen Kopf kleiner und mindestens vierzig Kilo leichter als er. Sein physischer Vorteil war immens und wenn sie ihm nicht irgendwelche Drogen verpassen würde, könnte sie dies auch nicht ausgleichen.

Die Bedienung kam an den Tisch und fragte nach ihren Wünschen. Nik bestellte das bayrische Himmelsglück und ein alkoholfreies Bier, während sich die Frau für einen Salat und ein Glas Wasser entschied.

Noch immer versuchten einige Gäste, Empfang für ihr Handy zu finden, aber was immer die Frau dabeihatte, schien zu wirken. Nik gönnte ihr nicht den Triumph, sie danach zu fragen, während sie die Handtasche neben sich auf die Bank stellte.

»Da wir jetzt unter uns sind, können Sie mir einen Namen nennen, was unsere Konversation erleichtern würde.«

»Einigen wir uns auf Nara«, ging sie auf das Spiel ein.

»Also, Nara. Können Sie mir sagen, was Sie zu diesen Taten getrieben hat? Warum mussten Alisa Idinger und Ute Polzin sterben, damit Sie einen Trojaner in der Staatsanwaltschaft platzieren konnten, und warum haben Sie den Aktenraum in die Luft gesprengt?«

»Nein, kann ich nicht«, erwiderte sie. »Ihnen mein Motiv zu erläutern, würde mich zu sehr exponieren.«

»Ich habe keine Lust auf Kasperltheater«, sagte Nik ungehalten. »Mich hat meine Ermittlerehre in den Fall gezogen, aber ich habe weder zu Alisa Idinger und Ute Polzin noch zu

Gustav Allenberg oder Deniel Zaedow einen persönlichen Bezug. Wenn es mir zu dumm wird, stehe ich auf und gehe nach Hause. Schließlich bekommt die Kripo München die Prügel, wenn der Fall nicht gelöst wird. Nicht ich.«

»Eine mäßig gute Drohung. Wir wissen beide, dass Sie sich diese Chance nicht entgehen lassen wollen. Tatsächlich hätte ich gerne mehr über Sie erfahren, denn Sie scheinen ein sehr interessanter Mann und fähiger Ermittler zu sein, aber wenn Sie es eher unromantisch wollen, können wir das auch abkürzen.« Sie machte eine kurze Pause. »Ich erwähnte bereits, dass ich Ihre Hilfe benötige.«

»Was mir unverändert schwerfällt zu glauben, einerseits, weil ich quasi unbestechlich bin. Und andererseits ist es aus Sicht eines Profikillers eine große Dummheit, jemanden wie mich mit ins Boot zu holen.«

»Sie haben recht, aber mein Auftraggeber erwartet morgen ein Ergebnis, das ich ohne Sie nicht erreichen kann.«

»Mit Ergebnis meinen Sie einen weiteren Toten? Oder zwei, oder drei?«

»Nicht zwangsläufig«, antwortete sie ausweichend. Aber die Ruhe, mit der sie über einen möglichen Mord sprach, zeigte Nik, dass er es mit einer skrupellosen Frau zu tun hatte, die ohne Regung alle Gäste in dem Restaurant getötet hätte, um ihr Ziel zu erreichen. »Es hängt davon ab, ob ich die gewünschte Information bekomme und wie nützlich sie ist.«

»Ich verfüge über Informationen, die Sie benötigen?«

»Nicht Sie, sondern jemand, den Sie mir … besorgen müssen.« Sie sah auf ihre Uhr. Es war eine mit Diamanten besetzte Cartier aus Weißgold. Offensichtlich war die Bezahlung in der Profikiller-Branche gut. »Und das Ganze bis morgen früh, sieben Uhr.«

»Das wird langsam wirklich absurd. Sie wollen, dass ich jemanden für Sie entführe?«

»Exakt das will ich.« Ihr Gesicht war regungslos.

»Okay, ich gehe auf den Blödsinn ein«, sagte Nik, nachdem er ein weiteres Lachen unterdrückt hatte. »Was wollen Sie von der Person?«

»Nur ein paar Fragen stellen und wenn die zu meiner Zufriedenheit beantwortet sind, können Sie beide wieder gehen. Nachdem ich einen gewissen Vorsprung bekommen habe«, fügte sie noch hinzu.

»Um wen handelt es sich?«

Nara sah sich um, bevor sie antwortete. »Um einen ehemaligen Kollegen vom SEK.«

»Kollegen, mit denen ich vielleicht zwei Mal im Jahr zu tun hatte. Da gibt es hundert andere, die öfter mit dieser Abteilung zusammenarbeiten oder in deren Umfeld tätig sind.«

»Gibt es, aber keiner davon hat Ihre ermittlerischen Fertigkeiten.«

Die Bedienung brachte das Essen, was Nik Zeit gab, die Informationen zu verarbeiten. »Sie wissen nicht, wo der Mann ist?«, vermutete er.

»Ich bewundere Ihre Fähigkeit, schnell Zusammenhänge zu erschließen.« Nara nickte anerkennend.

»Sie haben sich bei der Suche nach Gustav Allenberg als äußerst clever erwiesen. Was ist bei dem SEK-Mann anders?«

»Ich war nicht vorsichtig genug und er hat sich gewehrt.«

»Daher Ihre Schmerzen in der rechten Seite.«

Sie nickte. »Keine Wunde, die mich langfristig behindern wird, aber momentan schränkt sie mich mehr ein, als ich es gebrauchen könnte.«

»Es ist wenig überraschend, dass ein SEK-Mann mehr auf dem Kasten hat als ein pensionierter Staatsanwalt.«

»Das habe ich berücksichtigt und bin doch gescheitert.«
Nara nahm die Gabel und aß etwas von dem Salat. »Jemanden
lebend zu fangen, damit er noch Fragen beantworten kann,
ist wesentlich schwieriger, als jemanden zu töten. Bei einem
Tötungsauftrag würden wir nicht hier sitzen.« Auch hier sprach
sie mit einem ruhigen Ton, als würde sie Nik Tipps für die
Gartenpflege im Winter geben. Er wollte sich nicht vorstellen,
wie viele Tote auf ihr Konto gingen. Es waren sicherlich nicht
nur vier.

»Und diesen Mann soll ich Ihnen liefern? Bis morgen früh,
sieben Uhr?«

Sie hatte den Mund voll, daher nickte sie nur.

Nik wollte sich etwas Zeit verschaffen, daher begann er zu
essen, obwohl er eigentlich keinen Hunger hatte. Zwei Minuten
lang saßen sie sich stumm gegenüber und aßen, wie bei einem
geschäftlichen Meeting, nur ging es hierbei nicht um Verträge
oder Aktien, sondern um Menschenleben.

»Von dem Tag der Bombe an hatten Sie einen großen
Vorsprung, daher hatten Sie wahrscheinlich genug Zeit, dieses
Treffen zu planen.«

Nara nickte wieder.

»Sie sind nachweislich nicht dumm, aber mir fallen zehn
Dinge ein, die ich machen könnte, um Ihre Pläne zu vereiteln.
Obwohl ich momentan die Polizei nicht rufen kann, könnte
ich versuchen, Sie festzunehmen, oder Sie einfach mit meinem
Bierkrug niederschlagen.«

»Da kommen wir zu Ihrer Schwachstelle zurück.«

»Die da wäre?«

»Ihr Mitbewohner.«

»Balthasar hat mit der ganzen Sache nichts zu tun.« Nik
drückte das Besteck in seiner Hand zusammen, dass seine
Knochen knirschten. »Sie können sich nicht vorstellen, was ich
mit Ihnen mache …«

»Ihm geht es gut«, unterbrach sie und pickte ein Stück Gurke mit ihrer Gabel auf. »Er schläft vielleicht etwas fester, weil ich ihm ein Betäubungsmittel in seinen Tee getan habe, aber außer ein paar Kopfschmerzen am Morgen wird das keine Folgen haben.«

»Und wenn ich Ihnen jetzt mein Messer in den Hals ramme, wird es ihm auch weiterhin gut gehen«, stellte Nik drohend fest.

»Zu Ihrem Bedauern habe ich noch eine zweite Sicherheit eingebaut, von der Sie wissen sollten, bevor sie mich angreifen.« Sie legte ihr Besteck zur Seite, tupfte sich die Lippen mit der Serviette ab und nahm ihr Handy aus der Tasche. Nachdem Nara einen achtstelligen Code eingegeben und mit dem Daumen bestätigt hatte, tippte sie auf das Display, bevor sie das Telefon umdrehte.

Nik erkannte eine Holzkiste, auf der etwas zu sehen war, das er für einen Klumpen C4 mit drei Zündern hielt. Es gingen viele Kabel hinein und wieder heraus. Ein Teil des Plastiksprengstoffes war mit Industrieklebeband umwickelt. Auf der Kiste lag ein Handy, das mit einem weiteren Kabel zu dem Sprengstoff verbunden war.

»Das ist ein Kilo C4«, erklärte sie fachmännisch. »Das richtet eine ziemliche Verwüstung an.«

»Und wo liegt die Bombe?«

»In Ihrer Küche.« Sie steckte das Handy wieder ein.

»Unmöglich«, sagte Nik atemlos. »Heute Mittag habe ich mir noch etwas zu essen gemacht. Da wäre mir das aufgefallen.«

»Wäre es«, stimmte die Frau zu. »Aber ich habe sie erst vor einer Stunde platziert.« Sie nahm ihr Besteck wieder auf. »Das Gute an Kripobeamten und anderen Ermittlern sind ihre vorhersehbaren Routinen.« Nara steckte sich eine Kirschtomate in den Mund. »Sobald Sie wussten, dass wir uns in dem Restaurant treffen würden, haben Sie mit der Observation angefangen. Wahrscheinlich haben Sie irgendwo

Kameras installiert oder Fotos gemacht. Völlig egal«, sagte sie achselzuckend. »Entscheidend ist, dass Sie Stunden vor unserem Treffen nicht mehr zu Hause waren.«

»Wir haben unsere Sicherheitsvorkehrungen seit unserem letzten Fall aufgerüstet. Wenn Sie in unsere Wohnung eingedrungen wären, hätte ich es mitbekommen.«

»Ihre Sicherheitsvorkehrungen sind ungewöhnlich für eine Wohnung in einem Mehrparteienhaus«, stimmte sie zu. »Fünfundneunzig Prozent der Einbrecher würden bei Ihnen scheitern oder es gar nicht probieren. Aber Sie vergessen die fünf Prozent, die nicht so linear denken wie Sie. Zu Ihrem Unglück gehöre ich zu diesen.«

»Was meinen Sie damit?«

Nara sah auf die Uhr »Eigentlich haben wir nicht so viel Zeit, aber warum nicht.« Sie legte ihr Besteck ab und trank einen Schluck Wasser. »Die meisten Häuser und Wohnungen sind gegen Einbrecher gesichert, wenn niemand vor Ort ist. Das ist auch bei Ihnen der Fall. Sie haben nicht nur ein gutes Schloss, eine Sicherheitstür und einen metallverstärkten Türrahmen, sondern auch einen Alarm, der alle Bewegungen registriert und den Sie jedes Mal mit einem Code ausschalten müssen, wenn Sie nach Hause kommen. Und wenn das nicht geschieht, aktiviert sich die Kamera und Sie werden informiert.«

»Oder direkt die Polizei, je nachdem, wie ich es eingebe«, fügte Nik hinzu.

»Und was passiert, wenn Sie oder Ihr Mitbewohner zu Hause sind? Dann ist all diese Technik nutzlos, weil sie ausgeschaltet ist.«

»Logischerweise, sonst würde der Alarm jedes Mal losgehen, wenn wir uns durch die Wohnung bewegen.«

»Ich bin eingebrochen, als Ihr Mitbewohner zu Hause war und Sie vor dem Restaurant auf der Lauer gelegen waren.« Sie nahm das Besteck wieder auf und aß weiter. »Deshalb musste ich mich nicht mit dem schwer zu überwindenden Hindernis herumplagen.«

Nik durchfuhr ein kalter Schauer. Das an den Bewegungsmelder gekoppelte System war nur von den allerbesten Einbrechern zu überwinden. Aber ausgeschaltet tatsächlich nutzlos.

»Sie haben sich zu sehr auf die Technik verlassen«, schien Nara seine Gedanken zu lesen. »Wir haben zwar 2024, mit Möglichkeiten, die vor zwanzig Jahren undenkbar gewesen wären, aber genau darin liegt das Fatale. Zu viele Menschen verlassen sich auf die Technik, obwohl sie voller Fehler und Lücken steckt.«

»Und wie haben Sie unsere Tür überwunden?«, fragte Nik. »Balthasar wird sie kaum hineingelassen haben.«

»Bei dem wenigen, das ich von ihm gesehen habe, scheint Ihr Mitbewohner ein freundlicher und höflicher Mann zu sein.«

»Er ist eigentlich zu gütig für diese Welt.« Nik musste seinen Zorn unterdrücken, als er das sagte. »Daher hat er mit alledem nichts zu tun.«

»Ich habe nicht vor, ihm zu schaden, aber ich werde es, wenn Sie mir nicht helfen.« Ihr Tonfall machte klar, dass sie es ernst meinte. »Aber zurück zur Tür.« Sie pickte wieder eine Tomate auf und aß sie. »Der Nachteil an Mehrparteienhäusern ist der Gebäudedienst. Denn dieser verlangt von seinen Mietern, einen Hausschlüssel zu hinterlegen, im Falle von Wasserrohrbruch, Feuer oder solchen Dingen. Und Sie können sich nicht vorstellen, wie schlecht der Kasten mit den Schlüsseln gesichert ist. Und die Büros.«

Nik legte sein Besteck neben den Teller. Er wusste nicht, ob er wütend auf die Frau sein sollte, weil sie in seine Wohnung eingebrochen war, oder beschämt, weil es so leicht gewesen war.

Sie zog ein Stethoskop aus der Tasche. »Diese Dinger sind unglaublich praktisch.« Es schien ihr Spaß zu machen, Nik seine Fehler aufzuzeigen. »Bei einer durchgehenden Metalltür ist es leicht, Geräusche aus dem Inneren wahrzunehmen, beispielsweise wenn jemand unter der Dusche steht, was ein günstiger Zeitpunkt ist, um in eine Wohnung einzusteigen. Gerade wenn er inbrünstig noch ABBA singt.« Sie sah sich wieder um, während sie das Stethoskop zurück in die Tasche schob. »Glauben Sie mir jetzt, dass eine Bombe in Ihrer Küche ist?«

»Ja«, gab Nik niedergeschlagen zu.

»Diese Bombe ist wirklich kein Meisterwerk der Baukunst, aber ich habe mehrere Sicherungen eingebaut, die schwer zu umgehen sind, wenn mir etwas zustößt.« Sie hob ihr Handy hoch. »Die erste Sicherung ist ein Countdown auf meinem Handy, den ich regelmäßig neu stellen muss, sonst explodiert die Bombe.« Nara sah auf das Gerät. »Noch haben wir dreißig Minuten, bis ich ihn wieder bestätigen muss, daher können wir meinen Störsender noch etwas angestellt lassen.« Sie zeigte ihm wieder das Foto der Bombe. »Die scheinbar chaotisch angebrachten Kabel sind alles Fallen. Selbst ein Profi vom Bombenkommando des LKA braucht lange, sich da durchzuarbeiten, daher wäre es fatal, wenn Sie mich töten oder mein Handy zerstören würden.«

»Ich mache keinen Blödsinn«, versprach er. Ein Kilo C4 hätte nicht nur Balthasar getötet, sondern auch das Gebäude zerstört. Kaum jemand hätte das Haus lebend verlassen.

»Das hört sich gut an.« Sie lächelte. »Jetzt würde ich Sie bitten, dass Sie mir Ihr Handy, Ihre Waffen und all die anderen technischen Spielereien, die Sie sonst noch haben, übergeben. Möglichst unauffällig.« Sie nahm eine schwarze Plastiktüte aus der Tasche und reichte sie Nik. »Dann gehen Sie nach Hause und holen Ihre Autoschlüssel, denn Sie werden ein Fahrzeug benötigen.«

Nik legte seine Pistole und sein Messer in den Sack. Dann sein Handy und seinen Ohrhörer. Schließlich zog er die kleine Kamera unter seinem Hemd hervor und ließ sie mitsamt der Batterie hineinfallen.

Die Frau griff nach seiner Linken und schob das Jackett hoch. »Eine analoge Uhr«, sagte sie mit Blick auf seine Armbanduhr, die ihm Jon vor zwei Jahren geschenkt hatte. »Elegant, aber unpraktisch.«

Sie tippte auf das Ziffernblatt ihrer Cartier, das daraufhin eine rötliche Farbe annahm. »Sehr viel besser«, sagte sie, während sie die Uhr betrachtete. »Sie hat eine Menge technische Spielereien, die man im Notfall nutzen kann. Darüber sollten Sie auch mal nachdenken.«

Nik reichte ihr den Plastiksack.

»Ich statte Sie jetzt mit Mikrofonen und Kameras aus«, fuhr sie fort. »Damit höre ich jedes Wort, sehe, was Sie sehen, und erfasse jede Geste Ihrer Hand. Lassen Sie sich nicht zu irgendwelchem Unsinn verleiten, dann kommen Sie und Ihr Mitbewohner ohne Blessuren davon.«

Sie reichte ihm ein Handy. »Fangen wir damit an.«

* * *

Als Nik in das Taxi stieg, nahm er Naras Handy aus der Tasche. Es hatte nur ein kleines Display und erinnerte an die Nokiatelefone, zu einer Zeit, bevor es Apps und Internet dafür gab. Nik hatte von der Marke noch nie etwas gehört, aber obwohl er keine besonderen technischen Fertigkeiten hatte, erkannte er schnell, dass man mit dem Gerät nur telefonieren konnte. Alle anderen Apps schienen gelöscht worden zu sein. Auch war nur eine Nummer gespeichert, die er wählte, sobald er sich angeschnallt hatte.

»Ich bin unterwegs nach Hause«, sagte er nur. »Also legen Sie los.« Weil das Telefon mit dem Bluetooth-Kopfhörer in seinem Ohr verbunden war, würde der Taxifahrer nichts verstehen können. Er legte die Hand auf seine Uhr und tippte ungeduldig auf deren Krone herum.

»Wir suchen einen Mann namens Marius Schadt.« Nik erinnerte sich vage an ihn. Groß, kräftig, mit zahllosen Tattoos am rechten Arm. Bürstenhaarschnitt und lang gewachsener Ziegenbart, mit Haargummis zusammengebunden. Nik hatte mit ihm eine Drogenhöhle in Ramersdorf hochgenommen. Dabei war Schadt der Einsatzleiter des SEK gewesen. Er und seine Männer hatten nicht lange gefackelt und die Dealer in einem schnellen Zugriff überwältigt.

»Alles andere als ein Leichtgewicht«, bemerkte Nik. »Den kann ich ohne Hilfe nicht überwältigen.«

»Das ist mir bewusst.«

Trotz der schwierigen Situation genehmigte er sich ein Lächeln, als er sich vorstellte, wie Marius der Profikillerin eine Kugel verpasst hatte.

»Ohne Kratzer ist er nicht davongekommen«, fügte sie noch hinzu, als hätte dieser Vorfall sie tatsächlich in der Ehre gekränkt. »Aber darüber machen wir uns später Gedanken. Zuerst müssen wir ihn finden.«

»Sie haben keine Adresse?«

»Doch. Aber dort ist er nach unserer letzten Begegnung nicht mehr.«

»Vielleicht sollten Sie ganz von vorne anfangen.« Auf der Straße vor ihnen war ein Unfall. Alle Autos standen und eine Ausweichroute nach rechts oder links schien es auch nicht zu geben.

»Nachdem ich von Allenberg die gewünschte Information bekommen habe, habe ich mich auf die Suche nach Schadt gemacht. Ich muss zugeben, dass das LKA weiß, wie es seine ehemaligen Mitarbeiter schützen muss.«

»Ehemaligen?«, fragte Nik.

Nara schnaubte, als wäre sie genervt von der Unterbrechung. »Schadt ist seit vier Jahren im Ruhestand.«

»Im Ruhestand?«, erwiderte er verwundert. »Ich weiß, dass SEK-Leute irgendwo zwischen vierzig und fünfzig nicht mehr aktiv an Einsätzen teilnehmen dürfen. Aber dann werden sie in eine andere Abteilung versetzt.«

»Ich kenne die Motivation für Schadts Rückzug nicht, aber er ist nicht mehr beim LKA.« Sie wirkte genervt, daher fragte Nik nicht weiter nach. Noch war sie am längeren Hebel.

»Und wie soll ich ihn finden?«

»Wie die anderen Beteiligten an Ihren Fällen auch.«

»Dafür benötige ich mehr Zeit und mehr Ausrüstung«, erklärte Nik. »Ich rede von Waffen oder einem schnellen Internetzugang.«

»Das ist mir zu riskant.«

»Zu riskant? Wollen Sie Schadt oder nicht.«

»Keine Diskussion«, fuhr sie auf. »Sie gehen nach Hause, nehmen Ihr Auto und suchen den SEK-Mann.« Sie atmete hörbar aus. »Zuvor sollten Sie noch einen Blick auf die Bombe werfen, damit Ihnen klar ist, was morgen um sieben Uhr passiert, wenn Schadt nicht bei mir ist.«

Nik hatte Mühe, nicht wütend loszuschreien. Wie gerne hätte er die Frau zu fassen bekommen, ohne dass sie das Druckmittel einer Bombe hatte. Wenigstens hatte sich der Stau aufgelöst und das Taxi konnte weiterfahren.

»Schreiben Sie mir eine Nachricht mit Schadts Adresse«, bat er. »Irgendwo muss ich anfangen.«

»Sobald Sie Ihr Zuhause verlassen haben, bekommen Sie die«, erwiderte sie merklich ruhiger. Eine Zeit lang sprach keiner der beiden. Erst als das Taxi anhielt, Nik den Fahrer bezahlt hatte und ausgestiegen war, redete Nara weiter. »Denken Sie daran, dass ich alles sehe und höre, was Sie tun«, mahnte sie. »Ein Fehler und Ihr Zuhause ist nur noch ein Haufen Schutt. Und Ihr Mitbewohner tot.«

* * *

20.47 Uhr

Als ihn das Taxi vor der Tür absetzte, musste er sich beherrschen, nicht loszurennen. Noch nie war es ihm so schwergefallen, die Treppe zu seiner Wohnung hochzugehen. Erst jetzt schien er zu realisieren, wie gerne er hier lebte, wie sehr er die Gespräche mit den Nachbarn genoss und wie schön es war, einen Park in der Nähe zu haben. Es war still an diesem Abend. Alle schienen schon im Bett zu sein, worüber Nik heute sehr froh war.

Vor seiner Wohnung schloss er leise die Tür auf. Er wollte Balthasar nicht wecken, denn sein Freund würde ihm bei der Sache nicht helfen können, sondern würde alles noch verkomplizieren. Auf dem Weg in die Küche steckte Nik seinen Autoschlüssel ein. Vorsichtig öffnete er die Tür neben der Spüle.

Die Bombe lag direkt vor ihm, genau wie Nara sie aufgenommen hatte. Er strich mit einem Finger über das C4.

»Das ist keine Attrappe«, hörte er ihre Stimme in seinem Ohr.

Nik kannte sich mit Bomben nicht aus, aber die Konstruktion wirkte verwirrend. Er hätte diesen Mechanismus niemals entschärfen können und selbst die Profis vom Bombenkommando hätten damit ihre Schwierigkeiten gehabt.

»Die Zeit drängt«, sagte sie.

Nik schloss die Tür wieder und ging an Balthasars Zimmer vorbei. Vorsichtig legte er die Hand an die Tür. Er vernahm ein leises Schnarchen, was seine Sorgen etwas linderte. So weit schien alles gut zu sein.

»Ich kriege das hin, mein Freund«, sagte er kaum hörbar. »Dir wird nichts geschehen.«

Als er die Wohnung verließ, fielen ihm so viele Dinge ein, die er bedauerte. Sachen, die er seinem Freund längst hätte sagen oder mit ihm hätte tun sollen. In ihrem Alter schien man noch eine so lange Lebenszeit zu haben, dass nichts eilig war, aber plötzlich konnte alles vorbei sein, weil eine verrückte Profikillerin keinen anderen Ausweg sah, als Nik in ihr krankes Spiel einzubeziehen.

»Ich kriege das hin«, wiederholte Nik, als er in sein Auto einstieg. »Ich kriege das hin.«

* * *

21.24 Uhr

Nik hatte noch nie einen SEK-Beamten privat besucht, aber er hätte sich Schadts Haus etwas weniger spießig vorgestellt. Das allein stehende Einfamilienhaus war von akkurat geschnittenen Büschen umgeben. Der braune Holzzaun war frisch gestrichen und das Stück Gehweg bis zur Straße sauber gekehrt. Das zweistöckige Gebäude war weiß gestrichen, mit schwarzen Dachschindeln, die auf einer Seite mit Solarpaneelen bedeckt waren. Auf Zehenspitzen konnte Nik über die Büsche auf einen kleinen Vorgarten sehen, in dem ein großer Grill auf einer mit Bodenplatten ausgelegten Stelle stand. Daneben ein Plastiktisch und sechs Gartenstühle. Über der Eingangstür erkannte Nik eine Kamera. Zwei kleinere Modelle davon waren unterhalb der

Regenrinne angebracht. Wahrscheinlich auch auf der Rückseite, dachte Nik.

Es war schon dunkel, aber nirgends im Haus brannte Licht. Nik roch kein Essen oder hörte irgendwelche Geräusche. Einen Moment lang stand er unsicher vor dem kleinen Tor und blickte auf den schmalen Weg zum Haus, der mit den gleichen Bodenplatten wie denen im Garten ausgelegt war.

»Die Zeit läuft.« Nik erschrak über die plötzliche Störung. Jon hatte dies nie gemacht. Er wusste, wann er ruhig zu sein hatte. Alles hier fühlte sich falsch an: der Einbruch bei einem SEK-Mann, dass sein Freund Balthasar in Gefahr war und dass er ohne Jon arbeiten musste.

Nik wusste, dass die Frau in der besseren Position war, aber er konnte nicht mehr still bleiben.

»Ein paar grundsätzliche Sachen«, begann er und ballte die Faust. »Ich weiß, dass die Zeit läuft. Aus diesem Grund bin ich hier, also wenn du sonst nichts zu sagen hast, sei einfach still und lass mich meine Arbeit machen. Wie du am eigenen Leib erfahren hast, ist Schadt kein Dummer, daher werde ich mir erst einen umfassenden Eindruck von alledem machen, bevor ich aktiv werde. Und wenn du dich dabei langweilst, dann schalte den Fernseher ein.«

Eine Zeit lang war es still in der Leitung. Nik war unsicher, ob er vielleicht doch zu weit gegangen war, immerhin konnte sie die Bombe mit einem Fingerdruck zünden. Aber schließlich sagte Nara nur: »In Ordnung.«

Nik betrachtete die Bodenplatten auf dem Weg zum Haus. Wie alle SEK-Leute kannte sich Schadt auch mit Sprengstoff aus, aber Nik konnte sich nicht vorstellen, dass er im idyllischen Allach-Untermenzing eine Falle angebracht hatte, gerade in Zeiten von Paketboten, die ohne zu klingeln Grundstücke betraten oder Kartons vor die Tür warfen.

Aber die Situation war mit Naras Angriff eine andere geworden. Vielleicht wartete Schadt auch mit gezogener Waffe hinter der Tür, bereit, den ersten Besucher zu erschießen, der sein Grundstück betrat.

»Hat Schadt ein Auto?«, fragte Nik.

»Einen roten Peugeot. Du bist auf dem Weg an ihm vorbeigekommen.« Sie nannte ihm das Kennzeichen.

Nik ging auf die Rückseite des Grundstücks, er konnte von dieser Position aus jedoch nicht erkennen, ob noch jemand zu Hause war.

»Wie ist seine Lebenssituation?«, fragte er. »Ist Schadt verheiratet, hat er Kinder oder lebt er allein?«

»Schadt ist geschieden und hat keine Kinder.«

Nik nickte. Das würde es leichter machen.

»Ich habe allerdings keine Ahnung, wer seine Frau war, ob er in einer Beziehung ist und mit wem«, sagte er.

Jon hätte das gewusst, bevor er am Haus angekommen gewesen wäre, dachte Nik bei sich.

»Wieso ist das wichtig?«

»Ist es nicht«, speiste er sie mit einer Floskel ab. Die Frage bewies Nik, dass Nara nicht so gut war, wie er anfänglich geglaubt hatte. Sie konnte mit Waffen umgehen, Schlösser knacken und Pläne erstellen, aber sobald etwas nicht wie vorgesehen funktionierte und sie unter Druck geriet, kam sie an ihre Grenzen.

Deshalb brauchte sie Nik.

»Es hilft nichts«, murmelte er und sprang über das Gebüsch, nachdem er sich mit einem Blick die Straße entlang versichert hatte, dass er unbeobachtet war. Dann lief er zur Vordertür, hob eine Bodenplatte aus dem Gras und schlug damit auf das Schloss. Die Tür und der Rahmen waren von hochwertiger Qualität, daher brauchte er lange, bis er den Schließmechanismus so weit herausgeschlagen hatte, dass er die Tür aufdrücken und durch einen Spalt ins Haus schlüpfen konnte.

Der Lärm, den er dabei verursachte, war ohrenbetäubend. Wahrscheinlich war jetzt der ganze Straßenzug wach und stand bereits am Fenster, aber Nik hatte keine Wahl.

Entweder war Schadt in der Wohnung – dann würde er sich gleich zeigen. Oder er war untergetaucht – in diesem Fall benötigte er einen Hinweis auf sein Versteck.

Und Nik hatte auch eine Idee, wo er suchen musste.

Kapitel 9

Zu Beginn eines Einbruchs verharrte Nik normalerweise am Eingang und lauschte auf Geräusche. Schritte, die von irgendwoher kamen, ein bellender Hund oder ein laufender Fernseher. Doch nachdem er die Tür mit einer schweren Bodenplatte aufgeschlagen hatte, war dies unnötig. Wenn jemand hier war, hatte er ihn bereits gehört.

Der Flur führte geradeaus zu einer Wohnküche. Links war eine Gästetoilette und etwas weiter eine Treppe in den ersten Stock. Daneben befand sich ein Schlüsselbrett, an dem auch der Schlüssel des Peugeots hing, den Nik sofort einsteckte.

»Willst du mit seinem Auto weiterfahren?«, hörte er Naras Stimme.

»Nicht reden«, entfuhr es Nik, während er weiter in das Wohnzimmer lief. Er benötigte seine ganze Konzentration.

Links befand sich ein Schreibtisch mit Monitor, Tastatur und Maus sowie einem sehr großen Pad. Einzig ein Computer fehlte. Er zog die Schubladen heraus, fand aber nur Papier, Briefumschläge und anderen Schreibkram. In der Mitte des Raums stand eine Art hüfthoher Schrank mit einer Fernbedienung. Nik hatte diese Art Möbel schon einmal gesehen. Man konnte darin einen LED-Fernseher versenken und bei Bedarf wieder herausfahren. Dazu passte auch die schmale Couch auf der anderen Seite, neben der ein leerer Bierkasten stand.

Nik ging zum Kühlschrank, an dem eine Vielzahl von Zetteln und Fotos hingen. Ohne die Aufnahmen genauer zu betrachten, riss er sie ab und steckte sie in die Tasche. Er öffnete den Kühlschrank, fand allerdings nur Butter, zwei Packungen vorgekochte Tortellini, Zwiebeln und Kartoffeln. Außerdem drei Sorten Marmelade und Erdnussbutter. Er durchwühlte alle Schubladen und Fächer, in denen aber nur Kochgeschirr aufbewahrt wurde. Auf der Ablage schob er den Toaster zur Seite, ebenso die Kaffeemaschine und den Milchaufschäumer, doch auch hier war nirgends ein Versteck. In den Schränken über der Spüle standen ein paar Teller, Gläser und auffällig viele Tassen.

Er rannte nach oben und durch den Flur, bis er Schadts Schlafzimmer fand. Es war einfach eingerichtet, ein großes Bett, zwei Kleiderschränke und ein Nachttisch, auf dem ein Buch über Militärtaktik des neunzehnten Jahrhunderts lag. Nik öffnete die Schubladen des Nachttischs und durchwühlte die Schränke, in denen nur wenig Kleidung zu finden war. Im untersten Fach lagen ein Paar Plastikschuhe und Stulpen aus Neopren.

Er rannte hinaus, sprang über das kleine Gartentor und hastete zum roten Peugeot. Draußen waren einige Leute an den Fenstern und schienen nach dem Ursprung des Lärms zu suchen, er hoffte, dass noch niemand die Polizei gerufen hatte. In diesem Fall würde er gut aus der Sache hinauskommen. Nik hielt den Kopf absichtlich gesenkt, als er einstieg. Er startete das Auto und fuhr weg.

»Was soll das?«, wunderte sich Nara. »Warum klaust du Schadts Auto? Warum hast du die Wohnung nicht gründlicher durchsucht?«

Nik genehmigte sich ein Lächeln. Mit jeder Stunde wurden der Respekt und die Angst vor dieser Frau weniger. Aber das würde er für sich behalten. Vielleicht konnte er diese Schwäche für sich nutzen. Mehr als eine Chance würde er nicht brauchen.

»Weil Schadt seine Wohnung kontrolliert verlassen hat und nicht in Panik aufgebrochen ist. Daher gibt es dort nichts, was mich auf seine Spur bringen könnte.«

»Das verstehe ich nicht«, gab sie schließlich zu.

»Beginnen wir mit dem kleinen Einmaleins der Fahndung.« Nik konnte sich diese Spitze nicht verkneifen. »Zwei Dinge sind aus Sicht eines Fahnders hilfreich bei der Suche nach Flüchtigen. Das Handy und das Auto.«

»Das Handy hat er seit unserer Begegnung ausgeschaltet und in dem Auto sitzen Sie.«

»Auf dem Schreibtisch waren einige Kabel, samt Tastatur und Maus. Keines der Kabel lag auf dem Boden und auf der Tischplatte war eine Plastikunterlage.«

»Er hat einen Laptop«, schloss sie schließlich.

»Also ist das auch Fehlanzeige«, stimmte Nik zu. »Dann der Kühlschrank. Darin waren nur lange haltbare Dinge, wie Butter oder Kartoffeln, aber keine schneller verderblichen Sachen wie Toast oder Milch.«

»Wie kommst du auf diese beiden?«

»Der Toaster auf der Platte war benutzt. Außerdem hatte er Marmelade und Erdnussbutter zum Beschmieren. In den Hängeschränken darüber waren viele Tassen, die innen alle die typischen Kaffeeränder hatten. Dazu passt auch die Maschine, aber ein Milchaufschäumer ohne Milch ergibt wenig Sinn.«

»Aha«, sagte Nara nur.

»Schadts Kleiderschrank war fast leer, aber er war nicht unordentlich. Es lagen keine Bügel auf dem Bett, also ist er nicht in Panik davongerannt. Er hat seinen Auszug in aller Ruhe vollzogen und er hat vor, wiederzukommen, sonst wären keine Dinge im Kühlschrank und die Heizung vollkommen ausgeschaltet. Nicht nur reduziert.«

»Und was wollen Sie mir damit sagen?«

»Ein Ex-SEK-Mann, der in Ruhe sein Haus verlässt, macht keine Fehler«, erklärte Nik. »Ich hätte die Wohnung noch Stunden durchsuchen können, ohne eine Spur zu seinem Unterschlupf zu finden. Nur hätte dabei das Risiko bestanden, dass irgendwann die Polizei gekommen wäre und mich festgenommen hätte.«

»Warum haben Sie dann die Bilder vom Kühlschrank weggenommen?«

»Um die darauf abgebildeten Örtlichkeiten und Freunde auszuschließen.«

»Sie wollen sie ausschließen?«, wunderte Nara sich. »Wäre das nicht ein Anfang für die Suche?«

Hätte ihn Jon oder Balthasar das gefragt, hätte er jetzt mürrisch gestöhnt. Jetzt jedoch war es ein weiterer kleiner Triumph. »Wie schon zehn Mal erwähnt ist Schadt kein langweiliger Buchhalter, sondern ein ehemaliger Elitepolizist. Daher kennt er sich mit Verbrechen aus und bleibt auch in Extremsituationen ruhig.« Nach fünfzig Metern stellte Nik den Peugeot auf den Randstein und schaltete den Motor aus. »Wenn er Fotos an seinem Kühlschrank hängen lässt, dann macht er das ganz bewusst«, erklärte er weiter.

»Die Fotos sind eine Falle«, vermutete sie.

»Nicht zwangsläufig, aber sie führen auf die falsche Fährte.«

»Und warum haben Sie das Auto gestohlen?«

»Wegen des Navis«, sagte Nik. »Die Bordcomputer zeichnen mehr auf, als man wahrhaben möchte, und wenn Schadt jemals mit dem Auto zu seinem Unterschlupf gefahren ist, finden wir es damit heraus.«

* * *

22.34 Uhr

Als sich Nik durch das Menü des Navis drückte, wünschte er sich, aufmerksamer zugehört zu haben, als Jon diese Arbeit für ihn gemacht hatte. Glücklicherweise fand er mit etwas Herumprobieren die Ziele, die Schadt mit dem Auto angefahren hatte.

»Durch den Einbruch wird Schadt wissen, dass Sie kommen«, erklärte Nara.

»Er weiß, dass jemand ihn sucht. Nicht, dass ich es bin«, korrigierte er, während er sich die gespeicherten Einträge ansah.

»Am Haus waren mehrere Kameras, welche die Bilder sogar auf Handys übertragen.«

»Auf sein Handy. Das er ausgeschaltet hat.«

»Er könnte ein zweites Gerät haben.«

»Ich glaube nicht, dass er ein zweites Handy hat, denn das könnte man ebenfalls orten.«

»Nicht, wenn man weiß, wie man die Einträge bei einem Provider umgehen kann.«

»Sitzen Sie an einem Computer?«, fragte er.

»Natürlich. Was wollen Sie wissen?«

»Spontan kenne ich kein Ziel, das Schadt angefahren ist«, erklärte er. »Aber ich will sichergehen, daher lese ich Ihnen die Städte und Straßen vor und Sie sagen mir, was sich dort befindet.« Er drückte so lange auf die Pfeiltasten, bis er am ersten Eintrag angekommen war. »Piazza del Portuale, Livorno.«

»Das ist ein Fähranleger in Italien«, antwortete sie nach einem Moment.

»Vermutlich nach Korsika?«

»Korrekt. Bastia, um genau zu sein.«

»Können wir ignorieren«, murmelte Nik. Eigentlich war es ein gutes Versteck, aber in der Zeit würden sie das nicht kontrollieren können. »Nock 1, Marquartstein.«

»Ein Gebiet mit Ferienhäusern in der Nähe des Hochgern. Das wäre eine Möglichkeit.«

»Zu offensichtlich«, widersprach Nik. Er nannte ihr noch weitere Ziele. Die meisten waren in München und Umgebung. Dazu noch ein Skigebiet in Südtirol und ein Strand an der norddeutschen Küste. »Das waren alle«, sagte er schließlich.

»Und wohin wollen Sie?«

Nik lehnte sich auf dem Fahrersitz zurück. Er öffnete das Fenster und genoss die frische Luft, auch wenn sie sehr kalt war. »Einen offensichtlichen Favoriten habe ich nicht«, gab er zu. Er benötigte die Fähigkeiten von Jon oder zumindest mehr Zeit. Ein Blick auf die Uhr zeigte ihm jedoch, dass er genau die nicht hatte. »Zwei Ziele sind unklar und können als Unterschlupf herhalten, weil sie in der Nähe liegen.«

»Wäre es aus Sicht von Schadt nicht besser, weit weg zu sein?«, fragte sie.

»Schadt ist nicht davongelaufen«, erklärte Nik. »Er hat sich nur in eine bessere Position gebracht. Er wird nach Ihnen suchen und das kann er nicht von Südtirol oder von der Nordseeküste aus.«

»Um welche Ziele handelt es sich?«

»Die Adressen im Münchner Industriegebiet und am Ismaninger Speichersee. In der Nähe, aber keine Orte mit großem Personenaufkommen, sodass einem niemand zufällig über den Weg läuft.«

»Im Industriegebiet ist in nächster Umgebung ein Fachmarkt für Elektronik und die Ismaninger Adresse endet am Seeufer.«

»Die Adresse ist nicht genau der Parkplatz des Fachmarktes, sondern auf der Straße gegenüber«, korrigierte er. »In Anbetracht der Zeit nehmen wir das zuerst.«

Nik prägte sich die beiden Adressen ein und lief zu seinem Auto. Ein weiteres Mal dachte er an seinen Freund Balthasar.

Er würde ihn nicht sterben lassen.

* * *

23.12 Uhr

Wie erwartet, lag das Industriegebiet verlassen da. Was gute Voraussetzungen für Einbrüche waren, erwies sich heute jedoch als Nachteil, denn somit konnte Schadt jedes Auto sehen, das sich seinem möglichen Versteck näherte. Aus diesem Grund stellte Nik den Wagen eine Straßenkreuzung davor ab und ging den Rest zu Fuß.

Das Tor zum Elektronikfachmarkt war geschlossen. Vier große Strahler erleuchteten den leeren Parkplatz davor. An der Einfahrt war eine Kamera installiert. Sicherlich waren am Gebäude Bewegungsmelder und weitere Linsen angebracht.

»Schadt wird hier eingekauft haben«, bemerkte Nara.

»Nicht an einem Sonntag um 23.15 Uhr«, erklärte Nik. Er musste zugeben, dass er der Frau diese Information vorher nicht gegeben hatte, denn generell behielt er so viel wie möglich für sich.

»Es gibt Cafés und Restaurants in der Nähe. Sogar ein Hotel.«

»In der Querstraße«, widersprach er. »Nicht am Elektronikfachmarkt.«

Nik ging rechts an einer Mauer entlang, aber auch hier fand er nichts Ungewöhnliches. Er war gerade auf dem Weg zurück zum Haupteingang, als er leise Musik vernahm.

»Hören Sie das?« Er blieb stehen.

»Nein. Was ist bei Ihnen?«

»Musik.«

»Nicht weit von dort ist ein Technoclub.«

»Das ist kein Techno.« Er wechselte die Straßenseite. »Das ist AC/DC.«

»Es gibt auch Clubs mit Hardrock.«

Nik ging an einer Spedition vorbei weiter, bis er an ein kleines Waldstück kam. Keine fünfzig Meter lang, mit einem Bürogebäude schräg dahinter. Man konnte dem Haus das Alter ansehen, den Schildern neben dem Eingang nach schien es noch immer bewohnt zu sein.

Im Erdgeschoss stand rechts ein Fenster offen, aus dem die Musik drang. Nik trat vorsichtig näher und starrte hindurch. Niemand schien im Raum zu sein. Er konnte im Dunkeln nur ein paar Matten erkennen. An der Wand hingen einige Kampfstäbe und mehrere Lanzen mit Klingen. Darüber prangte ein asiatischer Schriftzug.

Auf der anderen Seite des Hauses konnte er eine Gruppe von Männern im Hof erkennen. Sie hielten Bierflaschen in der Hand und hatten sich um ein Feuer aus alten Paletten versammelt. Manche schwenkten ihre Flaschen und sangen inbrünstig »Highway to Hell« mit.

»Das Bild ist unscharf«, hörte er Naras Stimme. »Ist das eine Party?«

Nik bejahte.

»Vielleicht ist Schadt dabei.«

»Das kann ich auf diese Entfernung und bei der Dunkelheit nicht feststellen.«

»Dann feiern Sie doch mit und vergewissern sich selbst.«

»Wenn ich das versuche, wird unser Abenteuer ein schnelles Ende haben.« Er entfernte sich wieder vom Fenster.

»Wer veranstaltet die Party? Die russische Mafia?«

»Laut den Schildern am Eingang ist das ein Muay Thai Club.«

»Davon sehe ich bei Maps nichts.«

»Weil er wahrscheinlich kein eingetragener Verein ist, sondern nur für ausgewählte Mitglieder. Und wenn das alles Leute wie Schadt sind, dann verknoten die mir in zwei Sekunden die Beine hinter den Ohren und rollen mich in die Isar, sollte ich nur seinen Namen aussprechen.«

»Und wie wollen Sie feststellen, ob Schadt dort ist?«

»Dafür habe ich ein Spielzeug dabei«, sagte Nik und lief zurück zu seinem Auto.

* * *

23.46 Uhr

»Ich habe Sie nicht für so technikaffin gehalten«, bemerkte Nara, als Nik den Kofferraum geöffnet und die große Drohne herausgenommen hatte.

Tatsächlich war das Jons Spielzeug, das dieser von zu Hause aus steuern konnte. Nik fuhr die Drohne nur dorthin, wo sie eingesetzt werden sollte. Obwohl er sich für diese Art von Technik nicht begeistern konnte, war er froh, dass Jon ihm die Grundlagen bei einem Spaziergang durch den Englischen Garten beigebracht hatte. Die Bruchlandungen sah man dem Gerät noch heute an und Jon hatte zwei Rotoren ersetzen müssen, aber wenigstens wusste Nik jetzt, wie man die Drohne starten und landen konnte.

Nik stellte sie auf den Boden. Die Kameras hatten Restlichtverstärkung, sodass man die Gesichter von Partybesuchern auch bei Nacht erkennen konnte.

»Worauf warten Sie noch?«

»Auf die App?«

»Auf welche App?«

Er hielt sein Handy hoch. »Die Drohne wird zwar über die Fernsteuerung gelenkt, aber für die Kameras benötige ich eine App. Sonst kann ich nur hin- und herfliegen.«

Einen Moment lang war es still in der Leitung. Dann nannte sie ihm den Code, mit dem er die Sperre umgehen konnte. »Machen Sie keinen Blödsinn«, warnte sie. »Sonst geht die Bombe hoch.«

Im Restaurant hatte ihn diese Drohung noch getroffen. Die Vorstellung, dass sein Freund wegen eines seiner Fälle sterben musste, war der absolute Albtraum für ihn, aber die letzten Stunden hatten ihm gezeigt, dass sie Schadt unbedingt haben wollte. Egal, was Nik machen würde, solange noch eine winzige Chance bestand, Schadt zu fassen, würde sie die Bombe nicht zünden. Gefährlich wurde es dagegen, wenn Nik versagte.

Nik fand die App nach kurzem Suchen. Glücklicherweise gab es nur zwei Tasten an der Drohne, sodass er diese schnell mit seinem Handy synchronisiert hatte. Er hätte beinahe laut gejubelt, als auf dem Display ein grüner Haken erschien, denn das ohne Jon hinzubekommen, hatte er kaum zu hoffen gewagt.

Als hätte er sein Leben lang nichts anderes gemacht, steckte Nik das Handy auf die Fernbedienung und startete die Drohne. Die Motoren heulten schrill auf, aber die Rockmusik würde den Lärm übertönen.

Nik betätigte zwei Hebel und die Drohne flog mit hoher Geschwindigkeit direkt an die Wand des Gebäudes. Sie prallte ab und landete auf dem Boden, wo sie wie ein Käfer auf dem Rücken zu liegen kam.

»Die haben schon wieder die App-Steuerung verändert«, beschwerte er sich und stellte die Drohne wieder richtig hin. Irgendwie war ihm die Steuerung beim letzten Mal leichter vorgekommen.

»Ich dachte, das Handy ist nur für die Kamera?«

»Es ist kompliziert.« Nik ging zwei Schritte zurück und betätigte wieder beide Hebel. Dieses Mal wesentlich vorsichtiger.

Die Drohne stieg langsam in die Luft. Erst als sie die Höhe des Gebäudes überschritten hatte, änderte er die Richtung. Die Steuerung reagierte sehr sensibel, sodass Nik eine Zeit brauchte, bis er die Drohne über der Party und in einer geeigneten Höhe hatte, aber dann schaffte er es, sie weitgehend ruhig auf der Stelle zu halten. Die Feier war eher einfacher Art. Ein Tisch mit Chipstüten und einigen Flaschen Schnaps, daneben mehrere Kästen Bier. Der aufgebaute Grill glühte nur noch. Die meisten Besucher waren in der Nähe des Feuers, was die Beobachtung wegen des grellen Lichts schwierig machte, aber irgendwie bekam er jeden vor die Linse. Es war eine reine Männerveranstaltung. Der Großteil von ihnen schien ordentlich getrunken zu haben, denn die Männer schwankten bedrohlich, während sie ihre Flaschen zum Himmel streckten und laut mitgrölten. Jeder war durchtrainiert und muskulös. Trotz des kalten Wetters trugen viele nur ein T-Shirt, sodass man die Tattoos auf den Armen sehen konnte. Nik kannte keinen von ihnen, auch Schadt schien nicht dabei zu sein. »Sehen Sie ihn?«

»Er ist nicht hier«, bestätigte sie seine Vermutung, nachdem Nik eine zweite Runde über den Hof geflogen war. Glücklicherweise blickte niemand der Feiernden nach oben.

Nik sah auf die Uhr. Es war Mitternacht durch. »Fünf Minuten beobachte ich noch, bis ich sicher sein kann, dass wir

Schadt nicht übersehen haben«, sagte er. »Dann fahre ich zum Speichersee.«

* * *

0.56 Uhr

Die Gegend am Ismaninger Speichersee war so abgelegen und dunkel, dass Nik gefühlt auch auf einem anderen Planeten hätte sein können. Nur die Straße war beleuchtet. Daneben lag ein Feld, das sich im Bodennebel verlor. Auf einmal schien München sehr weit weg zu sein.

»Hier ist nichts«, vernahm er Naras Stimme in seinem Ohrhörer.

»In fünfzig Metern Entfernung beginnt die Straße, die Schadt in sein Navi eingegeben hat«, korrigierte Nik. »Bei dem Wetter kann ich kaum etwas sehen, daher benötige ich eine genaue Beschreibung mithilfe von Street View. Wie viele Häuser gibt es hier, wie lang ist die Straße und solche Sachen eben.«

»Moment.« Sie schien etwas zu tippen. »Die Straße ist etwa achthundert Meter lang und verläuft parallel zum See«, erklärte sie dann. »Zuerst kommen vier Häuser, dann eine Lücke und dann zwanzig Häuser. Danach wieder eine Lücke und zehn Häuser, bis nach rund hundert Metern die Straße an einer dicht bebauten Wohnsiedlung vorbeiführt. Schließlich zieht sie sich weiter über den Kanal bis nach Neufinsing hinein.«

»Schadt hat sich weder in einer dicht bebauten Wohnsiedlung noch in Neufinsing versteckt«, schloss Nik. »Daher nehmen wir uns die ersten drei Häusergruppen vor.«

»Was ist mit der Hausnummer?«

»Im Navi war nur die Straße eingegeben.« Er stellte das Auto am Gehweg ab und stieg aus. Die ersten vier Gebäude schienen früher zu einem Bauernhof gehört zu haben. Das größte von ihnen war eine modernisierte Scheune mit frisch verputzter Fassade und einem Metalltor. Nik vernahm den Geruch von Kühen. Vor einem der kleineren Gebäude stand ein Traktor. Außerdem waren da noch drei Pkw. Ein Hund bellte, als Nik näher an die Einfahrt kam, er konnte ihn aber nicht sehen.

»Wie wollen Sie Schadt in dieser Gegend finden?« Offensichtlich hatte Nara keine Freude an der freien Natur und kleinen Dörfern, so wie sie das Wort Gegend betonte.

»Um diese Zeit wird er mir nicht auf dem Weg zum Bäcker begegnen«, entgegnete Nik.

Nara stieß ein ungehaltenes Brummen aus. »Ich formuliere meine Frage anders. Warum glauben Sie, dass Sie Schadt hier finden?«

»Wegen der Paddelpfötchen in seinem Schrank.«

»Wegen was?«

»Paddelpfötchen sind eine Art Handschuhe aus Neopren, die über ein Paddel gezogen werden. Damit werden die Hände vor Nässe und Kälte geschützt, aber die Finger liegen noch direkt am Schaft. Schadt fährt daher Kanu oder Kajak.«

»Wie auf einem Gewässer dieser Größe«, bemerkte sie verstehend.

»Meines Wissens nutzen die Stadtwerke diesen See für die Nachklärung der Abwässer, daher wäre der Ismaninger Speichersee nicht meine erste Wahl. Aber da hier auch Speisefisch geangelt wird, scheint es nicht so schlimm zu sein.« Nik ging weiter zu den nächsten Häusern.

Die Gegend wies eine Mischung aus renovierten alten Gebäuden und modernen Einfamilienhäusern auf. Viele von ihnen hatten Solarpaneele auf den Dächern. Von den geparkten

Autos zu schließen, lebten hier auch nicht die ärmsten Bewohner der Region München.

»Wegen seines Hobbys wird Schadt sich in der Gegend gut auskennen, aber in ein Hotel ist er wohl nicht gezogen. Und für ein Zelt ist es zu kalt. Selbst für einen SEK-Mann.«

»Davon abgesehen, dass es verboten ist, wild zu campen«, ergänzte Nik. »Vermutlich hat er hier Freunde oder Bekannte.« Er kommentierte diese Feststellung nicht weiter, bereitete sich jedoch schon auf die entsprechende Nachfrage vor.

Er musste Nara zugutehalten, dass sie sich wenigstens die Zeit nahm, darüber nachzudenken. Denn es verstrichen einige Sekunden, bis sie sich wieder meldete. »Wie kommen Sie darauf? Was in Schadts Wohnung weist darauf hin?«

»Nichts in seiner Wohnung weist darauf hin«, antwortete Nik. »Ich komme zu dieser Annahme, weil wir bei Schadt etwas nicht gefunden haben.«

»Ein Kanu«, schloss sie schließlich.

»Mit dem Auto hat er es nicht transportiert – das war noch vor dem Haus geparkt. Und unter den Arm hat er es sich sicher auch nicht geklemmt.«

»Und wenn er von jemandem abgeholt worden ist, der auch das Kanu mitgenommen hat?«

»Schadt wurde sicherlich von jemandem abgeholt, aber nicht vor der Tür. Und wenn er mit dem Kanu unter dem Arm aus dem Haus spaziert wäre, hätte das jemand bemerkt. Das ist es nicht wert, seine Unauffälligkeit zu verlieren. Das Kanu kann nicht zu Hause sein, denn Schadts Auto hat keine entsprechende Dachvorrichtung, mit der er es transportieren könnte.«

»Er hat es dort gelagert, wo er immer aufs Wasser geht.«

»Und abgesehen von den Fährhäfen im Ausland ist der Ismaninger Speichersee der einzige Ort mit Wasser, der in seinem Navi zu finden ist.«

Nik kam an ein modernes zweigeschossiges Haus mit Garage, an dessen Wand große Haken angebracht waren, auf denen zwei in speziellen Taschen verpackte Kanus lagen. Von seiner Position aus verschaffte er sich einen schnellen Überblick über das Gelände. Dann drehte er sich um und ging zurück.

»Waren das Boote an der Wand?«, fragte Nara.

»Waren es.«

»Und warum gehen Sie wieder weg? Hier könnte Schadt sein.«

»Es wäre unklug, von vorne in das Gebäude zu gehen, wenn man die ganzen Bewegungsmelder um das Haus und der Garage betrachtet«, erklärte Nik. »Stattdessen mache ich mir die abgelegene Gegend zunutze, denn zwischen dem Grundstück und dem Speichersee ist noch ein Stück freies Gelände, von dem aus ich mich ungesehen anschleichen kann. Hoffen wir, dass die Sicherheitsmaßnahmen dort nicht so umfassend sind.«

Dann ging er nach links ins Feld.

* * *

1.14 Uhr

Es war ein Uhr durch, als Nik von dem Weg um den See herum zurück zum Haus schlich. Alle Lichter waren aus und er konnte niemanden sehen. Dass kein Hund angeschlagen hatte, war ein gutes Zeichen. Allenbergs Tod war über eine Woche her, sodass sich Schadt seit einigen Tagen hier versteckt halten musste. Trotz mehrerer Nachfragen hatte Nara ihm nicht erzählt, wann genau ihr missglückter Angriff auf den SEK-Mann erfolgt war. Wahrscheinlich aus Eitelkeit, jedenfalls war es nicht am Tag zuvor passiert. Mit etwas Glück war Schadt inzwischen nachlässiger geworden und blieb nachts nicht mehr mit der Pistole in der Hand wach.

»Worauf warten Sie?«, unterbrach Nara Niks Grübeleien.

»Ich plane«, entgegnete er genervt. »Und daran sollten auch Sie Interesse haben, denn vielleicht schießt Schadt das nächste Mal besser. Dann haben Sie gar nichts.«

»Und Sie einen toten Freund.«

»Was mir mit einer Kugel im Kopf ziemlich egal wäre.« Das entsprach zwar nicht der Wahrheit, aber je weniger Angriffsfläche er Nara bot, um Druck auf ihn ausüben zu können, umso besser standen die Chancen, dass sie lebend aus der Sache herauskommen würden.

»Wie plant man einen Einbruch, wenn man fünfzig Meter von dem Ziel entfernt im Dreck liegt? Und das noch bei Dunkelheit.«

»Indem man den wahrscheinlichsten Weg ermittelt.«

»Die Wahl des wahrscheinlichsten Wegs ist nur dann sinnvoll, wenn das Opfer nicht weiß, dass man kommt.«

»Ich habe nicht vor, besagten offensichtlichen Weg zu wählen, denn für diesen wird Schadt Vorbereitungen getroffen haben.«

»Wir befinden uns in einem Wohngebiet. Er wird keine Sprengfallen ausgelegt haben«, wandte Nara ein.

»Das hat er nicht nötig, weil er ein guter Kämpfer und noch besserer Schütze ist. Er muss nur wissen, wo ich bin. Dann schaltet er mich aus.«

»Also ist mit Bewegungsmeldern und Kameras zu rechnen.«

»Kameras machen mir keine so großen Sorgen, da die Bilder nicht bei einem Sicherheitsunternehmen mit Vierundzwanzig-Stunden-Überwachungsservice zusammenlaufen, sondern wahrscheinlich auf Schadts Handy. Und auch er muss schlafen.«

»Je nach Einstellung senden die Kameras ein Bild bei Bewegung«, erklärte Nara. »Wenn man das mit einem entsprechenden Klingelton koppelt, wird man geweckt.«

Nik schüttelte den Kopf. »Ich benötige mehr Zeit.«

»Die Sie nicht haben«, erklärte sie sofort. »Und selbst wenn, was würde Ihnen das nützen?«

»Ich würde tagsüber die Drohne über das Haus fliegen lassen und dann die Standorte der Bewegungsmelder herausfinden. Diese Geräte sind selbst mit Restlichtverstärkung bei Dunkelheit kaum zu erkennen. Ich muss wissen, wo fest installierte Melder sind und welche kurzfristig hinzugefügt wurden. Und genau da würde ich Schadt vermuten.«

»Und wenn sie kommen, würden diese trotzdem anschlagen.«

»Tagsüber würde das Licht eines Bewegungsmelders kaum auffallen und wenn ich bei meiner Annäherung einen Scrambler aktiviere, sind alle Handys tot. Dann empfängt Schadt auch keine Bilder und wird nicht gewarnt.«

»Sie haben einen Scrambler?«

Nicht ich, sondern Jon, dachte Nik.

»Wie haben Sie versucht, Schadt zu kriegen?«, wollte er wissen, ohne auf die Frage einzugehen.

»Ähnlich wie Sie. Beobachten und eine Schwachstelle finden. Dann hinein.«

»Woran ist es gescheitert?«

»Daran, dass ich ihn lebend und ansprechbar haben musste. Ansonsten hätte er keine Chance gehabt«, fügte sie noch hinzu, als wollte sie sich rechtfertigen.

»Haben Sie ihn überrascht oder hat er Sie erwartet?«

»Was sollen diese Fragen?«, empörte sie sich.

»Ich versuche den einzigen Vorteil zu nutzen, den wir haben«, erklärte Nik. »Schadt rechnet mit Ihnen. Nicht mit mir.«

Sie schien einen Moment nachzudenken. Dann erklärte Nara ihm ausführlich, wie sie in Schadts Haus gekommen war.

* * *

1.42 Uhr

Nik hängte seine Jacke über den Zaun und kontrollierte den Sitz seiner Pistole im Holster. Es war eigentlich zu kühl, um nur im T-Shirt unterwegs zu sein, aber bei seiner Aktion konnte eine Sekunde den Unterschied ausmachen. Glücklicherweise war der Kuhstall in der Nachbarschaft nicht gesichert und der Bauer hatte ausreichend Werkzeug, darunter einen fünf Kilo schweren Vorschlaghammer, den Nik über seine Schulter legte. Zwei große Kabelbinder hatte er an seinem Gürtel befestigt.

»Ist es nicht das, was Leute vom SEK sehr gut können?«, störte sie wieder seine Konzentration. »Wütende Angriffe abwehren?«

»Im Einsatz würde Schadt mich plattmachen«, sagte Nik auf dem Weg zum Haus. »Aber ich gehe davon aus, dass er schläft. Und die drei Sekunden, ehe er wach ist, muss ich nutzen.«

»Und wenn er nicht schläft?«

»Bin ich am Arsch.«

»Und wenn das Bett nicht gleich im ersten Raum ist?«

»Dann auch.« Und wenn er seine Pistole in der Hand hatte und wenn die Tür innen noch mit einem Querriegel gesichert war. Und noch zehn weitere Dinge, fügte er in Gedanken hinzu. Nik sprang über den Zaun und näherte sich dem Gebäude. Noch fünf Meter, dann würde der Bewegungsmelder aktiviert sein. Dann gab es kein Zurück. »Wenn Sie einen besseren Plan haben, wäre jetzt ein guter Zeitpunkt. Ansonsten würde ich um etwas Ruhe bitten.«

Einen Moment war es still. Dann sagte sie: »Viel Glück.«

Ein letztes Mal kontrollierte Nik seine Sachen, Pistole im Holster, Kabelbinder am Gürtel und den Vorschlaghammer griffbereit.

Man gelangte über eine Wendeltreppe aus Metall in den zweiten Stock. Alleine das würde schon Lärm genug machen, doch um das Haus waren viele Bewegungsmelder angebracht, sodass ein behutsames Hochschleichen den entscheidenden Zeitverlust bewirken konnte.

Von seiner Position aus sah die Tür wie ein gewöhnliches Fabrikat vom Baumarkt aus. Aber Nik wusste nicht, was sich dahinter befand.

»Es hilft nichts«, murmelte er zu sich und nahm den Vorschlaghammer von der Schulter.

Dann rannte er los.

* * *

1.49 Uhr

Die Wucht des Hammerschlags war so stark, dass Nik in das Zimmer stolperte. Er hatte mit mehr Widerstand gerechnet. Tür und Rahmen waren nicht extra gesichert gewesen und nach zwei Metern Flur kam das große Bett, in dem Schadt erschrocken hochfuhr. Offensichtlich hatte er nichts bemerkt, als Nik nach oben gerannt war. Instinktiv rollte er sich nach links. Wahrscheinlich hatte er dort eine Waffe liegen, aber Nik war schneller und hatte seine Pistole schon gezogen.

»Bitte nicht, Schadt«, sagte er zu dem ehemaligen SEK-Mann und richtete die Pistole auf ihn.

»Pohl?«, fragte dieser verwundert und rieb sich die Augen. »Was soll das?«

266

»Ich kann es erklären, aber wenn du nicht mitkommst, sterben eine Menge Leute.«

Schadt schüttelte den Kopf, als müsse er die Müdigkeit abstreifen. »Arbeitest du für die Bitch, die mir eine Kugel verpasst hat?« Er deutete auf einen Verband an seinem linken Oberarm.

»Nicht freiwillig. Ich erläutere dir alles auf dem Weg zu ihr.«

Schadt erhob sich vorsichtig, die Arme nach oben gestreckt. Dabei ließ er Nik nicht aus den Augen, als wägte er ab, ob er ihn angreifen sollte.

Nik achtete darauf, zwei Schritte Abstand zu haben, damit Schadt nicht seine Waffe blockieren konnte. Dabei hielt er unverändert die Pistole auf ihn gerichtet.

»In Ordnung«, sagte Schadt schließlich. »Darf ich mir noch etwas anziehen?« Er deutete auf seine Boxershorts, die sein einziges Kleidungsstück waren.

»Natürlich«, sagte Nik. »Aber wir haben nicht viel Zeit.«

Schadt hob eine Hose vom Boden auf, schlüpfte hinein und griff nach einem Pullover.

»Gut gemacht«, hörte er Naras Stimme in seinem Ohrhörer. »Ich nenne Ihnen die Adresse, wo Sie ihn hinbringen.«

* * *

2.12 Uhr

Nik hatte Schadt die Arme auf den Rücken gefesselt und die Beine zusammengebunden. Der SEK-Mann kannte Methoden, um die Kabelbinder zu brechen, deswegen hatte Nik die Pistole zwischen seine Beine geklemmt, mit dem Griff nach oben. Das machte das Fahren komplizierter, aber um diese Zeit war wenig los auf den Straßen, sodass Nik sich nicht sonderlich um den Verkehr kümmern musste.

Schadt hatte den Blick nach unten gesenkt und die Augen geschlossen, fast wie bei einer Meditation. Der ehemalige SEK-Mann wirkte etwas derangiert, mit seinem wuscheligen Bart und den müden Augen. Die Jeans waren verknittert und seine Turnschuhe waren nicht gebunden, aber Nik gab sich keiner Illusion hin, denn unter dem dunkelblauen Pullover zeichneten sich kräftige Muskeln ab. Zusammen mit seiner langen Erfahrung beim SEK war Schadt ein gefährlicher Gegner. Nik nahm den Geruch von Bier an ihm wahr, was zu den drei Dosen passte, die auf dem Nachttisch gestanden hatten. Das war wahrscheinlich der entscheidende Vorteil gewesen. Schadt hatte sich gelangweilt und Bier getrunken, nachdem er sich fälschlicherweise in seinem Versteck sicher gefühlt hatte.

Seit Nik ihm erklärt hatte, dass Nara mithörte, hatte Schadt kaum noch ein Wort gesagt. Er hatte nicht gefragt, wie sie Nik überzeugt hatte und warum die Frau ihn lebend haben wollte.

»Wie schlimm ist die Bombe?«, fragte er schließlich doch.

»Stark genug für ein Mehrparteienhaus mit über zehn Personen«, antwortete Nik. »Eine davon ist ein Freund von mir.«

Schadt nickte verstehend. Dass Niks Geisel klug und erfahren war, konnte allen das Leben retten, denn solange es keine Entwarnung gab, würde Schadt das Spiel mitspielen. Davon war Nik überzeugt.

»Sie wird uns nicht gehen lassen«, sagte er nach einem Moment des Nachdenkens.

»Glaube ich auch nicht«, erwiderte Nik. Damit wollte er Schadt signalisieren, dass ihm die Situation sehr wohl bewusst war und dass er alles tun würde, um aus der Sache hinauszukommen. Sie waren auf der gleichen Seite. »Aber solange sie den Zünder in der Hand hat, kann ich nichts machen.« Diese Bemerkung war weniger an Schadt gerichtet als an seine Zuhörerin. Er wollte ihr das Gefühl geben, dass sie alles unter Kontrolle hatte, aber mit Schadt ließ sie einen zweiten sehr gefährlichen Mann in ihr Versteck, was bedeutete, dass sie entweder sehr dumm oder sehr verzweifelt war.

Ihre Intelligenz hatte sie bereits unter Beweis gestellt, daher musste Nik äußerst vorsichtig sein, denn verzweifelte Menschen waren zu allem in der Lage.

* * *

2.31 Uhr

Naras Unterschlupf war klug gewählt. Am Rande von München hatte sie ein abgelegenes Haus bezogen, mit großem Garten, in dem zahlreiche Apfelbäume und mehrere immergrüne Kiefern standen. Hohes Gebüsch, das den Zaun entlang wuchs, machte es schwer, von außen auf das Grundstück zu sehen. Auch hier hatte sich Bodennebel gebildet, der zu der kalten, unangenehmen Nacht passte.

Nara wartete an der Einfahrt auf Nik. Sie trug eng anliegende Jeans, Stiefel und eine dicke Winterjacke. In der Rechten hielt sie eine Glock 17 mit Schalldämpfer, in der Linken ein Handy. Sie lächelte Nik triumphierend an, als er das Wagenfenster herunterließ. Die Pistole auf seinen Kopf gerichtet, zeigte sie ihm demonstrativ ihr Handy. Nik konnte nicht erkennen, welche App darauf lief, aber sie gab ihm damit klar zu verstehen, dass sie jederzeit die Bombe zünden konnte.

Wortlos warf er seine Pistole aus dem Fenster. Nara hob sie auf und trat wieder ans Auto.

»Gute Arbeit, Herr Pohl«, bemerkte sie mit Blick auf den Rücksitz.

Schadt gönnte ihr nicht einmal einen Blick, aber Nik bemerkte seine Anspannung. Noch würde er mitspielen, aber wenn sich eine Gelegenheit ergeben würde, wäre er bereit, die Frau zu überwältigen.

Sie deutete mit der Pistole zum Haus. Nik stieg aus dem Auto und öffnete Schadt die Tür. Nara hielt drei Meter Abstand, die entsicherte Pistole unverändert auf sie gerichtet. Die Tür war offen und führte direkt ins Wohnzimmer. Die Sitzmöbel darin waren zur Seite geräumt. Zwei Küchenstühle standen nebeneinander in der Mitte des Raums, ihnen gegenüber ein schmaler Tisch mit einem Laptop und einer Tasse darauf und einem abgewetzten Bürostuhl. Die Rollläden waren heruntergelassen und das Licht gedimmt.

»Wenn Sie bitte Platz nehmen würden.«

Schadt sah Nik kurz an. Wie eine geheime Absprache, dass er bereit sein würde.

Er setzte sich auf einen der beiden Stühle. Nik tat es ihm gleich, dann spürte er Metall an seinen Handgelenken. Einen Augenblick später klickte es neben ihm.

»Nur zur Sicherheit«, sagte Nara zufrieden.

»Sie haben mich«, sagte Schadt. »Ich mache keinen Ärger, also entschärfen Sie die Bombe.«

»Dazu ist es noch zu früh.« Nara ging hinter den Schreibtisch und nahm auf dem Bürostuhl Platz.

»Ich habe mich an unsere Abmachung gehalten.« Nik versuchte hinter dem Rücken seine Arme zu drehen, aber die Handschellen saßen zu fest.

»Es ist noch zu früh«, wiederholte sie und blickte auf ihre Uhr.

»Zu früh für was?«, fuhr er auf. »Für eine Essensbestellung beim Pizzaladen? Oder für Brötchen vom Bäcker?«

Sie schloss kurz die Augen und seufzte genervt. »Eigentlich sollte ich Sie knebeln, doch dazu bin ich zu müde und meine

Seite schmerzt. Im Übrigen haben wir noch Zeit.« Sie trank einen Schluck Kaffee aus der Tasse. »Wir warten auf einen … Bekannten, der auf Verhörtechniken spezialisiert ist. Er wird Herrn Schadt ein paar Fragen stellen und wenn die Antworten zu unserer Zufriedenheit sind, kommen wir alle wieder nach Hause.«

Der SEK-Mann zeigte ein kurzes Lächeln. Ihm war ebenso wie Nik klar, dass keiner von ihnen beiden lebend hinauskommen würde.

»Sie haben mitbekommen, dass ich im Ruhestand bin?«, fragte Schadt.

»Es geht nicht um heute, sondern um etwas, das sie vor zehn Jahren gemacht haben.«

»Etwas genauer sollte die Frage sein, wenn sie eine gute Antwort wollen«, bemerkte Schadt.

»Sie waren für den Schutz eines Kronzeugen in einem Prozess gegen das organisierte Verbrechen verantwortlich«, erklärte sie.

»War ich das?«

»Das hat mir der damalige leitende Staatsanwalt erzählt, kurz bevor ich ihm eine Kugel in den Kopf gejagt habe.« Auch hier fand Nik die Gleichgültigkeit in den Worten der Frau beängstigend. Sie war eine Psychopathin.

»Daran kann ich mich kaum erinnern.«

»Dafür habe ich einen Befragungs-Experten, denn ein knallharter SEK-Mann ist etwas anderes als ein Staatsanwalt, der die meiste Zeit in seinem Büro verbracht hat.«

»Und warum entschärfen Sie die Bombe nicht?«, fragte Nik. »In unserer Lage können wir nicht viel machen. Außerdem haben Sie die Pistolen.«

»Weil Sie beide sehr gefährliche Männer sind«, erwiderte sie. »Und ich mir einen Fehler nicht leisten kann.« Ein weiteres Mal sah sie auf ihre Uhr. An ihrem besorgten Blick konnte Nik erkennen, dass irgendetwas nicht nach Plan zu laufen schien. Sie deutete auf das Handy. »Ein Knopfdruck genügt und die Bombe zündet.«

Im gleichen Moment vibrierte das Gerät. Sie schrak regelrecht zusammen, nahm den Anruf aber sofort an. Sie stand auf und entfernte sich zwei Schritte von ihnen. Irgendjemand schien etwas zu sagen. Nik konnte die Worte nicht verstehen.

»Das ist nicht akzeptabel«, erwiderte sie und wandte den Kopf ab.

Diesen Moment der Unaufmerksamkeit nutzte Schadt, um seine Schuhe abzustreifen. Sein Oberkörper war völlig ruhig, aber seine Füße scharrten wie bei einem Hund, der ein Loch grub. Als Nara den Kopf wieder zurückdrehte, hörte er sofort auf. Aber seine Schuhe waren bereits abgestreift. Erst jetzt erkannte Nik, dass er zu viel Spiel beim Zuziehen des Kabelbinders gelassen hatte. Ohne Schuhe würde sich Schadt daraus befreien können.

Als hätte er Niks Gedanken geahnt, wandte sich der SEK-Mann zu ihm um und zwinkerte ihm zu.

Dann ließ er den Kopf sinken und schloss seine Augen wieder.

»Eine Stunde«, sagte Nara. »Höchstens.«

Sie beendete das Gespräch und setzte sich. Ihre gute Laune war verflogen.

* * *

3.42 Uhr

Bedauerlicherweise war Nara ein Profi. Sie ließ Schadt und Nik keine Sekunde aus den Augen. Sie ging nicht zur Toilette, suchte nicht im Kühlschrank nach Essen und setzte auch keinen

Kaffee auf. Ihr Blick blieb unverändert auf die beiden Männer gerichtet, die Pistole vor ihr auf dem Tisch, das Telefon in Griffweite.

Nik hatte erneut versucht, die Handschellen abzustreifen, aber die Ringe waren zu eng um sein Handgelenk gelegt. Schadt neben ihm hatte nach wie vor die Augen geschlossen. Sein Atem ging so ruhig, dass man vermuten konnte, er wäre eingeschlafen, aber Nik wusste, dass der SEK-Mann blitzschnell reagieren würde, sollte es ernst werden.

Das Licht von Scheinwerfern drang durch die Ritzen der heruntergelassenen Rollläden. Nara richtete sich auf dem Stuhl auf.

»Endlich«, sagte sie mehr zu sich selbst. Dann wandte sie sich lächelnd zu Schadt, als könnte sie kaum erwarten, was gleich passieren würde.

Das Zifferblatt von Niks Uhr blinkte weiß auf. Erst länger, dann ein kurzes Flackern und wieder länger.

»Ein nettes Gimmick«, sagte Nara. »Ist das so etwas wie ein Wecker?«

»Ein Gadget, würde mein Freund sagen«, erwiderte Nik. »Wie Sie schon gemerkt haben, mag ich keine modernen Uhren. Ich bin eher der Analogtyp, aber besagter Freund hat darauf bestanden, mir irgendetwas einzubauen, mit dem wir kommunizieren können, auch weil ich öfters mein Handy zu Hause vergesse.«

»Und dann hat er Ihnen eine Uhr mit Blinkfunktion gegeben?«

»Eine Uhr mit Morsefunktion«, widersprach Nik. »Wenn ich den Knopf über dem Aufziehrad drücke, bekommt mein Freund eine Nachricht, die sein Computer sofort aus dem Morsealphabet für ihn übersetzt. Und wenn er etwas zurückschreibt, dann übersetzt das Programm das wieder in den Morsecode und funkt es zu mir.«

Naras Lächeln verschwand. Sie schien langsam zu verstehen.

»Das Blinken war drei Mal lang, dann lang kurz lang«, fuhr Nik fort.

»O und K«, bemerkte Schadt, der jetzt die Augen aufgeschlagen hatte.

»Die Bombe ist entschärft.«

Nara wollte nach ihrer Waffe greifen, aber Nik sprang auf, rannte mit dem Stuhl an den Rücken gepresst auf den Tisch zu. Seine Schulter schlug schmerzhaft gegen die Kante, aber der Tisch rammte Nara samt dem Bürostuhl um. Das Handy polterte zu Boden und die Waffe fiel ihr aus der Hand.

Nik versuchte, sie mit den Beinen zu umklammern, aber sie stieß ihm mit voller Wucht einen Ellenbogen ins Gesicht. Er unterdrückte den Schmerz und hielt den Klammergriff aufrecht.

Irgendetwas zerbarst laut neben ihnen. Nik wollte sich umdrehen, aber ein weiterer Schlag warf ihn zurück. Der dritte Treffer mit dem Ellbogen ließ seine Nase brechen. Das herausspritzende Blut irritierte ihn kurz, was Nara nutzte, um sich aus seinen Beinen zu befreien.

Sie robbte auf die Waffe am Boden zu, doch Schadt, der zu ihr gerannt kam, war schneller und rammte sein Knie an ihre Schläfe. Stöhnend fiel Nara zu Boden.

Nik versuchte, sich aufzurichten, als jemand an die Tür klopfte. »Wir sind hier«, hörte er eine dunkle Männerstimme.

Schadt ließ sich auf den Rücken fallen. Einen Moment sah er aus wie eine hilflos zappelnde Schildkröte, dann konnte er die Beine so weit anwinkeln, dass er die mit Handschellen gefesselten Hände über die Füße ziehen konnte.

Die Tür ging auf und zwei Männer traten ein. Der eine war klein und hager, während der andere mit seiner Größe und den breiten Schultern fast den Türrahmen ausfüllte.

Einen Augenblick waren die beiden vom Chaos vor ihnen überrascht, doch als sie die ohnmächtige Nara auf dem Boden liegen sahen, zog der Große eine Waffe.

Allerdings hatte er nicht mit der Geschwindigkeit eines ehemaligen SEK-Manns gerechnet. Schadt war wieder zu Nara gehechtet und hatte ihre Glock aufgehoben.

Trotz seiner Position auf dem Boden und der Handschellen musste er nur zwei Schüsse abgeben. Der erste traf den Großen in den Kopf, der zweite seinen Kompagnon ins linke Knie, was ihn brüllend niederstürzen ließ.

Nik rappelte sich hoch und kämpfte sich zu der bewusstlosen Nara. Bei jedem Schritt tropfte Blut von seiner Nase auf den Boden. Schließlich fand er die Schlüssel für die Handschellen in ihrer Hosentasche.

Er öffnete zuerst die von Schadt, der ihm dann bei seinen half.

»So habe ich mir meinen Ruhestand nicht vorgestellt«, bemerkte der ehemalige SEK-Mann kopfschüttelnd, während er dem kleinen Mann die Handschellen anlegte und ihn nach Waffen durchsuchte.

»Momentan finde ich den Gedanken an ein Strandhaus in der Karibik fern von allem auch verlockend.« Nik ging in die Küche, nahm ein Geschirrhandtuch und presste es sich auf die blutende Nase. »Danke«, sagte er zu Schadt und schlug ihm freundschaftlich auf die Schulter. »Ich schulde dir etwas.«

»Mindestens eine große Runde.« Schadt nickte ihm lächelnd zu. »Aber jetzt sollten wir uns um unsere neuen Freunde kümmern.« Er nahm das zweite Paar Handschellen und fesselte die noch immer bewusstlose Nara.

»Und um die Bombe.«

Nik hob das Handy vom Boden auf und wählte Balthasars Nummer.

Als sein Mitbewohner abnahm, musste er die Tränen zurückhalten.

»Kannst du mir erklären, in was du jetzt wieder hineingeraten bist?«, fing er vorwurfsvoll an. »In unserer Küche ist das Bombenkommando und ich torkle herum, als hätte mir jemand Drogen versetzt.« Im Hintergrund hörte man Kara krächzen.

»Ich komme gleich nach Hause«, sagte Nik lächelnd. »Dann erkläre ich alles.«

Kapitel 10

Rund um Niks Haus war alles weiträumig abgesperrt. Dienstfahrzeuge standen mit angeschaltetem Blaulicht quer auf der Straße und Polizisten hielten Gaffer davon ab, näher an das Gebäude zu kommen. In einer Ecke war ein großes Zelt aufgebaut, in dem die Anwohner auf Bänken saßen, weit genug entfernt, sollte die Bombe trotz allem hochgehen.

Ihre Blicke waren besorgt auf das Haus gerichtet und ihnen schien klar geworden zu sein, dass sich ihre ganze Existenz in Luft auflösen konnte. Endlich fand Nik auch Balthasar und Jon.

Sein Mitbewohner hatte eine Decke auf dem Schoß und trug eine dicke Winterjacke. In der Hand hielt er eine leere Tasse. Kara saß auf seiner Schulter. Wie immer, wenn er das Haus verließ, war Jon dick angezogen, als wäre er auf einer Expedition nach Spitzbergen. Seine Anonymität war ihm wichtig, deshalb trug er eine Wollmütze auf dem Kopf und eine Fake-Brille mit getönten Gläsern.

Nik lief zu seinem Mitbewohner und drückte ihn mit aller Kraft an sich.

»In Ordnung«, sagte Balthasar mit gepresster Stimme. »Es ist auch schön, dich zu sehen, aber könntest du mir dabei bitte nicht die Wirbelsäule brechen.«

»Ich freue mich nur, dass es dir gut geht.« Er rieb ihm mit den Knöcheln seiner Faust grinsend über die Glatze.

»Lass das.« Balthasar stieß seine Hand weg.

Dann wandte Nik sich an Jon und drückte den Freund ebenfalls fest an sich. »Ich weiß nicht, wie oft du mir schon das Leben gerettet hast, aber auch dieses Mal bleibt mir nur, Danke zu sagen.« Er löste die Umarmung und sah Jon ins Gesicht, der ihm lächelnd zunickte.

»Und ab jetzt darfst du mich mit allen technischen Spielereien ausstatten, die du möchtest.«

»Die Morse-Uhr ist perfekt«, erwiderte Jon. »Denn alles andere hätte dir Nara abgenommen.«

»Wie hast du die Bombe entschärft?« Nik wandte sich zum Haus um, vor dem der Wagen des Sprengstoffkommandos stand. In ihrer Küche und dem Gang brannte Licht. Alle anderen Wohnungen waren dunkel.

»Gar nicht«, erwiderte Jon. »Zuerst habe ich mich per Bluetooth auf das Handy eingehackt und mir die Programmierung der App angesehen. Das hat ein paar Stunden gedauert, aber schließlich konnte ich mir sicher sein, dass die Bombe nur gezündet wird, wenn eine gewisse Zeit abläuft oder wenn sie mit einem Anruf aktiviert wird. Nachdem ich den Timer auf 99 Stunden gestellt hatte, musste ich nur noch zwei hochwirksame Signalstörer aufstellen. Dadurch konnte sie nicht mehr über das Handy gezündet werden.«

»Und warum ist das Bombenkommando noch hier?«, wollte Nik wissen.

»Weil die Bombe einige Fallen enthält, unabhängig von dem Fernzünder«, antwortete Jon. »Die lassen sich nur schwer entfernen.«

»Nara hat damit gerechnet, dass sich jemand an der Bombe zu schaffen macht«, sagte Nik. »Nicht dagegen, dass jemand die App auf dem Handy austrickst.«

Jon nickte lächelnd. »Ein Hoch auf die moderne Technik.«

Nik wollte sich gerade nach Balthasars Wohlbefinden erkundigen, als jemand hinter ihm »Pohl!« rief.

»Dein ehemaliger Chef ist ein ziemlicher Morgenmuffel«, bemerkte sein Mitbewohner.

Naumann sah für seine Verhältnisse tatsächlich derangiert aus. Seine Haare waren ungekämmt, das weiße Hemd faltig und die Krawatte schlecht gebunden. Sein Jackett wies einige Druckstreifen auf, als hätte er darin geschlafen.

Er kam nicht näher, sondern zeigte nur mit dem Finger auf ihn. »Wir müssen reden. Morgen früh.«

Dann drehte er sich schwungvoll um und ging an der Absperrung vorbei zu seinem Wagen.

»Sag noch einmal, ich sei eine Dramaqueen«, bemerkte Balthasar, als Naumann außer Hörweite war.

Ein weiteres Mal drückte Nik seinen Mitbewohner mit aller Kraft an sich, so fest, dass selbst Kara ein protestierendes Krächzen von sich gab.

»Ich besorge uns Croissants«, wandte er sich an seine Freunde, als er Balthasar wieder losgelassen hatte. »Keine Ahnung, wie lange das hier noch geht.«

Aber in diesem Moment war ihm das Warten egal. Hauptsache, seinen Freunden ging es gut und Nara war in Gewahrsam.

* * *

Naumann hatte gerade etwas zu Abend essen wollen, als er die Nachricht von Naras Bereitschaft zu einer Aussage bekommen hatte. Noch vor dem Restaurant hatte er den Wagen gewendet und war zurück zur Dienststelle gefahren. Dort ging er eilig zum Verhörraum.

Einerseits war er von der schnellen Bereitschaft der Mörderin überrascht, schließlich war sie nach der ärztlichen Untersuchung gerade erst aus dem Krankenhaus entlassen worden, auf der anderen Seite würde sie als Auftragskillerin jede Gelegenheit für einen Vorteil nutzen. Und genau das war so gut an dem Umstand, dass sie nicht zur Mafia gehörte.

Naumann hatte gerade Zeit, mit einem Stück Schokolade seinen Hunger zu zügeln, als Nara von zwei Beamten in den Verhörraum geführt wurde. Während sie mit einer Hand am Tisch fixiert wurde, beobachtete Naumann sie von draußen durch den Spiegel. Nara wirkte ruhig und abgeklärt. Ihre schwarzen Haare waren zu einem einfachen Zopf gebunden. Sie trug ein weißes T-Shirt und Jeans. Ihr Körper wirkte sehnig und muskulös. Ihre Augen zeigten keine Angst, eher Gleichgültigkeit. An der linken Schläfe hatte sie eine starke Schwellung, die von Schadts Tritt stammte. Für einen solchen harten Treffer wirkte sie aber erstaunlich stabil, immerhin waren seitdem nicht einmal vierundzwanzig Stunden vergangen.

Er ließ sie noch warten, bevor er den Raum betrat. »Hauptkommissar Naumann«, stellte er sich dann vor und setzte sich ihr gegenüber. Er legte die mitgebrachten Akten auf den Tisch, bereitete alles für das Verhör vor und kümmerte sich um die Formalien. Das war eine einmalige Chance und er wollte keinen Fehler machen.

»Frau Vaget«, begann Naumann schließlich und sah ihr in die Augen. »Ich freue mich, dass Ihnen Ihr Anwalt dazu geraten hat, mit uns zu reden, damit wir dem Richter von Ihrer Kooperation berichten können.«

Nara schwieg und wirkte weiter unbeteiligt, als stünden ihr nicht Anklagen wegen Mordes, versuchten Mordes, versuchten Herbeiführens einer Sprengstoffexplosion und illegalen Waffenbesitzes bevor.

»Beginnen wir doch mit Ihrer wahren Identität. Ich darf davon ausgehen, dass Nara Vaget nicht ihr richtiger Name ist.«

»Dazu äußere ich mich nicht«, erklärte sie. »Auch nicht zur Identität meiner Auftraggeber.«

»Das sind zwei wesentliche Elemente der Ermittlungen.«

»Der Arm meines Auftraggebers ist sehr lang und reicht auch ins Gefängnis.«

»In diesem Fall erfährt Ihr Auftraggeber von unserem Gespräch und es wird ihm egal sein, ob Sie ihn verraten haben oder nicht. Solange Sie leben, sind Sie eine Gefahr.« Naumann wartete einen Augenblick, bis er sicher sein konnte, dass Nara die Bedeutung seiner Aussage bewusst wurde. »Wir haben zwei Möglichkeiten.« Er legte seinen Stift auf den Notizblock. »Sie zeigen sich kooperativ und ich werde mit dem Staatsanwalt reden, ob wir Sie in eine Justizvollzugsanstalt außerhalb von München verlegen. Das würde es Ihrem Auftraggeber schwerer machen, Sie zu finden. Oder wir beenden unser Treffen, ich gehe in mein Stammrestaurant und bestelle Antipasti, während Sie das Abendessen der JVA genießen dürfen, das wahrscheinlich nicht das Niveau eines Sternerestaurants haben wird.« Er zeigte ein kurzes Lächeln. »Damit wird es Ihrem Anwalt bei der Faktenlage aber nicht gelingen, Haftmilderung zu erreichen.« Der Kripochef faltete die Hände und legte sie auf den Tisch. »Es liegt bei Ihnen.«

Das erste Mal, seit Naumann mit der Killerin zu tun hatte, schlich sich Unsicherheit in ihr Gesicht. »Wahrscheinlich ahnen Sie sowieso schon, wer mich beauftragt hat«, sagte sie dann.

»Ahnungen halten vor Gericht nicht stand. Um sicher sein zu können, muss ich es von Ihnen hören.«

»Ich weiß keine Namen«, sagte sie schließlich.

Naumann schlug eine Akte auf. »Darf ich davon ausgehen, dass Ihr Auftrag in Zusammenhang mit einem Mafiaboss aus

Apulien steht, den das LKA im November 2015 am Münchner Hauptbahnhof gefasst hat?«

Nara nickte.

»Ihr Ziel war, den damaligen Informanten zu finden, der nach der Verhaftung in ein Kronzeugenprogramm überführt wurde?«

Ein weiteres Nicken.

»Die beiden Männer, die Sie in der Nacht besucht haben, gehörten zu Ihren Auftraggebern?«

»Das waren meine Ansprechpartner, denen ich regelmäßig über die Fortschritte berichten musste«, bestätigte sie. »Der Große war Bambino und der Kleine heißt Lorenzo.« Sie lachte kurz. »Wie Sie sich denken können, waren das nicht ihre richtigen Namen. Außerdem weiß ich nicht, an welcher Position sie in der … Organisation stehen.«

»Das Gespräch mit Lorenzo steht noch aus«, bemerkte Naumann, wobei er davon ausging, dass der Mafioso kein Wort sagen würde. Bambini lag mit einer Kugel im Kopf im Leichenschauhaus, daher war Naras Aussage umso wichtiger.

»Ich hatte einige Mal in meinem Berufsleben mit dem organisierten Verbrechen zu tun und nur sehr selten werden Externe mit in die Geschäfte gezogen. Warum wurden Sie beauftragt?«, fragte Naumann weiter.

»Weil die klassischen Methoden nicht funktioniert haben, daher brauchte es jemand Moderneres.«

»Was meinen Sie damit?«

»Jemandem eine Kugel in den Kopf schießen kann jeder Trottel, aber eine Datenbank hacken oder Ermittlungen über das Internet anstellen, solche Aufgaben gehören nicht zum Kerngeschäft meiner Auftraggeber.«

Naumann nickte und machte sich eine Notiz. »Was sollte mit dem Kronzeugen geschehen?«, fragte er, ohne den Kopf zu heben.

»Ich sollte ihn ergreifen und den beiden Männern übergeben. Um alles Weitere würden sich meine Auftraggeber kümmern.«

»Also ging es um Rache?«

»Nehme ich an.«

»Fangen wir ganz von vorne an.« Er blätterte durch seine Akten. »Weswegen haben Sie Frau Idinger mit einer Bombe in die Staatsanwaltschaft geschickt?«

»Weil sie sich dort auskannte und mir bei der Suche nach Akten helfen konnte.«

»Und die Bombe?«

»Diente dazu, Zeit für die Suche zu verschaffen.«

»Haben Sie den Zünder betätigt?«

»Es war ein Unfall«, antwortete sie. »Sie sollte nur die Information besorgen.«

Naumann glaubte ihr kein Wort, aber er hatte auch nicht damit gerechnet, dass Nara einen Mord gestehen würde. Diese Art Fehler würde sie nicht begehen. »Hätte nicht auch eine Attrappe genügt?«

»Dazu stand zu viel auf dem Spiel. Wenn das SEK kurz nach dem Eindringen Idinger überwältigt hätte, wäre ich niemals an die Daten gekommen.«

»Mit Daten meinen Sie Namen von Personen, die sich um das Kronzeugenprogramm gekümmert haben?«

»Ich wollte die neue Identität des Kronzeugen erfahren.«

Auch das glaubte ihr Naumann nicht, denn es war weithin bekannt, wie verhängnisvoll solche sensiblen Daten in Akten gewesen wären, weil diese von vielen Personen eingesehen werden konnten, auch wenn es nur Angestellte der Staatsanwaltschaft waren. »Als dies nicht gelungen ist, haben Sie den ehemaligen Staatsanwalt Allenberg befragt, gefoltert und getötet.«

»Ich hatte keine Wahl«, versuchte sie zu erklären. »Meine Auftraggeber haben mir kaum Zeit gelassen und durch seine zweite Identität in Hamburg war die Suche nach Allenberg langwierig und schwierig.«

»Warum die Eile?«

»Ich weiß es nicht.«

»Haben Sie vielleicht darüber nachgedacht, einen Auftrag nicht anzunehmen, vor allem wenn Ihre Auftraggeber so radikal waren?«

Sie lachte bitter. »Offensichtlich hatten Sie mit diesem Teil der Mafia noch nie zu tun.«

»Sie täuschen sich.«

»Dann verstehen Sie, dass Nein keine Option ist.«

»Erstens ist der Schritt, Auftragskillerin zu werden, kein von Geburt gegebenes Schicksal und außerdem werden sie entsprechend vergütet worden sein.« Naumann spürte, wie die Wut in ihm überhandnahm. Es fiel ihm schwer, ruhig zu bleiben, hatte diese Frau doch den Tod so vieler Unschuldiger zu verantworten. Aber das Verhör mit Nara war eine ungeahnte Chance, die Ermittlungen voranzubringen und den Fall abzuschließen. Er durfte diese Möglichkeit nicht von seinen Emotionen verderben lassen. Bleib professionell, sagte er zu sich. Und hole so viel aus ihr heraus, wie es geht.

»Wie sind Sie an die Karte von Frau Polzin gekommen?«

»Ich habe sie von der Staatsanwaltschaft nach Hause verfolgt und ihr Geld dafür geboten.«

»Wie viel Geld?«

»Zweitausend Euro.«

»Und Frau Polzin hat dann einfach Ja gesagt.« Er schnippte mit dem Finger.

»Ich musste nachhelfen«, gab Nara schließlich zu.

»Meinen Sie mit ›nachhelfen‹ töten?«

»Ich habe ihr meine Pistole gezeigt und ihr erklärt, wie ernst ich es meine.«

»Und dann haben Sie Frau Polzin ermordet, in einen Sack gesteckt und wie Abfall entsorgt?«

»Sie wollte zur Polizei gehen«, bemerkte Nara nur.

Er zeigte ihr ein Bild der Toten im Plastiksack, aber Nara hatte nur einen beiläufigen Blick dafür übrig.

»Kommen wir zu den beiden nächsten Toten«, fuhr Naumann fort. »Gustav Allenberg und Deniel Zaedow.« Er entnahm den Akten eine Aufnahme des Tatorts und legte das Foto vor Nara auf den Tisch. »Ich habe selten in meinem Berufsleben ein solches Blutbad gesehen.«

Auch hier zeigte Nara keine Emotion. »Allenberg hatte seine Akten mit einem Schloss gesichert, das sich nur über seinen Fingerabdruck öffnen ließ«, erklärte sie. »Hätte ich nur den Daumen abgeschnitten, wäre selbst der dümmste Ermittler auf den Zusammenhang gekommen. Diese Art von Gewalt ist eigentlich nicht mein Stil.«

»Was hatte Deniel Zaedow mit alldem zu tun?«

»Nach den Bildern an der Wand bei Allenberg waren sie gute Freunde. Über ihn konnte ich ihn nach München locken.«

»Warum haben Sie Herrn Allenberg nicht in Hamburg befragt? Schließlich weilte er zu der Zeit in der Hansestadt.«

»Weil er auch dort schwer zu fassen war und ich mich in Hamburg nicht auskenne«, antwortete sie. »Über Zaedow konnte ich Allenberg in dessen Haus locken, ohne Risiko, und mir alle Zeit der Welt nehmen.«

Nara hatte keine Ahnung, wie viel Glück sie gehabt hatte, Allenberg in Hamburg in Ruhe zu lassen. Schließlich befanden sich direkt neben seiner Wohnung zwei Kollegen von Interpol. Er gedachte aber nicht, sie darauf hinzuweisen.

»Um die Spuren zu verwischen, haben Sie beide erschossen?«

Nara seufzte leise, sagte aber nichts weiter dazu.

»Herr Allenberg berichtete Ihnen von Marius Schadt, bevor er starb?«

Sie nickte.

»Unter Folter?« Naumann ballte die Fäuste, als er sich an die Fotos der Obduktion erinnerte, auf denen die zahlreichen Wunden zu sehen waren. Laut Rechtsmediziner war es ein qualvoller langsamer Tod gewesen.

Nara schwieg.

Naumann packte die Fotos wieder ein und kritzelte auf seinem Block herum, während er überlegte, wie er die Auftragskillerin aus der Reserve locken konnte.

»Aber Herr Schadt war besser, als Sie es erwartet haben?« Naumann deutete auf ihre verletzte Seite.

»Er ist ein ehemaliger SEK-Mann.« Ihre Stimme wurde laut, als nagte diese Niederlage noch immer an ihr. »Er war der Einzige, der bei der Unterbringung des Kronzeugen dabei war, daher brauchte ich ihn lebend.« Es klang wie eine schlechte Entschuldigung, warum sie ihn beim ersten Mal nicht erwischt hatte. Und sich einzugestehen, dass sie Schadt nicht ohne Hilfe würde fassen können, machte das alles wohl noch schlimmer.

»Wie kamen Sie auf Nik Pohl?«

»Wer kennt ihn nicht?«, antwortete sie. »Den ehemaligen Polizisten, der auf alle Vorschriften einen Dreck gibt und Fälle auf eigene Faust löst.«

So wichtig Nik für die Ermittlungen gewesen war, versetzte ihm Naras Euphorie doch einen Stich. Es war nicht das erste Mal, dass Nik der Kripo in die Quere gekommen war. Eigentlich hätte er ihn verhaften müssen, aber der Erfolg gab ihm wieder einmal recht.

»Nachdem meine Wunde versorgt war, hatte ich bei der Heilung genug Zeit, mir Gedanken um einen Komplizen zu machen«, fuhr sie fort. »Die Männer in meiner Branche sind unzuverlässig, aber ich wusste, wenn ich Pohl dazu bekomme, mir zu helfen, würde ich den Auftrag noch zu Ende bringen können, bevor mir Bambino den Kopf abreißt.«

»Deshalb haben Sie eine Bombe in der Küche platziert?«

»Kinder, Ehefrauen, Eltern, Hunde.« Sie zuckte die Achseln. »Viele Menschen glauben, dass Geld die Welt regiert, aber am Ende ist es die Liebe. Sie ist der Schwachpunkt jedes Menschen.«

»Auch Ihrer?«

»Meine Liebe beschränkt sich auf mich und einen sicheren, anonymen Platz im Gefängnis.«

»Das lässt sich arrangieren.« Naumann deutete auf seine Notizen. »Allerdings muss ich mich mit dem Staatsanwalt absprechen, ob ihm das genügt.«

»Was wollen Sie noch?«, fragte sie genervt.

»Wenn Sie glauben, dass die paar Informationen und Andeutungen ausreichen für eine Sonderbehandlung, irren Sie sich, denn Ihre letzten Opfer sind noch am Leben und sie werden mit Freuden gegen Sie aussagen. Sie gehen auf jeden Fall für lange Zeit ins Gefängnis.« Naumann schob die Akten zusammen. Letztendlich hatte er mehr bekommen, als er erwartet hatte, aber das würde er Nara nicht sagen.

»Wir reden morgen weiter.« Es gab noch zu viel, das er vorbereiten musste, und die Ermittlungen waren noch immer in Gange. Er benötigte mehr Zeit. »Dann will ich wissen, wie Ihre Auftraggeber Sie kontaktiert haben.«

Naumann stand auf und verließ das Verhörzimmer. Für einen kurzen Moment zeigte sich ein triumphierendes Lächeln auf seinem Gesicht. Vielleicht würde er zu den Antipasti mit Champagner anstoßen.

* * *

Nik konnte sich nicht erinnern, wann er das letzte Mal gut gelaunt auf die Dienststelle gegangen war, aber dass er das Leben seines Freundes gerettet hatte, überwog alles. Den ganzen Ärger zuvor, dass er sich von einer Auftragskillerin hatte einspannen lassen und einen SEK-Mann mit einer Waffe bedroht hatte. Was immer Naumann mit ihm vorhatte, es würde diese Erleichterung nicht schmälern.

In seiner alten Abteilung genehmigte er sich noch einen Kaffee aus der Küche und grüßte eine ehemalige Kollegin. Mit der Tasse in der Hand betrat er das Büro.

Wie immer gab sich Naumann alle Mühe, vorwurfsvoll dreinzublicken, was Nik auch dieses Mal ignorierte. Er setzte sich auf den Stuhl gegenüber, stellte seine Tasse auf eine Akte und nahm ein Stück Schokolade aus dem Korb, die eigentlich für besondere Gäste reserviert war.

»Es war eine lange Nacht, also mach es kurz«, begann Nik kauend.

»Das meiste weiß ich schon von Schadt, der ein wesentlich angenehmerer Gesprächspartner ist, als du es jemals sein wirst.«

Nik zuckte die Achseln. »Warum bin ich dann hier?«

»Weil ich alles von davor wissen will. Wie hat die Frau mit dir Kontakt aufgenommen? Wo habt ihr euch getroffen?« Er wedelte hektisch mit der Hand vor Niks Gesicht. »Die ganzen Sachen, die wichtig für die Ermittlungen sind.«

»Warum fragen Sie nicht unsere neue Freundin?«

»Nara ist nach ihrer Verhaftung wohl eingefallen, dass die Mafia nicht nett mit Auftragskillern umgeht, die ihre Arbeit nicht machen. Daher hat sie sich zur Zusammenarbeit bereit erklärt.« Er deutete hinter sich. »Der Staatsanwaltschaft verhandelt gerade mit ihrem Anwalt. Aber mir fehlt noch deine Sicht der Dinge.«

Nik trank einen Schluck Kaffee und begann zu berichten. Von dem Begräbnis, dem Abendessen und der Bombe in seiner Wohnung. Er beendete die Erzählung mit dem Einbruch in Schadts Wohnung.

Während der ganzen Zeit hatte Naumann sich Notizen gemacht und selbst, als Nik längst fertig war, schrieb er noch konzentriert auf seinen Block.

»Wer war die Frau?«, fragte Nik schließlich. »Für wen hat sie gearbeitet und wer waren die beiden Männer, die sie besucht haben?«

Naumann hob den Kopf, legte den Stift beiseite und faltete die Hände vor der Brust. Das tat er immer, wenn er nach einer blumigen, nichtssagenden Formulierung suchte.

Nik stoppte ihn, bevor er anfangen konnte. »Wenn du dich weigerst, behalte ich den Rest für mich und lege mich direkt ins Bett.«

»Bei all dem Mist, den du gestern veranstaltet hast, bist du nicht in der Position, um …«

»Ja, ja«, unterbrach Nik und nahm sich ein weiteres Stück Schokolade. »Fang einfach an, zu erzählen.«

Eine Zeit lang war nur das Knistern der Folie zu hören. Naumann hielt den Blick starr auf Nik gerichtet, was aber schon zu dessen Zeit als Kripobeamter nicht funktioniert hatte. Schließlich legte Nik das Schokoladenpapier auf Naumanns Schreibtisch ab und nahm seine Tasse wieder in die Hand.

»Ihren Namen wollte sie uns nicht sagen«, begann Naumann schließlich und lehnte sich auf seinem Bürostuhl zurück. »Aber die Fingerabdrücke und die DNS wurden bei zwei weiteren Mordfällen gefunden. Daher erweitern wir den Suchradius auf die internationale Ebene.«

»Eine Profikillerin?«, fragte Nik. »Oder hat sie für das organisierte Verbrechen gearbeitet?«

»Ihre beiden anderen Opfer waren ein russischer Oppositioneller und ein hochrangiges Mitglied einer Motorradgang, also wird sie freischaffend sein.«

»Nationalität?«

»Sie hatte einen perfekt gefälschten Ausweis der Bundesrepublik Deutschland bei sich, ausgestellt auf den Namen Nara Vaget, aber aktuell haben wir nirgends eine Akte oder einen Bezug zu ihrer wahren Identität.«

»Wer waren ihre Auftraggeber?«

Naumann griff in den Korb und nahm sich selbst ein Stück Schokolade. »Kannst du dich an den Mafiaboss aus Apulien erinnern, den wir im November 2015 am Münchner Hauptbahnhof gefasst haben?«

»Ich war nicht daran beteiligt, aber für das LKA war das ein großer Fang.«

»Ursprünglich hatte er seinen Unterschlupf in Mainz, aber dank einem Hinweis aus der Region konnten wir ihn hier ergreifen.«

»Jemand hat ihn verpfiffen?«

»Jemand aus dem engeren Umfeld«, bestätigte Naumann nickend.

»Danach hat Nara gesucht«, entfuhr es Nik. »Nach der neuen Identität des Kronzeugen.«

Ein weiteres Nicken. Dann begann er zu erzählen. Von Idinger, Polzin und Allenberg bis hin zu der Falle, die Nara dem Staatsanwalt mithilfe seines Freundes gestellt hatte.

»Warum haben sie Nara unter Druck gesetzt?«, wollte Nik schließlich wissen. »Der Mafiaboss sitzt seit fast zehn Jahren im Gefängnis. Mit mehr Zeit hätte Nara keine Hilfe benötigt und den Auftrag vielleicht erledigen können.«

»Das habe ich mich auch gefragt und mich daher nach dem Wohlbefinden des Häftlings erkundigt«, erklärte Naumann. »Besagter Mafiaboss hat vor fünf Wochen einen Herzinfarkt erlitten, von dem er sich noch immer nicht erholt hat.«

»Er wollte den Tod des Kronzeugen noch erleben«, vermutete Nik laut.

Naumann nickte.

»Und die beiden Männer, die uns besucht haben, gehörten zu ihm?«

»Der Große war ein bekannter Schläger aus Apulien, der mit Haftbefehl gesucht wurde und zum engeren Kreis der dortigen Mafia gezählt hat. Der mit der Kugel im Knie ist ein unbeschriebenes Blatt, aber den Folterinstrumenten im Wagen und seinem Koffer nach zu schließen, wird er nicht nur der Fahrer gewesen sein.«

»Also haben wir am Ende doch gewonnen.«

»Mir wäre es lieber, wenn das Spiel erst gar nicht begonnen hätte«, entgegnete Naumann. »Um den Schläger des organisierten Verbrechens tut es mir nicht leid, aber Alisa Idinger, Ute Polzin, Gustav Allenberg und Deniel Zaedow mussten wegen der Rachegedanken eines Mafiabosses sterben.«

»Was ist mit dem Kronzeugen? Weiß er davon?«

»Wie ich die entsprechenden Stellen verstanden habe, wurden sofort Maßnahmen zu seiner Sicherheit veranlasst«, erklärte der Kripochef. »Aber mehr weiß ich nicht und will es auch nicht, denn die Ereignisse der letzten Tage haben uns gezeigt, wie wichtig Verschwiegenheit und ein möglichst kleiner Kreis von Eingeweihten ist.«

Nik schwieg einen Moment. »Wie geht es weiter?«, fragte er dann.

»Wir verbergen Nara vor der Mafia und versuchen, den Folterknecht am Leben zu erhalten.« Er trank einen Schluck Kaffee. »Nara ist kooperativ. Bei dem Mafioso werden wir sehen müssen, ob wir über seine Ausrüstung, seinen toten Partner oder das Auto der beiden etwas ermitteln können.«

»Ich bin froh, dass ich damit nichts mehr zu tun habe.« Nik lehnte sich erleichtert auf dem Stuhl zurück und rieb sich müde die Augen. »Ich merke den Schlafmangel und die Anstrengungen der letzten Nacht noch immer.«

»Das war einer der chaotischsten Fälle meines Lebens und ich wünschte mir, dass einiges anders gelaufen wäre, aber nichtsdestotrotz: gute Arbeit.« Der Kripochef stand auf und streckte Nik die Hand hin.

»Danke, Naumann.« Nik stand ebenfalls auf und erwiderte die Geste. »Mögen wir das nächste Mal weniger Opfer zu betrauern haben.«

Dann verließ er das Büro.

Epilog

Eigentlich mochte Olaf seine Arbeit als Hausmeister in einer Gegend wie dieser. Die Bewohner waren zwar fordernd, aber höflich. Im Hinterhof trieben sich keine Dealer herum und die Polizei war ein seltener Gast. Alles war gut – bis vorgestern ein Irrer eine Bombe in einer Wohnung platziert hatte und das ganze Viertel abgesperrt worden war.

Glücklicherweise war das an Olafs freiem Tag gewesen, aber seitdem war er sich nicht mehr sicher, ob eine Gegend mit Drogenabhängigen und Dealern nicht vielleicht doch weniger gefährlich wäre. Er wollte gerade Feierabend machen, als zwei Männer in sein Büro gewankt kamen.

Von dem fülligen Glatzkopf wusste er, dass er Arzt war. Er trug einen Schal des FC Bayern als Stirnband. Ein Hawaiihemd spannte an seinem Bauch und um seine Hüfte hatte er eine Blumengirlande geknotet.

»Aleschia?«, rief er laut. »Ich kenne kein Aleschia.« Er machte eine theatralische Bewegung, aber mit zu viel Schwung, sodass er sich um die eigene Achse drehte, das Gleichgewicht verlor und umkippte.

Der andere, deutlich größere Mann deutete mit dem Finger auf den Arzt und begann zu lachen. Auch er schien mehr als ein Bier intus zu haben, denn alleine diese Geste brachte ihn ebenfalls aus dem Gleichgewicht. Er torkelte rückwärts aus der Tür. Den Geräuschen nach schien er irgendwo im Treppenhaus auf den Boden zu fallen.

»Kann ich Ihnen helfen?«, wandte sich Olaf an den Arzt, der sich gerade mühsam aufrappelte.

Das Lachen des anderen Manns im Hausgang hallte laut.

»Wir sind hier, um unseren Schlüssel auszutauschen.« Der Arzt betonte das »Sch« absichtlich komisch, was ihn zu einem weiteren Kichern animierte.

»Sie meinen Ihren Hausschlüssel?«

Der Arzt nickte.

»Der ist aber geklaut«, hörte man die Stimme des anderen Mannes. Er wankte gerade wieder in Olafs Büro.

»Was meinen Sie mit ›geklaut‹?«

Der Große deutete auf den verschlossenen Kasten in der Ecke. »Pohl und von den Auenfelden«, sagte er leicht lallend. »Dritter Stock.«

Olaf öffnete den Kasten. Tatsächlich fehlte der entsprechende Schlüssel.

»Ich weiß nicht, wie das passieren konnte«, sagte er konsterniert. »In meiner Schicht …«

»Ist nicht schlimm«, unterbrach ihn der Dicke. »Wir haben den schon wieder zurück. Aber dieses Mal behalten wir ihn.« Er zwinkerte ihm zu und kicherte.

»Die Schlüssel sind für den Notfall«, begann Olaf zu erklären. »Sollte ein Feuer ausbrechen und Sie nicht zu Hause …«

»Wissen wir alles«, winkte der Große ab. »Aber die Sicherheitsmaßnahmen in unserer Wohnung nützen wenig, wenn unser Schlüssel aus so einer Box geklaut wird, deren Schloss ich mit zusammengekniffenen Augen und einem Kaugummipapier knacken kann.«

»Ich rede gleich morgen mit der Hausverwaltung. Sicherlich stellen sie uns eine Box mit einem hochwertigen …«

»Braucht es nicht«, unterbrach ihn dieses Mal der Arzt. »Wir haben was Besseres.«

Der andere Mann ging kurz nach draußen und kam einen Augenblick später mit einem großen Metallrohr zurück, an dem zwei Griffe festgemacht waren. Er knallte es Olaf auf den Arbeitstisch, dass er befürchtete, die Tischbeine würden brechen. »Das ist eine kugelgelagerte Türramme«, erklärte er fachmännisch.

»Von unseren trinkfesten Freunden vom SEK München«, ergänzte der Dicke.

»Oh, ja! Trinkfest waren sie«, sagte der Große zu seinem Mitbewohner. »Und ich dachte, ich vertrage was.«

»Du bist halt doch ein Weischei.« Der Arzt sprach das »sch« wieder mit übertriebener Betonung aus, was die beiden wieder kindisch kichern ließ.

Eine Zeit lang erklärten sie Olaf, wie er die Ramme richtig benutzen konnte, dann wankten sie hinaus und torkelten zum Fahrstuhl. Als sich die Türen des Aufzugs öffneten, rief der Dicke noch einmal. »Ich kenne kein Aleschia.« Dann wurde es leiser.

Olaf betrachtete die große Ramme auf dem Tisch und hatte keine Idee, wie er das seinem Vorgesetzten erklären sollte. Dann schaltete er das Licht aus und ging nach Hause.

Vielleicht würde er sich doch wieder versetzen lassen.

DANKSAGUNGEN

Dieser Nik Pohl war eine Herausforderung und die Geschichte wäre so nicht entstanden ohne die erneute Hilfe und große Geduld von Andreas Hartel. Vielen Dank.

Danke auch (ein weiteres Mal) an Sandra Utt für die fachlichen Informationen und Interna, die mir sehr geholfen haben.

Folge dem Autor auf Amazon

Wenn dir dieses Buch gefallen hat, folge Alexander Hartung auf Amazon. Dann erhältst du eine Benachrichtigung, wenn der Autor sein nächstes Buch veröffentlicht. Um dem Autor zu folgen, gehe bitte folgendermaßen vor:

Desktop:

1) Suche auf Amazon.de oder in der Amazon App nach dem Namen des Autors.
2) Klicke auf den Namen des Autors, um auf die Autorenseite zu gelangen.
3) Klicke auf den »Folgen«-Button.

Smartphone und Tablet:

1) Suche auf Amazon.de oder in der Amazon App nach dem Namen des Autors.
2) Klicke auf einen Titel des Autors.
3) Klicke auf den Namen des Autors, um auf die Autorenseite zu gelangen.
4) Klicke auf den »Folgen«-Button.

Kindle eReader und Kindle App:

Wenn du dieses Buch auf einem Kindle eReader oder in der Kindle App liest, wird dir automatisch angeboten, dem Autor zu folgen, nachdem du die letzte Seite des Buches gelesen hast.

FSC
www.fsc.org
MIX
Papier | Fördert
gute Waldnutzung
FSC® C083411

Zeitfracht Medien GmbH
Ferdinand-Jühlke-Straße 7
99095 Erfurt, Deutschland
produktsicherheit@kolibri360.de

Druck:
CPI Druckdienstleistungen GmbH
im Auftrag der
Zeitfracht Medien GmbH
Ein Unternehmen der Zeitfracht - Gruppe
Ferdinand-Jühlke-Str. 7
99095 Erfurt